GAEA

Gaea

特殊傳說 II
恆遠之書篇 10 完
護玄—著

特殊傳說 II
恆遠之晝篇 10 完

目錄

特殊傳說 II

THE UNIQUE LEGEND

恆遠之書篇

登場人物介紹

Atlantis 學院

姓名：褚冥漾（漾漾）
年級/班別：高中二年級/C部
性別：男
袍級/種族：無/人類（妖師）
個性：非常普通的男高中生，個性有點怯懦，不太敢與人互動。

姓名：冰炎（學長）
性別：男
袍級/種族：黑袍/燄之谷與冰牙族後裔
個性：脾氣暴躁、眼神銳利。不過是標準刀子口豆腐心的好人～
目前狀況：甦醒歸隊

姓名：米可蕥（喵喵）
年級/班別：高中二年級/C部
性別：女
袍級/種族：藍袍/鳳凰族
個性：個性爽朗、不拘小節，喜歡熱鬧。非常喜歡冰炎學長！

姓名：雪野千冬歲
年級/班別：高中二年級/C部
性別：男
袍級/種族：紅袍/？
個性：有點自傲，知識豐富像座小型圖書館；討厭流氓！兄控!?

登場人物介紹

Atlantis 學院

姓名：西瑞．羅耶伊亞（五色雞頭）
年級/班別：高中二年級/C部
性別：男
袍級/種族：無/獸王族
個性：個性爽朗、自我中心。出身於暗殺家族，打扮像台客。

姓名：萊恩．史凱爾
年級/班別：高中二年級/C部
性別：男
袍級/種族：白袍/人類
個性：個性隨意，存在感低、經常超自然消失在人前，執著於飯糰！

姓名：藥師寺夏碎
性別：男
袍級/種族：紫袍/人類
個性：個性淡泊，不喜過多交談，是個溫柔的好哥哥。
目前狀況：從醫療班逃跑中

姓名：席雷．阿斯利安（阿利）
年級：大學一年級
性別：男
袍級/種族：紫袍/狩人
個性：友善隨和，善於引領他人。

姓名：靈芝草（好補學弟）
年級/班別：高中一年級/C部
性別：男
種族：人參
個性：初入世界，所以很容易受到驚嚇，但是在奇怪的地方也有小聰明。

姓名：哈維恩
年級/班別：聯研部　第二年
種族：夜妖精
個性：種族自帶暗黑的陰險反骨天性，但對於認定的事物相當忠誠、負責。平日也很認真在學習上。

登場人物介紹

其他

姓名：式青（色馬）
性別：男
種族：傳說中的幻獸・獨角獸
特色：能化為獸形或是人形
個性：只要美人希望我怎樣我就怎樣～

姓名：休狄・辛德森（摔倒王子）
種族身分：奇歐妖精族的王子
性別：男
袍級：黑袍
個性：看重血脈、家族、榮譽，厭惡隨便打交道。

姓名：九瀾・羅耶伊亞（黑色仙人掌）
身分：醫療班，鳳凰族首領左右手
性別：男
袍級：黑袍、藍袍（雙袍級）
個性：科科科科科……

姓名：黑山君
身分：時間之流與冥府交際處的主人
種族：不明
個性：不太有情緒起伏，性格相當謹慎細膩，偶爾會很正經地捉弄訪客。
特別說明：喜歡好吃的東西。

姓名：白川主
身分：時間之流與冥府交際處的主人
種族：不明
個性：看似大而化之、易相處，但心中自有衡量，很多事情都看在心中。
特別說明：喜歡會飛的東西，例如白蟻（？）

姓名：褚冥玥
身分：大二生，漾漾的姊姊
性別：女
袍級/種族：紫袍/人類（妖師）
個性：直率強硬，很有個性的冷冽美女。異性緣爆好！

登場人物介紹

其他

姓名：重柳族
身分：？
種族：時族
個性：非常正經認真、死守種族任務，
但思考並不僵化、能溝通。
已亡歿。

姓名：安地爾
身分：耶呂鬼王高手
種族：似乎是鬼族（？）
個性：四分的無聊、四分的純粹惡意、一分的塵封友情、零點五的善意、零點三的不明狀態、零點一的退休狀態、零點一的觀光。
特別說明：最近都在泡咖啡。

姓名：泰那羅恩
身分：冰牙族大王子
個性：認真嚴謹、極富氣場
特別說明：因某些因素，目前為冰牙族首席精靈術師與戰士團團長。

姓名：殊那律恩
身分：獄界鬼王
個性：安靜少言，偶爾會隨意地捉弄人
特別說明：曾為冰牙二王子，「變化」後，為與自己境況相同的種族們打造了安身之所，以自己的方式守護重要的人事物。

姓名：深
身分：大陰影
個性：性格堅毅，但也會寂寞
特別說明：喜歡百靈鳥的歌聲，極力鼓吹某精靈唱歌，屢失敗！

第一話　後手

空氣不斷嗡嗡震鳴。

聲音從遠方細如蚊蚋逼至耳邊成爲了雷鳴轟隆，幾乎快讓人耳聾。

我感覺著最後一絲疼痛從身上剝離，原本嚴重的傷口緩緩癒合，像是從未被人殺傷過，詛咒黑暗的死亡咒文從我手上流逝後，我突然變得異常冷靜，彷彿原先所有慌亂全部從我身上撤去，取而代之的是一層層從地底深處浮上湧出的極淡黑色氣息，讓我快速地冷卻下來。

時間與空間彷彿在剎那凍結。

血腥味四周瀰漫，濃烈的氣味從一開始的不適變爲習慣。

「褚，我沒事。」

隱約地，好像聽到有人這麼說。我有點被動地抬起頭，看見的是那道可怖傷口，以及好像不會停止的血流。

有那麼瞬間，我眞的很想問他爲什麼要做到這種地步。

非親非故、種族不同，甚至連世界屬性都不相容，更別說妖師一族還欠他們一筆血債，究竟爲什麼要做到這個地步？

這時候突然想起了學院戰時，千冬歲眼睜睜看著夏碎學長成爲他替身的表情。

「褚，看著我。」

沒什麼知覺地順著聲音，我有些麻木地看著眼前這人，他緩緩地吸了口氣，移開抓著我的手，染血的手掌貼到黑色地面，細小的裂縫慢慢從掌心下延展而出。

我沉默地盯著學長身上的傷勢漸漸減輕了一些，變得沒那麼駭人，然而帶著詛咒的傷勢可轉移到土地上的有限，並沒有完全消除，沾染不善的死咒氣息依然淡淡環繞在他身上。但他身上開始浮現隱隱的銀色圖騰，居然排除掉了些危險影響。

「我說過，我不會再死一次。」那張漂亮面孔很堅定地向我說：「我不是回來送死的。」

「……」

感覺到身後迸發殺意，我回過頭，重柳族接連撲上的刹那，黑暗力量引動，在我們周邊轉出一個圈，逼退還想砍過來的刀刃。

成形的黑自動在我們兩人腳下轉出了陌生的黑金色法陣，安安靜靜地轉繞著，一點一點的黑暗光芒往上飄浮，在我們周邊形成小小的保護屏障。

還想再靠近的重柳族突然停住腳步，「——！」察覺不對的瞬間，他身邊立刻出現好幾名白色獵殺隊的人散出術法。

「想砍我也得付出代價，你們忘了嗎。」冷冷看著重柳族身上爆出白血，我偏過頭。「哈維恩，擋住這些渾蛋。」

早就憤怒想咬人的夜妖精衝出去，隨同米納斯和老頭公設下讓獵殺隊止步的箝制，魔龍的小飛碟散出，增強了那些術法，竟然真的絆住還想衝過來的白色獵殺者，就這麼眨眼瞬間，哈維恩已砍下逼至眼前的獵殺隊手掌，並一腳將人踹回去。

我吸了口氣，重新轉向學長，在他開口前伸出手抓住他的衣領，小心地避開傷口，趁他還沒意識過來我的想法之前，直接用腦袋對著他的額頭用力撞下去。

說真的，我本來是想給他一巴掌或是一拳，不過附近人有點多，直接搧他臉不太好，所以只好用撞的。

叩的一聲，眼前一黑，果然滿腦星星和劇痛傳來，我鬆開手，摀著過於用力而發痛的頭，等暫時的頭暈眼花過去後，才重新抱著腦袋看著同樣被我撞懵的學長。

「我……」咳了兩聲，我吞吞口水，讓喉嚨不那麼痛之後才繼續開口：「我一直很感謝學長你們，雖然……雖然你們不覺得有什麼，可是你們把我的世界放到我手上，這對我來說很重要……」

「褚，你……」

「學長你搞錯了一件事。」打斷對方，我用力握緊拳頭，低下頭。「我很高興大家相信我，願意來。可是我最害怕的不是看不到你們，或是你們厭惡我將我驅逐，而是你們因爲我而受傷、死了，我只能眼睜睜看著，無能爲力。」

「我不知道學長你是怎麼想的，那時候推開學長不是因爲我不相信你們，是我怕大家都像重柳一樣，那我一定會恨透整個世界。」

「所以學長你……不須要強迫自己變強，也不要愧疚，我不是你的責任。」

「如果是因爲我過度依賴你，我眞的很抱歉。」

不知道從什麼時候開始，只要學長在附近、知道他會來，就讓人有種莫名的安心感，甚至將他的存在作爲我失控前的煞車。

我不清楚學長是不是感受到這點，但是從他再次回到我們身邊後，顯然已經著手做了不少其實不應該是他要做的事情，包括獄界的退路等等，幾乎眞的就把自己當成保護傘般張開，試圖遮蔽暴雨。

當時鬼王問我的話，我現在已經明白了。

那時獄界的王者問我如果未來強大後，會不會回頭去幫助學長，我反射性只覺得我不被揍死就不錯了，但顯然那時候殊那律恩想問的不是這個，所以他結束了話題。

他所謂的「幫助」，並不是力量上的幫助。

其實眼前這個人只比我大了一歲，甚至比冥玥和然還要小。

他受傷也會痛，被砍也會流出血液，力氣耗盡同樣會倒下。

「學長你不是神。」

他就只是一位，大我一歲的學長而已。

站起身時，我注意到周圍原本吵雜的聲音平息了不少。

眨眼出現在我身邊的喵喵與一名七陵術師按著也想站起的學長，快速點出醫療法陣，在空氣中翻飛的藥水迅速淨化周邊擴散的毒素，慢慢促使學長身上的兩處傷勢癒合。

雖然他們對下方的黑金色法陣似乎有疑慮，但並沒有開口詢問。

「請照顧好學長。」我淡淡卻誠懇地請求喵喵，少女張了張口想說些什麼，最後只是用力地點點頭。

在白色大陣中，聚集這些黑色力量並不容易，我可以感覺四周有種讓人窒息的壓迫感，就好像有雙手用力掐住我讓我無法吸取空氣、直到胸口發痛，或許這就是那些邪惡種族闖進來同樣會感受到的。

踏出步伐，我不太想讓喵喵他們的治療受到影響，所以打散那個不知道哪來的法陣，往前走時，看見夏碎學長和伊多設下了新的防禦，再次將我們這邊的混亂與其他人隔開，以免外面的戰場從內部遭受攻擊。

橫阻在我和白色獵殺隊中間的是哈維恩與魔龍他們布下的黑色守護，被詛咒反彈震傷的重柳族按著胸口，在他同伴的治療下好了不少，恨恨地瞪著我們。

光是這點我就覺得這重柳族應該眞的地位和實力滿高的，被然的詛咒反彈竟然沒死，還可以緩解，難怪可以每天無所事事追著黑色種族亂咬。

「垃圾！」

扶著人的白色獵殺隊啐地罵了一句，瞪著我像在看最噁心的殘渣。

我笑了。

「或許該由你們來說，我將會爲這個世界帶來什麼災厄？」冷冷地開口，看著這些不擇手段都想弄死我的光明存在，那一張張臉或許沒有辦法完全記得，可是相同的惡意估計一輩子都很難忘掉。

總是這樣，他們力量強就罔顧別人的感受，蠻橫地強行達到想要的目的，甚至不讓人多開口講一句話，自認爲正義。

這麼想殺我的話，就提出眞正的理由啊，別在那邊鬼扯未來可能會毀滅世界那種原罪，如果硬要用這種說法，那你們該殺的應該是全世界，畢竟人人都可能扭曲成鬼族或者妖魔鬼怪，不是嗎？

到底有什麼理由一定要在這種大戰時，不惜扯後腿傷害別人也要來殺我？

既然你們是光明正義的白色種族，那麼就該給出一個足以讓別人信服的說法吧。

「我們不須要給任何理由。」獵殺隊的其中一人繼續丟出那句欠噴的說詞：「光是你們身爲黑色種族這點，就足以受死。」

「區區個自認正義的白色種族連正義的理由都講不出來，眞是太丟臉了。那吾等黑色種族自不用和你解釋任何事情，既要加害，我們也不會束手就擒。」哈維恩擋在我面前，吐掉了嘴裡的血，以不屑的目光斜視著對方。「就看誰先弄死誰，垃圾！」

我和重柳族對上視線，冷冰冰的藍色目光竟抹上憎恨，我皺了一下眉，覺得這種恨意根本過頭。

「你到底是『他』的誰？『他』爲什麼而死，你們心知肚明，不要再拿他作幌子，他的死沒有這麼廉價。」如果不是重柳，現在的我應該已經想辦法先弄死幾個獵殺隊，重柳想換取他們的生命，這些人卻不知死活。

「你知道你腳下剛剛踩著的是什麼陣法嗎。」並沒有回答我帶有怨恨的質問，重柳族反問，接著又逕自繼續說：「那是回應你憤怒的黑色世界力量，總有一天你周遭的一切都會因此毀滅，我的族人只不過是一個開始，我們不相信你能夠控制自己，就如同千萬年前，妖師一族幾乎毀滅我們一樣。」

「我不會變成那樣。」無視那些獵殺隊臉上赤裸寫著的不信，我淡淡回道：「所以你們到現在都還活著。」

「別狂妄了，妖師。」重柳族不以爲然，「就憑你？」

「憑我動不了你們的話，你們爲什麼會集體想殺我。」眞是好笑了，這些人是M嗎，嘴上瞧不起，追殺人倒是很勤快。

重柳族還來不及高傲回嘴，我們附近突然發出轟然巨響。

被困住的黑術師猛地原地爆炸，衝斷了我們的對峙，就連白色獵殺隊也立時擺出最高警戒陣勢。

凶狠的巨力撞碎短暫囚禁的牢獄，黑術師眨眼出現在獵殺隊面前，首當其衝的獵殺隊雖然已迅速反應過來橫過刀保護自己，但百塵鎖一點也沒將這點阻礙放在眼裡，長刀直接在他面前碎成粉塵，接著那名試圖想做點什麼的獵殺隊頭顱爆開，腦漿與碎成不知幾百片的細小骨屑在空中飛濺。

本來因爲砍我被反彈受創的重柳族顧不得治療，急速站起身，張開守禦，險險救下差點成爲第二名被爆腦的獵殺隊。

「退下！」重柳族喝了聲，知道自己敵不過黑術師的幾名獵殺隊訓練有素，動作一致地回到重柳族後方，協助他加固防守。

還沒來得及講句什麼，我整個人被往後扯，哈維恩立即把我拽出戰圈，旁邊的夏碎學長與伊多動作飛快地同時後撤，很快，我們就與新一波衝突拉開距離，並設下新的保護陣法。

小淺與伊麗莎回到我們前方，輕巧身形落下，同時帶來一道道壁壘，擋住重柳族與黑術師根本毫無克制而四散飛濺的攻擊殘力；只見她們又展開幾個法陣，硬生生將那兩人的空間切割開，與我們隔離。

黑術師完全不在意我們的後撤，抬起手，殺氣與威壓、敵意一口氣爆出，像小炸彈般把周圍整塊區域的泥沙碎石轟然掀飛，肅殺的驚雷從黑色天空打了下來，劈開上方的守護結界，震退趕上去要修補的七陵學院術師。

在外圍繞的黑術士群和鬼族一看見破洞，立即就像螞蟻一樣擁了上來，接著又讓固守的七陵隊伍們打散，兩方竟然有短暫時間僵持不下。

這恐怖攻擊的程度已經和打罵我們的狀況不同，簡直像是看見滅門凶手那種，不把對方挫骨揚灰不肯罷休，頗有失黑術師原本應有的身分。

應該有預測到會被高壓重擊的重柳族好整以暇地在自己周圍點下泛藍色的銀光陣法，幾束光線編織成網，攔下黑術師數輪攻擊。

守護壁幾乎是粉碎的瞬間又重新癒合，兩人的攻守眨眼間已來回好幾輪，竟然誰也沒討到便宜，即使重柳族身上還帶著妖師的詛咒創傷，還是沒被百塵鎖拿下一城，由此可見他的實力眞的異常強，穩穩保護著自己身後的同伴。

如果不是因爲敵對，我會很欣賞這個重柳族一步不退保護同伴的行爲，但是因爲兩邊都非常討人厭，狗咬狗的衝突看起來簡直賞心悅目。

「你也是吧，噁心的清王血脈。」百塵鎖甩手，紅黑色的長刀赫然從他掌心延伸出來，一刀劈在那面快速癒合的保護壁上。「想掩飾這種臭味嗎，去死！」

對著我們時分明把情緒藏得很好，但是發現重柳族的身分後，黑術師卻露出赤裸裸的憎恨殺意，而聽到「清王血脈」之後，我不由自主地愣了兩秒，意識到這個重柳族和我所知的那人很可能是兄弟關係？

趁著瘋狗互咬的當下，我回過頭，有點膽戰心驚地確認了下學長他們的所在位置，畢竟剛剛並沒有遠離，他們應該還在附近緊急治療。

果然一下就找到，喵喵和七陵術師就在不遠處，剛剛爲了保護學長不被衝擊影響，他們也設下許多結界，只是大半都被打破成殘片，來不及回收，那些支離破碎的殘損術法如同點點螢光，細細飄散在四周。

我們趕緊靠過去幫忙重組這些保護。

就在這時，我重新對上了學長的目光。

老實說，剛剛衝著他一通發作是因爲我整個憤怒爆發了，現在看著他，我實在不知道還能說什麼，大概就是一個三分尷尬七分不知所措的狀態。

倒是夏碎學長仔細確認過學長傷勢後板起了臉，似乎想說點什麼，卻又沒有開口。

暫時做好柵欄，小淺揹著手來到我身邊，半傾身看了學長一會兒，突然開口：「你如果有用我們給你的東西，會更快自體淨化不祥傷害咒語，獵殺隊的死咒不是針對你，只靠精靈的血脈是能隨著時間把這些波及分離瓦解，但是會很難受。」

「少多話。」學長皺起眉。「反正會沒事。」

「只是提醒你疼痛會持續很長一段時間，最好去醫療班待著以防萬一。」小淺大概是剛誕生意識，還很不會看人臉色，相當盡責地說著：「強硬排除詛咒引起的皮肉炸開很不舒服。」

「又不是第一次。」學長低罵了句。「總之，不要多話。」

小淺一臉迷惑，不過眞的安靜了。

旁側的夏碎學長露出若有所思的表情，接著不知是不是我的錯覺，我看見他突然瞪了一眼學長，而且是非常憤怒的那種狠瞪，幾乎完全沒有了他平時溫文柔和的氣質，然後聽見他說：

「你自己沒吃？」

學長直接迴避這問題，裝死了。

我猜如果不是因爲時間與地點不對，夏碎學長可能眞的會當場揍學長，因爲他渾身散發的怒氣就是這種感覺。

問題來了，爲什麼夏碎學長會這麼生氣？

他沒吃什麼？

※

像是要把所有人從這尷尬、迷惑和茫然組成的處境裡放出來的是那兩個打得驚天動地的仇敵組，不知道是哪個炸開小淺的空間偏移，兩人一左一右跳開。因為這場暴動不小，附近早就聚集了一批學生術師，合力張開新的結界，儘可能地將這兩人限制在裡頭。

不過畢竟那兩個應該都是上千年的大boss等級，所以能看得出年輕術師們維持不讓凶暴力量衝出有點吃力，每個人都露出極度戒備的嚴肅神色。

說真的，比起重柳族，我還是比較想處理百塵鎖。

他給我的迫害實在是太多了，我隱隱約約覺得如果不快點做些什麼，他可能還會想再說出重擊我的話，這讓我一直感到恐懼，而且完全不想再讓他有機會把那些後手釋放出來，我害怕我真的承受不了。

我怕我不想變成「那種人」，卻會在失去理智時變成「那種人」。

冰冷冷的小手抓住我的手指，我低頭，看見小淺站在我身邊。女孩淡淡地開口：「不要害怕他，不然你就輸了，所有的失敗與屈服都是由恐懼和退縮開始的。」

黑色的氣息慢慢繞上手指，讓我再次感受到剛才那種來自地底最深處的某種呼喚。

與魔龍那時的狀況不一樣，那不是某種獨立意識體的存在，比較像是整片存在的東西，雖然很微弱，但是卻整個地底深層都是。

這時，我突然疑惑起為什麼這個巨人島會是全黑的？又為什麼這裡一個巨人都沒有？這麼大的遺跡規模究竟如何造成？他們經歷過什麼？

為何學長他們會選上這個地方來阻攔黑暗同盟？

整片土地深處殘留著黑色的力量，慢慢地溢出，彷彿他們即將甦醒。

這一秒，某種怪異的欣喜感突兀地捕捉到我。

殘留數百年的開關，在此刻開啓。

帶我們離開。

期盼且哀求的呼喚。

你們是誰？

我放鬆身體，接受了對話。但不知道爲什麼，對方反而又不說話了，整個安靜下來，似乎在等待什麼一樣。

不過戰場上沒有讓人磨蹭的時間。

重柳族和百塵鎖的戰鬥場所再度爆炸。

土地翻起了一片又一片混著黑色力量的沙土，其他人似乎都沒有發現隱藏在其中的黑暗，反之，原本該感覺到巨變引起的震動聲響，我卻什麼也聽不見。

哈維恩朝我撲來，整個人護在我身上，小淺鬆開我的手，和米納斯、老頭公一起張開大型防禦陣法，連同我們及後方的學長等人都包裹保護。

這瞬間，我再次捕捉到那抹冷到可以把人骨頭都凍成碎片的邪惡意念，黑術師與重柳族精神對衝，撞開了一條連他自己都沒有察覺的裂縫。

引動黑暗，我將其剝開。

色彩極淡的幻影像過期已久的影像在我面前播放。

「大哥。」

落葉飄下，站在竹林中的少女微微側過頭，露出了溫雅恬靜的笑容。

與妖師歷史中的影像不同，這裡的少女非但沒有陰森詭異的感覺，反而還帶有些令人憐惜的絕美脆弱，一雙帶著水霧的眼睛望過來滿是柔情，即使是這麼薄淡的幻影，也讓人興起想要小心將她捧在手心上守護的想法。

幻影在我腦海裡清晰起來。

少女的聲音細膩如同耳語，輕飄飄的又帶了些無助。「生命眞的能永遠長存嗎？」

不論是強大的神，或是天使、精靈、妖魔，甚至於這個世界本身，總有一天都會有盡頭，沒有任何事物能夠永無止盡，亙古恆遠。

「那我們所見那些算什麼？不是永恆嗎？」

「我們不該値得擁有永恆嗎？」

少女身後走出與她一模一樣的另名少女，同樣的脆弱絕美，水晶似的肌膚與清澈的眼睛，帶著淡淡的憂傷。緩緩地迎上前、伸出手，在空虛的幻影中透過我摸上另外一人的面頰。

「鎖……」

「我們能夠永遠在一起。」

「只要那屬於我們。」

這瞬間我全身雞皮疙瘩炸起，連寒毛都好像結冰，打從骨子裡發寒出來。

趁亂連結上黑術師記憶幻影的這剎那，我突然明白這三人到底是什麼關係了，難怪先前只要提到，百塵鎖就會突然暴怒。

還來不及抽離自己，幻影一變，竹林瞬間扭曲消散，取而代之的是一個巨大空間，看不出來是什麼地方，感覺好像是石窟，淡淡的色彩顯示這並不是普通石窟，周邊的岩石壁面全帶著透明的色澤，有些像伏水神殿下的建材，但又不一樣，更像水晶一些。

在這裡，兩名少女手牽著手一起奔跑著，不知道在逃離什麼，然而追逐在她們身後閃現的身影很快就替我解答——

幾名重柳族打扮的人擋住她們的求生之路。

居中的高大男人舉高手中的銳利彎刀，泛著奪命冷光的刀面上折射出那兩張完全相同的絕美面容。

幻影在刀鋒砍上其中一名少女的頸子前碎散，最後我看見持刀者那雙冷酷的藍色眼睛。

陌生且毫無感情，並非我認識的青年，而是比他更年長一些……

巨大的力量把我彈開。

一雙手從後接住我。

眼前景色重新清晰起來，哈維恩與小淺擋在我面前，抵禦的是殺氣沸騰的黑術師，不知道從哪裡來的食魂死靈從上方撞開了聯合大結界一個洞口，掉在剛才巨變的中心點，竟然落了下風的重柳族被甩到旁邊，身體底下一灘白血，好幾名術師和獵殺隊的人將他拉進保護圈，急速展開治療。

扶住我的是夏碎學長。

見我確實站穩後他才鬆開手，露出一貫的溫和笑容。「雖然有些抱歉，不過可以請你去盯著冰炎嗎。」

我有幾秒不理解夏碎學長的意思，等到我遲緩地回過頭去看，才發現那個應該要好好接受治療的某史前巨獸正試圖站起，旁邊的喵喵一邊抓住人，一邊急著朝我使眼色。

「我怕我失手揍他。」夏碎學長和藹可親地附加上這句。

幾乎連滾帶爬地直接跪到學長面前，這次我也顧不得緊張和剛剛的尷尬心情了。「對不起！學長你快接受治療！」

「你這笨蛋！」學長看起來很想往我頭上呼一拳，我反射性縮了縮，然而沒被揍，只看著他被喵喵拉著坐回原處，紅色眼睛狠狠地瞪了眼，開口說道：「道歉什麼！」

欸？

我也不知道道歉什麼。

我愣愣地抬起頭，剛好望進那雙眼睛裡，並沒有我以爲的那種要揍我的凶光，而是一種很淡然的冷靜，讓我也在差點失控的火氣裡跟著安靜下來，這瞬間突然有種心安的感覺，彷彿不管再怎麼吵鬧氣憤，大家都還是會等著我。

學長抬起手，拍拍我的頭。「所以我說，都來到這裡了，還有什麼好抱怨的。我們都在，你怕也沒關係，我們會比那些東西更強。你確實不是我的責任，或許在某方面是我操之過急；獵殺隊的誅殺請求送至各部，我只考慮第一時間反抗那些聲音，沒注意到你的心情。」

「學長……」

「不過你可能誤會一點，我不全然是把全世界放在你手上，只爲了一個人的關係讓全部人涉險太自私，我們來除了幫助你，還有更重要的事情要做。」說著，他收回手，按著已經不再滲血的傷口慢慢站起來，順便安撫旁邊跳腳的喵喵。「已經沒事了，剩下的等等再治，這些不算什麼，有更需要救援的人等著你們幫忙。」

喵喵咬了咬唇，估計學長是眞的如他所說沒有危險，所以最後還是沒說什麼，與身邊的術師往後退開。

從自己的空間抽出新的外衣披到身上，學長拍拍我的肩膀從我身邊走過，我跟著他的動作反射性回過頭，就像剛進入學院那時般，突然覺得這些人的背影無比高大，不管什麼時候都會走在我前面，踏過那些荊棘阻礙。

這一秒我跟著邁開腳步。

我能夠有更多和他們並肩面對的機會嗎？

即便只有曇花一現般的時間？

「你剛看見什麼？」學長冷笑了下，手上轉出一柄冰凝的彎刀。

「百塵鎖的記憶，他的防護被重柳族撞出洞了。」我取出米納斯，魔龍的小飛碟在旁邊散開來。「只有很短的一段，應該是看到百塵鍊和異靈。」

「喔。」學長點點頭，「看來他也不是沒有惦記的人。」

「那是他妹，和他女朋友。」

「……」

學長難得地沉默了。

※

少女們與當初見到石板殘影時的氣質雖然不太一樣，然而分不出誰眞誰假卻是相同的。

我在短暫偷窺時間驚鴻一瞥，根本來不及分出差異，只是透過主視角來看，還是可以感受到兩名少女都發出相同的依戀，足以證明他們情感真的很深厚，就是不知道是哪方面的深，那兩雙眼眸看著視角主人散發出來的眷戀幾乎一模一樣，很難分辨。

稍微向學長解釋了下我的所見，他沉思了幾秒，然後又完全無預警搧了我的腦袋。

……不是我要說，學長你現在是不是搧得越來越順手啊！我覺得次數變多了耶！

「下次別幹這種危險的事，貿然連結強大術師的精神你會掛掉，『他』不是告訴過你了嗎。」學長嘖了聲，沒好氣地說道。「至少可以讓哈維恩幫你護法。」

呃，確實，鬼王不久前做精神連繫好像真的有說過我會掛掉之類的事情。

衝動真的是魔鬼，然而我這次一點也沒後悔，我覺得再來一次我還是會這樣做，畢竟這個裂縫千載難逢啊，沒來個特強的重柳族去撞他還挖不到，就被我狗屎運抓到這次。

「少得意了，你還有得學。」某史前巨獸斜了我一眼。

另一邊，百塵鎖甩開包圍他的幾人，揹著雙手浮在半空中，又是那種憐憫小輩們的眼神，彷彿從剛剛開始，不管是誰都無法進他的眼，除了襲擊目標外，其餘人都只是三歲小孩——扣除另一個讓他抓狂的重柳族，他還真裝得像那種樣子。

「對了，剛剛你在下面找到什麼東西。」學長突然開口。

「啊，那個啊……」其實剛剛感受到那東西傳遞的喜悅之後，我大概知道底下有什麼了，只是很小的一部分，所以沒什麼意識，只有投射單純的反應。「我覺得現在不要弄出來會比較好，現場這麼混亂，還是先假裝我們都沒注意到。」

「可以啊，先處理眼前的事情吧。」學長也沒有繼續多問，只往身邊看了眼。「夏碎，起床了。」

被甩到旁邊的夏碎學長翻起身，原本的面具都不知道丟到哪邊去了，一臉無可奈何地按著手臂上的傷處走過來。「你這人眞是……我可是還在生氣，別以爲我放下了，等一切平息後你最好有個解釋。」

學長不以爲然地冷哼。「少囉嗦，養傷是等敵人都幹掉之後才能安心做的事情。」

「難道你們還有什麼藏著的小花招想引我發笑嗎？」百塵鎖的鐵面具轉過來。

然而他原本戲謔的笑聲和身邊環繞的黑暗氣息在看見學長取出某個物品之後陡然一轉，再次出現那種像是針對重柳族的殺意。「你手上的東西哪裡來的。」

這句話很森冷，就連我都感覺到如果學長一個回答錯誤，可能當場連頭蓋骨都會被打飛。

壓根沒把威脅放在眼裡，學長很挑釁地回了一句：「你說呢。」

我在旁邊一看，他攤開的掌心上擺著的東西很小，而且一點也不像貴重物品，只是個小小的草環，而且草葉已經枯黃，有部分甚至泛黑了，唯獨能確定的是，編的人非常仔細小心，草環每個結的間距都相同，上頭還殘留著隱約的祝禱。

就是這種普通東西讓百塵鎖氣息突變，壓力往我們頭上罩下，語氣也不再是慈祥的做作長輩。「三王子的小雜種，你從什麼地方偷了這東西。」

「我去了時間之流，你認為呢？」學長微微瞇起眼睛，「本來還想不透為什麼會有這樣的東西被珍貴地埋藏起來，現在看來，是親人……或是愛人？」

四周瞬間完全黑暗。

我們再次無聲無息被切出了空間。

意外的是，那名應該被拖去療傷的重柳族出現在我們面前，這次沒有對著我們砍，而是擋在學長前，面向黑術師，冰冷的聲音添了嘲諷。「原來如此，總算想起來了，竟然得回憶這種骯髒事物，真讓人噁心。」說著，他回望學長一眼，揮手散去學長身上那層淡淡的死咒。「我並不想針對你。」

學長點點頭表示明白。

「你們這些重柳族才讓我噁心，我遲早會去砍下那個卑鄙無恥混帳的腦袋。」黑術師的注意力完全被重柳族給吸引，巨大的威壓逐漸填滿整個黑暗空間。「螻蟻又是清王第幾子嗣，你的命運會與你那些兄弟姊妹一樣，等到一一殺盡後，我就會用最殘忍的方式讓你們的父親在痛苦中死去。

「做得到再說吧。」重柳族甩出彎刀。

「別急，你們應該可以開始感覺到了。」黑術師伸出手，指向重柳族，接著是學長。「還有你，膽敢觸碰那些東西，就準備踏上你父親的後塵。」

「宣揚別人私事，自己也害怕被世人所知嗎。」學長晃了晃手掌上的小草環，那枯黃的小東西跟著晃動，脆弱得好像立刻會被碰散。「你們雖然抹滅了許多歷史，但也將重要的物事藏在歷史當中。這個『雙心環』應該是你們妖師一族贈予心儀之人的物品……那你究竟是愛上了異靈，還是愛上你的手足？」

「──閉嘴！」黑術師怒吼出聲。

「你提及我父親時怎麼沒想過要閉嘴，我父親還是你們害死的，更別說妖師一族那些傷害。」學長看也不看震動不已的空間，漂亮的手指一根根收起，幾乎將草環給捏碎。「閣下似乎很喜歡動搖人心的話語，那我自然禮尙往來，將百塵首領爲愛墮鬼的事公告天下？說不定你也會有機會讓那些毫無關係的路人幫你寫首愛情的歌謠，換點廉價的同情──」

諷刺的話還沒說完，百塵鎖猛地出現在我們面前，竟然繞開了重柳族，高高舉起的手掌直接往學長腦袋上拍下去。

電光石火間，夏碎學長的鞭子和靈符捲上黑術師的手腕，靈符傳來龍嘯聲，下秒就在黑術師面前炸開，而在這一、二秒的時間差，我也難得反應過來，急速轉換米納斯的子彈，挾帶魔龍複製出來的增幅力量，這次沒有打偏，直接往黑術師眼睛射去，黑血就在我們面前炸開。

「你也不是沒有弱點。」看著停在面前的手掌，學長彎起冰冷的微笑。「只是你放在其他人找不到的地方。哼，這不過就是還給你的回禮。」

「滾開！」一隻眼睛被打得血肉模糊的黑術師低喝一聲，然而這次我們竟然沒有被震飛。

在周圍環繞的十多張靈符散發出淡淡的銀光，每張符上頭不是精靈文字就是天使文字，貯存在裡頭的光明力量多到箝制住了黑術師的手腳。

「你喜歡切割到對自己有利的空間，這次反而幫了大忙。」學長捏碎了手上的草環，在黑術師的怒氣中轉向重柳族。「可以勞煩閣下過來些嗎，有事情需要您協助。」

重柳族可能沒想到會點名他，愣了一下後，邊瞪著黑術師和我，就往學長另一側走過去。

可能是對於同一方的白色種族毫無戒心，所以在學長瞬間往他頭上拍了一張靈符、把他貼成殭屍時，重柳族才反應過來自己被拐了，瞪大眼睛不可置信地看著學長。

「您閉嘴站好就是幫了最大的忙。」學長拍拍手，彈掉指尖上的灰塵。

於是我們現在眼前的狀況就是，兩個可能近萬歲的邪惡種族和白色種族被貼成雙殭屍，只能原地暫停不動。

「雖然是光明禁術，不過依照他們的能力，很快就會被衝破。」夏碎學長又往重柳族後腦補貼了一張，上面的天使文字閃閃發光。「這是百塵鎖的空間，沒問題嗎？」

「可以，早料到會發生這種事，所以他也給了能確認空間的指標。」說著，學長往我看了眼，「褚，來幫忙。」

幫忙？

我連忙湊過去，接過學長遞給我的黑色符紙，上面竟然有著我熟悉的黑暗圖紋。

「你試試先把這個空間拿下來，像你之前做的一樣。」學長拍了一下我的腦袋，然後走到旁邊，腳下出現銀光法陣，驅散了周邊要往他包攏的黑霧。邊上的夏碎學長也張開同樣的陣形，兩陣相呼應發出了細微的水晶敲擊聲響，彷彿在連接什麼。

我看著手上的符紙。

像之前一樣拿下黑色空間嗎？

聽著空間中的細語，我閉上眼睛讓自己的意識搭上那些話語，很快地，聲音變得弱了些，似乎在傾聽另外加進來的是什麼。

黑術師在做這個空間時大概非常小看我們，整個空間的防護其實沒有想像中強，所以困死我們的黑色空間很快安靜下來，停止釋放黑霧和毒氣，開始往我這邊親近。

「來了。」學長和夏碎退開一步，在兩個陣法中突然張開了第三個黑色大法陣，散發我最熟悉的氣息。

我還沒反應過來，就看見穿透了空間抵達此處的兩名血親——

白陵然勾出笑容，對著黑術師和重柳族開口：「往後膽敢再對我族人下手，我會讓你們死無葬身之地。」

恐怖力量打碎百塵鎖的屏障，剎那間原本聽從我的黑色空間全部臣服於妖師首領腳下，全然黑暗的切割空間景色一轉，竟然出現了非常和平的藍天白雲外加草原幻象風景。

「妖師首領！」重柳族炸出殺氣，後腦的靈符立刻碎成粉末。

「很稀奇嗎，圍觀還不給門票。」褚冥玥踏著靴子走到重柳族面前，露出讓人驚艷的美麗笑容，接著高跟直接往白色種族腳上一踩，外加扭兩圈，正常如果是隻蟑螂應該已經被粉身碎骨了。「了不起啊，欺負小孩很好玩嗎？你們再過多少年都還是這種德行，哪天要毀滅世界我覺得你們會是第一目標喔。」

畢竟還是條漢子的重柳族直到我姊把鞋跟收回去都沒有吭聲，只是很憤怒地死瞪著他們，彷彿想把眼前的人全都千刀萬剮。

接著，恐怖大美女往我這邊斜了一眼，我全身寒毛豎起，都想夾著尾巴逃走了。

冥玥對著我比了一個抹脖子的動作，表示等等我就死定了。

……還不如現在死比較好。

第二話　不死不滅即永恆

「臭小鬼們，以爲將我們困在這裡，會對外面有什麼改變嗎？」

百塵鎖發出很乾澀的笑聲，彷彿喉嚨要裂開一樣，聲音像吞了一罐砂石般難聽得要命，還令人毛骨悚然。

「這可就不知道了，對我們來說是會有改變，對你來說……等等就能知道了。」白陵然悠悠哉哉地接上對方嘲諷的話。「我與冰炎的殿下進了時間之流拜訪一些物事與友人，畢竟黑暗同盟幾位的狀況實在過於違反生命定律，所以做了些猜測。」

邊上的夏碎學長再度往重柳族腦袋上拍靈符，把蠢蠢欲動的白色種族又貼得僵住，接著他走過去也往黑術師頭上拍個補強，我看他手上有一整疊，搞不好都有上百張，不知道的人還會以爲他是想制止什麼狂暴魔獸。

所以他們一開始就以捕捉黑術師爲前提做這些準備？

我偷偷瞄著學長的側臉，越來越不知道他們整個計畫是要做什麼了，但看來眞的不像只是來把我拎回去而已。

「你們爲了隱藏在歷史下，抹滅不少原本應該記錄在時間當中的過去……這點很有意思，竟然能規避時間水滴與告密者，那必定要有非常熟悉時間歷史的人才行。」妖師首領彎下腰，折斷一小片青草，幻影組成的草葉隨即在他指尖散去，他笑了下，不以爲然。「也就是說，這人除了精通時間與歷史以外還利用了他所長，將某種『障眼』覆蓋在你們身上。」

「……啊，說到這個，有人託我帶話給你……族長。」我猛地想起鬼王說過如果遇到然，可以將他的猜測告訴對方，那個當時讓我聽起來也很驚訝的話。「我問過一位很厲害的術師，要完全變成另外一個人有什麼方法。」

當時，殊那律恩也和我進行過相關的討論。

和安地爾吞噬靈魂的方法不同，那時我們都認爲把「時間」披在身上，也會成爲「另外一人」逃避被時間發現的僞裝。

「『那位』說他長年對戰裂川王一黨，覺得他們能夠復元的狀況並不合理。一般魔神或者妖魔的手下使者，會將自己的靈魂與心臟奉獻給他們的主子，就算被擊滅，魔神等邪惡也會承諾他們，取自己的血肉與信奉者的靈魂與心，捏製新的肉體加以重生。所以他原先以爲黑暗同盟也是同樣的方法。」殊那律恩最早是認爲黑術師等人臣服的就是這種肉體再生，但是魔神的這些手段需要重生時間，平常受到創傷原地再生也是有可能的，可是他們面對的是同樣強大的敵人，包括妖師在內，承受的攻擊都有著強悍的力量和詛咒，並不可能馬上復元。

然而交手幾次，他也沒有察覺這些人的靈魂和魔神那種存在有絕對性的連繫。

應該說，黑暗同盟的人是有將自己的生命核心交給了「誰」，但不是走魔物的血肉再生模式，他們使用了另外一種更有效、不屬於被這世界核可的方法。

「他們很可能擁有一個、甚至多個時間迴圈，建立在自己幾個身心最佳狀況點上，一受到致命打擊馬上就會回返那個時間點的狀態。」當時聽見鬼王的猜測時我也很驚訝，這比某安開頭的鬼族高手用的方式還更讓人不可思議。

這種概念就很像遊戲存檔，玩家可能在蹲休息點血藍全滿時做存檔，之後不管重複登錄幾次，都會是在那個存檔點上，只要不取消，就可以無限回到血藍全滿時期。

先別說這些黑暗同盟階層比較高的似乎個個都可以重生，要人人身上都有一個這種東西，建立的人到底得多強大？

「不可能！」重柳族幾乎震驚得喊出來。

喔對，他們竟然還不被時間種族發現與撲殺。

這很可能就說明了妖師甚至妖師首領對他們附加的詛咒都沒用的奇異狀況，感覺這些黑暗同盟的傢伙都可以按下重生鍵，隨時讓自己回到乾淨又強健的狀態當中，根本卡了個BUG。

白陵然和學長對看一眼，他們雖然有點吃驚，不過沒有重柳族那麼震驚，很可能他們原先猜想的也有點接近，就是沒想到在世界意識的眼皮子底下，這幫黑暗同盟竟然可以繞過追殺，使用這種幾乎是不老不死的方式存在。

難怪他們的招生文會是那樣子。

難怪他們完全不怕白色種族的逼殺和進攻，用彷彿在看一堆蠢蛋的眼神，盯著這些既會死也會受創的正常生命，還沾沾自喜著他們能夠永遠長生。

百塵一族因何叛變，又爲何會整族叛出妖師一族，很可能這就是主因之一。

在不死不滅的前提下，到底有多少人能夠拒絕？

百塵鎖笑了。

「呵呵呵呵……不愧是殊那律恩，果然還是讓他注意到這一步了。」黑術師的聲音裡有淡淡的激賞，似乎對於旗鼓相當的對手能夠戳穿他們的眞身感覺到很興奮，還可以因此戰個不死不休、痛快淋漓。

「嗯，他說因爲他本身經歷過時間錯亂的衝擊，導致他的身體至今仍深受其害，即使被染成黑色種族，那份力量還是存在著。所以他才注意到，如果以你們當中有人能夠抹滅歷史與時間追殺這點來看，對方很可能是完全有能力設下這種迴圈，也類似一種時間錯亂，不過是人為的。」鬼王告訴我這猜測時我很驚訝，雖然覺得有可能，不過心底還是隱隱認為他們應該沒有這麼神通廣大才對，但是現在一看黑術師的反應，他們可能真的就是做到了。「喔對了，他還帶話給重柳族，說如果有碰上的話務必要告訴你們。」

我轉向重柳族，後者愣了一下。

「『去除這種存在才是你們時間種族該做的事情，特別是身為刀刃的重柳，竟然連發現都沒發現過，此等重大失職，比起沒殺到妖師，不認為才是你們這些人最該丟臉的事嗎』。」我想了想，很同意殊那律恩的話，所以多補上兩句嗆過去：「我也這麼覺得，追殺我們追殺到曠工，還敢說別人丟臉，最丟臉的根本是你們自己好嗎，一群智障。」

「你——！」重柳族大概是想罵人，但是可能我真的沒說錯話，他竟然沒能罵出口，只能氣到惡狠狠地瞪著我。

夏碎學長又往重柳族腦袋拍上靈符，讓他冷靜一點。

「看來你們這些正義的傢伙也沒好到哪裡去吧，笑死人。」冥玥瞇起眼睛，手指往重柳族臉上面罩劃了下。「可惜你們不是公會的人，否則我會讓你們想死的心都有，竟然蹲在這位子上沒辦好該做的事情，還大張旗鼓地帶獵殺隊四處亂跑，你們要不乾脆也叛出時間種族自立門戶，順便再把種族天生的世界任務全都拋棄好了。」

重柳族氣得話都說不出來了。

「不用和他們廢話。」學長嗤了聲，也沒打算幫重柳族解圍。

應該說，我從剛才就覺得學長有點勇猛，他居然一次得罪了黑術師和重柳族，前面那個先不管，但是後面這個明明是古老的世界大族，這樣把他貼成殭屍在這裡聽訓話都沒關係的嗎？

我有點擔心學長日後被算帳……整個憂慮，他到底還想不想在白色世界混啊？

然而被憂心的本人根本沒這方面的擔心，他的同夥還在那裡快把重柳族後腦袋給貼滿了，都不見有想手下留情的意思，彷彿徹底叛逆的青少年，無視大人們的感覺。

「你們困不了本座太久的。」相較於重柳族的氣急敗壞，重新收斂起自己外露情緒的黑術師呵呵笑著，好整以暇地繼續裝他的游刃有餘。「孩子們，不論想做些什麼都是徒勞無功的，放棄吧。」

「話別說太早呀，老、先、生。」冥玥彈了下手指，腳下張開黑色法陣，清澈的聲音帶著某種調笑的意味，愉快地反彈對方的嘲諷。「剛剛不是給過你提示嗎，『我們去了時間之流』，除了原本猜想的狀況和我這笨蛋弟弟那邊有點出入以外，要對付你這老頭的東西還是有換了些來喔。」

黑術師猛地轉看白陵然。

「既然知道是時間迴圈那就好辦了，如果你是魔神手下的再生，我們還覺得麻煩一點。」白陵然晃動了下右手，他的手腕上出現一小圈藍色刺青，文字看起來很古老、有點近似精靈古文的那種圖案，看不出來是什麼意思，周邊點綴著小鳥樣子的圖騰。

百塵鎖一看見那個刺青，身上原先強大的力量氣息竟然出現了波動。

「百塵鎖，天網百塵最後一族的首領，也是帶著天網全體叛變的起始，不服從你們的其餘天網同族們在當時被斬殺殆盡，屍骸埋藏於舊地當中。」白陵然身邊出現了好幾團搖晃的青白色火焰，看起來竟有點像是鬼火，透出蒼茫不甘的氣息。只聽見他繼續幽幽地說道：「如果我沒有走這遭，怕他們至今都還無法回歸安息之地，身爲一族首領，你竟敢背棄同族至此。」

「同族算什麼。」百塵鎖完全沒有悔改的意思，笑著回應：「本座連千眾那些蠢蛋都滅得一乾二淨，這世界根本不需要那些裝模作樣的救贖，他們是理想世界唯一的絆腳石。」

「是誰的理想世界？」白陵然瞇起眼睛。「千眾一族根本不具任何危險性，他們所做的只有醫療，你卻要把他們屠滅……你害怕他們透過醫治看見什麼？黑暗？或是你那……」

「說話之前，最好是想清楚再說。」百塵鎖發出近乎警告的肅殺話語。

「也是，那我們就來試試看你身上所持有的『迴圈』，究竟是不是我們所想的那種東西。」說著，白陵然朝黑術師被我打瞎的那邊眼睛張開手掌，手腕上的刺青散出靜寂的幽冷藍光，從那片藍光中傳來某種我曾接觸過、有些熟悉又有點陌生的力量感。「曾訂立語之契約的時之力，震動起漣漪，探看脫離正軌之物。」

藍光隨著話語震動，我聽見周圍傳來帶著不友善的脅迫細語。

空氣中裂開黑色的細縫，不似人的手從裡頭伸出，朝著黑術師的方向慢慢搖晃。

時間告密者？

百塵鎖瞪著那爪子像是要將他凌遲一樣緩慢地靠近，就在即將碰上時，黑術師周身一炸，強大的氣流挾帶黑色火焰燒碎所有困住他的靈符，震動被妖師首領奪走的黑色空間，切割出的世界開始劇烈搖晃，幻象如同被打碎的拼圖散分爲數千萬塊，接著炸裂——黑術師蠻橫地將所有人撞出這個已經不再屬於他的空間。

空間碎裂，我們再次回到巨人島上的戰場。

「漾漾，準備好。」踩穩地面的那瞬間，冥玥朝我丟過來這句話：「只有一次機會。」

「什麼？」我一時之間沒反應過來。

黑術師擊碎所有封鎖他的法術的同時，一黑一紅的纖細身影從我左右閃雷般奔出，兩名女孩宛如同步一樣動作一致，高高地翻起，身體如同在舞蹈般，柔軟的身軀在空中側轉方位並借力各自甩出手裡的東西——

幾根五角長棍隨著她們的動作插入地面，異常沉重的長棍每一入地都引起一次震動與地鳴，黑術師還來不及從裡頭脫身，哈維恩和不知何時回來的九瀾已各自揮舞出自己的兵器。

九瀾的是我已經見過的笑骷髏大鐮刀，但哈維恩用的不是他平日貼身的彎刀，而是之前西瑞在冰牙族轉送給他的六靈刀，短刀出鞘瞬間，周圍翻起強烈到恐怖的殺戮氣息，被染得黑紅的空氣扭曲成眼鏡蛇的形狀，粗長的身體都有兩、三個人合抱那麼巨大，豎起的頸部大張開來，兩邊竟然各自有兩顆同樣血紅的眼睛，殺氣騰騰地全對向黑術師。

當時就知道六靈刀應該是很厲害的東西，但沒想到哈維恩居然在短短時間就能控制，看來這段日子他也沒少苛求自己。

六眼蛇發出了嘶嘶的嗡鳴，接著從九瀾鐮刀裡爬出來的幾具黑骷髏像是護法一樣盤踞在某個感覺很像陣眼的花紋上頭。

「這是——」百塵鎖猛地回頭。

站在其中一根棍子上的伊麗莎朝黑術師比了中指。「殊那律恩送你們的禮物啊幹！去死吧，一群廢物！」

這一秒，不知道爲什麼，我突然知道了，這就是鬼王要我們幹的「大事」，也是學長口中所說的「另一件事」。

※

七陵學院的術師群以極快速度來到白陵然身邊，除了在空中固定各大陣法的幾位之外，連當時帶領隊伍的韋天都來到妖師首領身邊。

沒有任何交談，所有人像是擁有早就排練過幾百次的默契一樣，散開在五角棍陣法外圍擺開陣勢，銀色與黑色的法陣在每個人腳下轉出，到這時候我才驚覺七陵學院的術師團中竟然有黑色種族，血與力量散發出來的感覺不會錯的，特別是他們腳下的陣法就是黑暗，竟然還可以與身邊的白色夥伴彼此協調。

類似的場景我在狼王與大王子身上見過，當然他們兩位都是白色種族，只是力量極爲相對，卻在布陣的精控上彷彿冰與火先天便是共存，相生相輔。

現在七陵學院施展的術法就給人這種感覺，白色的術法並沒有與黑色對剋，反而兩邊合作一般，將空氣中有利於對方的元素輕推過去，然後吸收可能影響彼此的相斥存在，各自不斷地發展茁壯。

「這是……！」哈維恩愣了下，眼裡突然有抹欣羨的光彩，透露出對於正在發生的一切掩蓋不住的渴求。「七陵學院竟然有這種從來沒有公諸於世的研究嗎？」

「我和然受邀進入七陵學院之後，董事們強烈地請託我們共享黑色種族所知，我們學院是專精與研究各類『術』的學院，並沒有外面那麼排斥黑暗力量，近幾年來因此發展了許多共生術法。」冥玥笑了笑，挑眉往同樣震驚的重柳族那方斜了一眼。「要不是學校外面不明事理的笨蛋太多，這些共生協調早就可以改變整個世界發展。」

「所以大競技賽時，我們才贏不了七陵學院啊。」學長勾起唇，是完全佩服對方的那種神態。「祭咒學院並沒有用出他們擅長的大招。」

如果不是時間、地點不對，我覺得哈維恩肯定想衝上去和七陵學院交流，他盯著那些術師的眼神都開始發光了，根本想撲過去研究個三天三夜不休息。

正有點出神時，一抹黑色力量往我竄衝過來，我反射性釋放自己的力量，這才發現對方沒有敵意，反而是像拋了顆球到我手上，等待我的連結。我意識到這就是冥玥讓我「準備好」的事情，連忙接下連結，慢慢地沉澱心思，感受對方的連繫。

然後，我腳下張開了與那些黑色種族術師一樣的法陣。

身邊的學長等人也接住了球，一個個陣法像是遍地開花，不斷在大地綻放，繁華盛開。

也就是在這個時候，我才發現原來聯合陣營並不是將這裡作爲守護中心，而是一個要對付「某人」的集中點，四面八方以此爲座標，展開了新一波攜手連繫。

術師們吟唱著不明語言的歌謠，編織成網。雖然我不會唱那種術歌，不過可以感受到陣法的引導，跟著牽引與細微的波動，慢慢將力量送入與大家一樣的法陣當中，蓋起了針對黑術師的牢籠。

不只困住了百塵鎖，上方協調大陣的七陵術師們也引動了這些術法，一個接著一個傳遞出去，逐漸困住那些不死不滅的邪惡黑術師與部分高階妖魔，就連本來被其他學院高手攔截與對峙、在高空中的比申惡鬼王也被箝制住。

遠方的西瑞和他周圍的巨大幻獸暴起，打飛黑山羊，掙扎著從地面翻起身的大妖魔被隨後追上的巨大神摜了一拳，深陷到地底。

百塵鎖再次炸出凶惡的攻擊術法，但居然沒能撼動那些奇怪的五角棍，彷彿上面有什麼可以剋制他的抵抗。

這時，白陵然閃身出現在他面前，他身後有許多黑色爪子探出，抓住了黑術師的手腳。

「不死不滅眞能成爲永恆嗎？」妖師首領點點手腕上的刺青圖騰，空氣顫動了下，有某種東西從黑術師身上剝離。「既然背棄妖師一族，你們就沒有資格自稱百塵之名，你們根本不是不死不滅，只是躲在那張醜惡的面具下面，僞裝自己堅強無敵而已。當初鐵鑄灌澆封印你的人，眞該連你的靈魂都擲入無盡深淵，不該心存善心期盼你會回頭。」

黑術師臉上的鐵面具喀嚓一聲，左額上方竟然裂開來，裂縫中拉出了血色毒霧，一隻黑色爪子像是聞到了血腥味，惡狠狠抓了進去。

「白陵然！你會後悔！」百塵鎖發出怒吼。

始終溫和微笑著的妖師首領伸出手，捧住鐵面具的兩側，用著平常談天時那般令人舒服的語氣輕輕吐出話語：「不會喔，你們這些遺留下來的叛徒早該被處決，將你們千刀萬剮即是身爲首領，我、白陵然的任務。」

鐵面具左半邊在這瞬間炸開來，帶著黑紅色一起被掀飛的皮肉和血液，黑術師半張臉被炸得血肉模糊，露出駭人的臉骨與抽搐跳動的肌肉，而且這次並沒有復元。

「本座要讓你們永無寧日——！」伴隨著憤怒的吼叫，百塵鎖打破箝制，帶著殺招的手就要往近在他面前的白陵然身上拍下去。

然而那隻手在半空中就被告密者的爪子攔截，一隻接著一隻的黑色爪子不斷從深色裂縫中湧出來，如同蟲子不斷往黑術師身上鑽進去，那些裂開的面具和傷口更是它們的最愛，眨眼間便覆蓋上密密麻麻的黑爪，視覺上相當噁心。

這些告密者出自於時間之流，肯定在某方面能剋制住黑術師，百塵鎖竟然一時之間阻止不了，只能在怒罵中被淹沒。

這畫面相當驚悚，連我在旁邊看都沒辦法有幸災樂禍的感覺，而是一種劫後餘生的僥倖。當初在時間之流如果不是有人帶領我，還幫忙排除告密者，很可能當時我就會像這樣死得不明不白。

要知道百塵鎖是個幾千年的老妖怪，連他都阻止不了告密者的侵蝕，我這種菜雞怎麼有辦法活下來。

太恐怖了。

身在恐怖中心的白陵然笑了聲，從大量的黑爪子裡退出身，黑術師立刻就被密密麻麻的告密者更加地緊密覆蓋，沒幾秒連人都看不見了，只看到一個包滿爪子的柱狀體插在五角棍陣法中心，不時還會抽動幾下。

「你們以為這樣就完了嗎？」

高空中冷眼看著一切的比申惡鬼王發出冷笑聲，「一個黑術師就動用你們這麼多人，絞盡腦汁只能困住他，太好笑了。」

鬼王高抬起手，黑色通道中傳出不祥的戰鼓聲與不明魔物發出的咆哮聲。

「遊戲時間結束了，小孩們，你們很快就連這個破島都守不了。以此爲第一站，我們將血洗整個世界！」

巨型血色倒五星猛地出現在黑通道之前，仔細一看，幾乎幾十層樓高的五星裡竟然萬頭攢動，凶殘的惡魔大軍終於突破了守護與阻攔，衝破走道正式降臨在守世界的巨人島上，三支騎著白骨戰馬的前鋒隊衝出，披著黑色斗篷的惡魔們發出欣喜的吼叫，張開數不清的蝙蝠血翅覆蓋大半片天空。

黑山羊從地底衝出，再次發出叫囂，與上方千萬惡魔呼應，空中逐漸描繪出一個一個血圈，快速擴張入侵世界的通道。

這時，我突然再次感覺到剛剛土地下那個奇怪的東西，那玩意隱隱騷動著，傳遞來支離破碎的意念，好像是想跟我說有什麼東西被影響，但又被控制著甦醒不了。

還在琢磨這個訊息的意思時，不同於戰鼓的號角聲響起，帶著震撼人心的肅冷重音，打破了邪惡的狂妄。

「這只是開始啊。」學長對上比申惡鬼王的視線，冷冷一笑。「不是很多人都說過嗎，我們是『先到』的人。」

隨著這句話，白色通道前拉出了十字，散發著神聖魄力的光芒，連我都能感到畏懼瑟縮。

吹著號角的天使張開了無瑕的六翼羽翅，在無數惡魔的叫囂當中舉起了長劍，白色的神之軍隊降下，在天空中打散惡魔們的詛咒與邪惡召喚。

我有些目瞪口呆地看著上空的交戰，然後開始覺得比申可能心中會有各種草尼馬衝過去。

她一定在想——

幹！天使眞他媽發動聖戰了！

※

還沒好好地看天使和惡魔對幹的盛況，我手邊的連繫波動了幾下，正在催促我加強力量。

……

不是已經打傷百塵鎖了為什麼還要加強？

還沒悟出個所以然，上頭大白陣法突然有很多人高速落到了各個還在奮鬥的區域，並且整個區塊的防守力量明顯以一種倍速效率急速增長，原先稍微被高階妖魔撞到破開的地方瞬間獲得補強，能力感完全高出學生們許多倍。

「唉呀，看來你們這些小孩子的搗蛋規模都快趕上我們了呦。」

一隻手無預警地搭到我肩膀上，我猛地一震，轉頭看見活生生的大惡魔沖著我魅惑一笑，應該要在學院裡的奴勒麗捏了捏我的臉，同樣黑色種族的力量正與我腳下的法陣起共鳴。我注意到她穿的是黑袍，並不是私人服裝。

還沒說些什麼，遠一些的休狄和阿斯利安身邊也出現了同樣身著黑袍的戴洛身影，陸陸續續地，四處開始出現各色袍級，還有我們學院、其他學院的師長們。

黑色的袍級在我們身邊落地，轉過頭，是衝著我咧開笑的班導：「曠課太久要留校察看喔！」他身邊站的是一名我沒看過的陌生黑袍男人，身材魁梧高大，輪廓相當深，看起來有些年紀，整個人內斂沉穩，還帶著某種被藏起的隱約魄力。班導有些得意地往男人瞟了眼，「我的學生群，很厲害吧！都說你回來一趟一定不虛此行，他們拚起來都可以拆掉學校的圍牆。」

……你學生出了個妖師還一大堆跑來這邊大戰鬼王妖魔，你怎麼這麼得意啊？

男人環顧了四周，刻意多看了我兩眼，面色也不改，拔開腳步逕自往前走，這時我才注意到他旁邊還有隻大白狼，紫色眼睛也靈動地瞄了我幾眼，莫名其妙地，我竟然覺得這白狼好像掛著有點在看好戲的神情，接著大白狼便跳著腳步跟著男人側邊走了。

高大的黑袍邊走，身邊邊陸續張開幾個陣法，將他的聲音傳遞到巨人島每一個可能有著友方的角落——

「所有公會成員，披上你們的袍服。從現在開始，此處無主征戰由公會接手，即刻調派一切所需支援，醫療班即將到達設立生命維護結界。針對邪惡入侵全面驅逐，聽見聲音此刻正式開始。」

傳音一結束，原先與鬼王妖魔一戰顯得有些疲憊的人們振作起精神，也有可能是師長們大批來援，所有戰區的壓迫氣氛一空，亢奮地鼓漲出更多力量，還挾帶了些歡呼聲，把已入侵到陣地的妖魔惡魔全數打飛出去，一個不留。

雖然不認識，但我直覺那個黑袍男人實力和地位肯定不簡單。

「那可是前線資深黑袍，雖然已經退役了。」奴勒麗大概是察覺到我在想什麼，往我臉上揉了兩把，「好吧，讓我去會會那些惡魔同伴，畢竟還是該工作的。」

大惡魔說著張開了背後翅膀，正要往高空飛去時，突然有個聲音喊住她。

「呦！女惡魔！」五角棍上的伊麗莎很隨意地揮了下手。

「嗨伊～邪靈王，好久不見啦。看來我們一個寄生了公會，一個投靠了鬼王都還算可以，只是妳越混越嬌小可愛啊哈哈哈哈～」奴勒麗發出遇到熟人的開心笑聲：「妳這樣子我都忍不住想要揉揉妳的小屁股了呢～」

「……閉嘴，滾開。」凶暴女孩一秒變成看到大便的臉色，直接驅趕剛剛自己主動打招呼的惡魔。

奴勒麗爆出大笑，一個旋身，飛舞著落到遠處的莉莉亞身邊，見她不知道和重披白袍的少女說了什麼，莉莉亞馬上大聲反駁，接著就被女惡魔給叼走了，被遺留在原地的萊恩呆呆地看著妖精少女被拎走，摸摸鼻子然後轉頭繼續消滅不斷滋生的小妖魔。

漫天的惡魔與各種入侵現在已經不是我們所須擔心的問題了。

就連比申鬼王那邊都包圍了眾多袍級與重新聚集起來的獵殺隊……不得不說，原本只有我們果然很薄弱，沒有一個站出來領首的勢力，每個人都僅靠著自己的判斷與熱血到來，雖然能擋下異界的襲擊，但始終不如有個強而有力的組織登高一呼，幾乎瞬間便凝聚起所有散亂陣地與勢力，就連那些獵殺隊都配合公會的調派，不再到處亂砍亂殺。

越是在這種時候，越能感受到公會在世界上的重要性與足以在所有種族面前發話的地位。

最接近我們、砍了我的那個重柳族可能還想發作，與班導同來的高大男人一閃身，直接出現在他身前。

「重柳族的十一殿下，是否能看在我的面子上，收起粗暴的舉止。」男人低沉的聲音並不是在和對方商量，反而有點像命令，可能如果重柳族還想動手他也有相應的辦法制止對方。

果然，重柳族斂起暴躁的殺氣，渾身重回了那種高高在上、不可侵犯的冰冷。「難怪公會派你至此，洛維閣下。重柳族受過恩情，不在此與你交戰。」

「巨人島所有戰場都劃分爲公會臨時管轄區域，公會已取得各界許可並獲得世界意識協助，也請您管好所帶來的手下，大戰期間，不要做出干預戰場的舉動，否則休怪公會將針對這點進行必要的處理。」黑袍男子話講得相當硬，不帶任何妥協餘地。然而重柳族竟然也沒吱一聲，冷冷地瞪了眼黑袍，轉身瞬間消失蹤影，無聲地同意了公會的通知。

直到重柳族的氣息完全消失，班導才走過去拍了下男人的肩膀，「兄弟謝啦，還是不得不請你跑這趟，打擾你安靜生活了。」

黑袍男人再次看了我一眼，回應班導：「你的學生總是都很奇怪，如果想要每個都保住，得很用心……算了，你的選擇。」

「對，我的選擇，改天請你吃飯哈。」班導用力伸了伸筋骨，很不規矩地抬手搭在對方肩上。「你看一代比一代優秀，所有學院來的小孩都厲害得不像話，現在還黑白合作了，他們未來一定不會輸給『那些東西』。老師我眞的有點感動啊，連拿告密者抓住黑術師當餌要強撈出大魚這事情都做得出來，不錯不錯啊，眞懷念我們以前攜手挖爆魔王城的日子，還把他地底下的寶藏全都扛走，大吃大喝一個月。」

男人表情不變，但周身氣息變得柔和了些，減少幾分他原本帶著的冰冷。「做正事吧。」說完，兩人腳下同時展開形狀各異的特殊陣法。一邊的大白狼沒攪進去蹚渾水，優雅地踏著步伐走出我們這邊所連繫起來的大法陣。

與此同時，五角棍下出現了地鳴與震動，原本被告密者團團包圍的黑術師人柱突然劇烈扭曲、掙動了起來，但看起來並不是出於他的意願，他就像被綁上幾十條線，手腳顫動揮舞得完全不像正常動作。

某種既危險又讓人打從內心感到驚悚的不明威脅感從黑術師腳下的土地蔓延開來，那感覺就像噩夜走在全然不明的山林深處，所見的黑暗深處似乎有幾百雙眼睛，它們隨時會撲出來對人進行致命襲擊，非常可怕。

我沒有因爲腳軟而一屁股跌坐在我的黑色陣法上是因爲米納斯溫柔地托了我一把，讓我沒在眾目睽睽下丟這個臉。不過放眼望去，還是有幾名學生被這股恐怖力量震得跪下，滿臉冷汗蒼白，可見有多驚悚。

「打開通道，大魚抓住了。」身在陣法中心的小淺高舉起雙手，這時我才看清楚她十指上全連著黑色細線，另一端深深插入土地中，細線上纏繞怪異的文字術法，帶著淡淡腥血氣息。

另一邊的伊麗莎張開手，地鳴漸漸擴張到我們腳下時，我突然明白他們在「釣」什麼了。

與先前所見平凡無奇的普通氣息不同。

黑暗的通道在五角棍陣中打開時，遭到鎖定並被狠狠扯出、隱藏在深處的男人，身上轟然掀出的是和我所知的黑色力量完全不同、另一種幾乎完全被世界排斥的純粹邪惡，那種連最細小的善意都找尋不到、只有全然的反逆，令大批告密者急速退離黑術師的軀體，像是被石頭打到腦袋的野犬，夾著尾巴快速縮回原先的深色裂縫。

我腳下的法陣發出碎裂聲音。

接著，有白色種族腳下的法陣碎裂開來，過大的力量衝擊重敲著連結起來的大法陣，連接成串，一個接著一個，不論是白色或黑色，自內向外快速瓦解。

從獄界被拖進守世界的裂川王終於曝光在世界種族面前，像是在某處經過激戰，這男人身上帶著許多殘破傷痕，眾多驚人的殺戮術法纏繞在他身上，散發著我熟悉的鬼王氣息。

伊麗莎冷笑了聲。

「這才是要幹的大事。」

我不太確定如果世界有自主意識的話，是不是也能夠發出自己的聲音。

那天裂川王被狠狠拖出來時，我確實聽見了空氣中傳來好像布料被撕破一樣的悲鳴聲，不論是徘徊在白色種族身邊的風或是島上那些原本寂靜的岩石、砂礫，都在同一時間發出那樣的聲音，非常細微，幾乎像蚊子的鳴叫般，卻刺人得穿透耳膜，傳遞讓人渾身冰冷、腹部陣痛的悲痛感受。

眞要實際舉例的話，我覺得有點像吃到髒東西想要烙賽的反應。

數名黑袍、紫袍急速替補原本學生們的位置，那些學生似乎力量較低，在裂川王被拖出來的瞬間被炸開的氣流撕扯出不少大傷口。七陵學院的年輕術師們往後退開，幾道看不出力量深淺的高大身影補了位，穿著的全都是七陵學院的斗篷，只是其上的刺繡更加繁複高級，一看就知道是師長輩，絕對全部都是高手。

鳳凰在空中飛過，開始迅速建立類似學院內凍結友善生命們生存時間的大結界。

說實話，現在雖然天上黑壓壓的惡魔群和天使們正在糾纏鬥毆，打得像某些教堂裡歌頌聖戰的浮誇壁畫，不過我卻無暇觀看這種千年難得一見的畫面，全副精神都在飄浮空中那個平凡臉的男人身上。

雖然不知道獄界的狀況如何，但從他身上看起來，他在被拖出來之前必定與殊那律恩等人交手過，而且戰況很慘烈，男人所穿的衣褲沾滿黑黑紅紅的血肉，各式各樣死亡氣息與恨意附著其上；可能是要抑制他所有力量，纏繞在他身上的術法除了死咒以外，還有更多禁制封印，也不知道獄界到底打成什麼樣子才可以附加上如此多的箝制。

揹負這些的男人竟然還面色不改，負著雙手，雖然被硬扯出到白色世界，卻也沒表現出驚慌的模樣，彷彿只是日常到街角買一份早餐般的悠哉態度。他只淡淡掃了一眼被告密者挖開大半身體的黑術師，最後一隻黑色爪子從皮開肉綻的人體逃竄消失後，百塵鎖重新慢慢站直起身體，好像沒感覺到疼痛，無視被剖開半邊、露出骨骼和內臟的嚴重傷勢。

「呵，我就奇怪殊那律恩和他的人爲什麼會拚著一死非得衝入吾等的據點不放，原來是要設下這些陷阱。」裂川王飄在半空，俯瞰著黑術師，以一種新奇的口吻開口：「百塵，難得看你著了小孩子們的把戲啊。」

「本座確實低估了點他們。」百塵鎖以一身血淋淋的姿態回應：「不過他們窺破『永生環』的謎底，足以稱讚，這是連時間種族那些愚蠢的東西都沒勘破的祕密。本座越來越捨不得把這些年輕的小孩都殺了，眞是可惜啊。」

「我也很想要其中幾個。」裂川王環顧周圍，溫和地微笑。「擺在籠子裡面，總有一天還是會歸順。」

「沒想過你們一個都帶不走嗎。」班導疏鬆了一下筋骨，順便活動肩頸，然後很隨意地朝後方揮揮手。「前方高能，非前線戰鬥人員，先暫時往後撤離喔。」

我偷偷往學長那邊看，他朝我點點頭，比個讓我站到他旁邊的手勢，我趕緊退過去，不敢妨礙其他人。

「你先在這裡待好。」白陵然微笑了下，然後他與自己學院的七陵術師隊向前一步，披上紫袍的褚冥玥甩出幻武兵器，身邊也多出好幾名公會的紫袍人員。

這是我第一次看到這麼多公會袍級出現在同一個地方，爲了一個想要顚覆世界的黑暗同盟與裂川王，他們在處理完各自手邊的邪惡入侵後又馬不停蹄地趕往這裡嚴陣戒備，就是不讓這些邪惡離開巨人島一步。

每個人都知道，雖然臨時，但這裡是一面防禦牆，阻攔眼前所有妖邪去傷害我們背後生命的高牆。

大批公會袍級取代原先處於前方戰鬥的學生們，團團包圍住裂川王，另外一部分則是築起了更強的防禦壁，不讓結界外的其他黑色同盟衝進來，儘可能斬斷他們各種支援。

我突然想到，因爲他們有某種可以製造時間迴圈的手法，讓身體與靈魂維持在最好的時間點、即是不死不滅的BUG狀態下，那裂川王本人應該也是比照辦理，而且會更強於黑暗同盟的其他人……這樣眞的有辦法在這裡把他弄死嗎？

畢竟就算翻出一大堆時間告密者，也還是沒殺死百塵鎖，那東西連重傷都不放在眼裡，似乎篤定了自己永遠不會受到任何致命打擊。

還是這裡其實也有其他的時間高手能夠對付這些東西？扣掉重柳族他們不說……欸，搞不好他們就可以。

然而那些獵殺隊雖然也在附近，卻好像沒有上前來幫忙的意思。

就在這時候，空氣再次震動起來，這次連我都感覺到某種不應該屬於這裡的力量細細牽引著周邊空氣，告密者的細微裂縫再次從四面八方打開，這次數量非常多，出現了難以形容的萬頭攢動驚人場景。

不過這股力量感有點熟悉。

還沒等我想出是誰擁有這種力量時，先到來的人直接替我揭曉答案。

依然一頭超級長髮與毫無情感的冷淡紫色雙眼，跟在他身邊的小女孩捧著一朵盛開的白色蓮花，上面隱隱散發著微淡金光。兩人踏出所屬的空間走道那刻，四周時間與空氣幾乎立時

凍結，不論是陣地外的天使聖戰、各大學院對抗鬼族，又或是近在我們身邊的公會壓制黑暗同盟，全部畫面在這瞬間停住，好像時間被強硬掐住，無法流動。

紫眼的青年冷冷地看向黑暗同盟的首領：「裂川。」

長相普通的男人勾起有點溫柔的微笑，露出有些懷念的神情：「好久不見，黑山君。」

這一秒，我突然知道裂川王到底是誰了。

第三話　冥府與時間交際之處

我在去了獄界這段時間內，其他人去了哪裡？

根據前面冥玥他們的說法，應該有一部分是去了時間之流，然而我只猜測他們去找尋黑暗同盟的相關痕跡，或是尋求某些幫助，就像當初我和賽塔一樣。

所以，我完全沒有往另外一個方面想過。

擅長時空術法，不是時間種族，卻又能抹去歷史痕跡，將不死迴圈設置在黑暗同盟重要的手下們身上，這種很有可能做得到踐踏時間軌跡的人，現階段我知道的也就那麼幾個存在。

黑山君與白川主就是其一。

再加上那個靠杯相近的名字。

說真的，來到這世界我到底被那些名字坑過幾次啊！明明就只是換一、兩個字或發音，每次都讓我沒把他們串聯起來……靠！以後如果再看到這種名字，我一定要猜他們不是親人就是綽號命名差不多的搭檔、同事！

有這麼玩的嗎他媽的！

「莉露，交給它們吧。」黑山君掃了眼難以計數的告密者爪子，一邊捧著蓮花的女孩立即將手上的花朵往上一拋，白色的花朵瞬間粉碎，數不盡的金色光點往那些黑色爪子飛去，很快就讓告密者回到了裂縫裡頭，安靜下來。

外界的時間再度流動，聖戰還是打得很火熱，不過以五角棍圈為中心點的我們這個陣地似乎被切割了時空，完全隔絕掉外頭的騷動，竟然還可以看見有些打鬥的影子從我們這裡穿梭過去，卻沒有「進來」，這裡與結界外顯然已經成為了兩個不同的世界。

「要見你一面不容易啊，沒想到是建立在要與我為敵的狀況下。」裂川王有點遺憾地笑著，以著很熟稔的語氣開口：「這麼對待一手將你從那種黑暗地方帶出來的人，不覺得有些太無情了嗎。」

「不覺得，我認為填補你挖開的那些漏洞已經足以把那些過往抵銷了。」黑山君毫無起伏地回答：「少不要臉了，把時間之流打破那麼多洞的人還好意思攀交情？」

「就是，不要臉喔！」莉露朝著裂川王扮了大大的鬼臉，「黑色的主人花了好多好多時間和代價才修好的喔，你這樣壞壞不行！」

班導吹了記口哨。「所以這個黑暗同盟的老大真的是上一任白川主？這兩年真是什麼稀奇鬼東西都看到了，果然活得久也不是壞事。」

「對喔，這是以前的白色主人，不過壞掉了，逃跑，還打壞時間之流好幾個地方喔！」莉露毫無敬畏地指著裂川王，然後扠腰，氣鼓鼓地說道：「本來以爲應該殺死了，結果沒死，現在看還活得好好的，超級可惡的喔！」

「不過就是應用了一些時間交互的變化，當時那些傷可是很痛的，不得不取一些『時間』來修補啊。」裂川王輕輕地笑了幾聲，然後伸出手，按住百塵鎖比較沒那麼殘破的另邊肩膀：「退下吧，黑山君暫時不是損壞的你可以應付的，你回去後吃掉那些備用的『迴圈』，修一修你這難看的身體，我都忍不住覺得傷眼了。」

百塵鎖瞪了我們一眼後，往裂川王身後退開。

「哈啊～雖然我們家那兩尊是猜到這麼一回事了，不過聽現場版的還眞好玩啊，你們這些白色種族果然都有病。」伊麗莎不懷好意地竊竊笑著，然後擠眉弄眼地往小淺那邊看：「喂，妳這當直播的要好好把現場實況回去啊，當年那小傢伙也算是沒栽錯對手了。」

小淺有點像是看笨蛋一樣斜了暴躁小女孩一眼，無視對方挑釁的語氣。

所以這眞的是上一任的白川主？

那他到底從時間之流叛逃多久？如果是從大戰前就已經是裂川王的狀態，那至少也好幾千年了……能夠把自己的存在從時間歷史上消抹這麼久嗎？

這突然讓我想到曾經想要去偷取陰影的時間種族，以及殊那律恩遇過的時間種族內戰，這兩者會有什麼關係嗎？

而且，時間交會處如果要達成什麼願望，不是須要付出相應的代價嗎？爲什麼裂川王看起來好像不痛不癢，就連那些使用「迴圈」的鬼族也一臉無事？

「那傢伙的代價八成就是剝奪相對另外那邊的某些東西啊。」蹲在上方的伊麗莎指指黑山君。「他們存在就是要在交會處平衡多餘力量，順便管理那些沒人整理的時間分支，既然有漏洞，那就是拿他一部分去塡充了，可能是力量，或是其他的什麼東西，你們之前遇到他時沒有覺得他怪怪的好像少了什麼嗎。」

原來如此，之前和黑山君見面時他的確就……所以我說不要再偷聽了！

伊麗莎不懷好意嘿嘿嘿地笑了幾聲，轉往紫眼青年。「噯，所以你拿什麼去修補啊？你有什麼貴重的東西可以把時間破損塡滿的，下次我也想去破壞看看。」

黑山君完全無視邪靈的嘰嘰喳喳，一點也不介意五角棍陣裡的狀況，直接輕飄飄地落到了裂川王面前，然後凝視著對方半晌：「你究竟偷走了多少『時間』？爲了製造所謂的『永生環』，你竊走多少他人的歷史？」

「誰知道，叫時間種族自己去找啊。」裂川王毫不在意地回道：「要從小地方拿走一些沒人在意的生命時間過於簡單，遵照世界軌跡的你們還是一如往常地愚蠢。我只須做幾個柵欄，你們數千年都捕捉不到我的行跡。」

「……利用迴圈固定永恆生命，取他人的時間軌跡來隱蔽行蹤、吞食力量，放任你們才叫愚蠢吧。」黑山君瞇起眼睛。「我那時還以為你只是單純叛逃，你躲避這麼多年都沒讓我們找到蹤跡，這次多虧鬼王豁出去協助，否則又要讓你逃過一次。」

「你看時間種族不也沒發現嗎，不用懊惱。」裂川王似笑非笑地瞟了眼重柳族，然後伸出手勾起一縷黑山君肩上的黑髮，像是把玩般讓那些烏絲在手掌中滑過。「等到我覆蓋了整個世界，這些就會變成『世界正軌』，不會有人在意這些瑣事。吶……你要不乾脆回來，我們可以像以前一樣重新執掌時間交會的平衡，到時候連最正統的時族都不會是我們的對手。」

黑山君沉默了一會兒，然後抬起手，直接把自己的頭髮抽回來，順帶給了對方幾個字：

「拿大理石砸我的腦袋都不會這麼做。」

裂川王大笑起來。

不過他還沒笑完，一道銳利的白光一閃，將裂川王剛剛摸人的爪子直接砍掉，沒來得及收回去的手掌飛上半空中，帶著黑色血液掉落到地面，發出沉悶的聲響。

「你再用豬掌亂摸小黑，我就讓你連那顆豬頭都飛掉。」

瞬間趕至同伴面前的另一名交會處管理人將長刀捅進裂川王的胸口，一腳將他踹開。

我意外地看著竟然可以在這裡同時出現的雙人組。

好的，現在我有個疑惑了。

究竟，白川主會在這裡被搥成白蟻嗎？

現在沒有被搥成白蟻的白川主事後會不會被搥扁我還不知道。

不過被護在後面的黑山君完全沒有要感謝對方的意思，直接伸出手，由後一把揪住白川主的頭毛，把他的頭用力往後一扯，完全無視於同伴爆出的痛號，冷冷淡淡的語氣揚起一抹殺氣。「終於出現了？嗯？」

「痛痛痛痛——小黑不要拔！要禿了禿了禿了！」穿著一身帥氣武裝白甲，然而卻只能被扯得向後仰的白川主一秒威嚴盡失，趕緊求饒：「我的錯我的錯，等等和你一起回去，先不要在這裡拔頭髮！」

黑山君瞇起眼睛，擺明不相信，不過大敵當前還是把手放開，還給白川主腦袋一個正常的角度。

白川主揉揉自己的脖子和後腦勺，有點委屈，然而轉頭對向裂川王，瞬間殺伐怒意和翻騰的威壓全面釋放，差點又把我壓倒在地的凶猛氣息一點也沒有省。「垃圾叛徒，離我們小黑遠一點，幾千年前要收你的爛攤子把小黑害得還不夠慘嗎！老子到現在還到處在找他的碎片，你還有臉出現在我們面前，以爲改個叫裂川王的爛名字就沒事嗎！有種就不要用這個竄改的名字，你以爲是前任渣男友想帶點啥紀念嗎！混帳！」

白川主的怒氣很強烈，根本和看到滅他滿門的凶手差不多，這讓我有點奇怪了，看來交會處管理者們的感情比我想像的更好嗎？

「蠢蛋。」還在竊聽別人的邪靈懶洋洋的聲音飄下來。「所以說，你是智障天兵嗎。那種等級存在的東西又不是說要補位就可以馬上補位，一個叛逃還捅破時間的話，那表示收拾爛攤子的，只有『另外一個』啊。」

「如果沒有錯的話，黑山君必定單獨支付很大的代價才重新平衡了時間交會處的混亂，不讓這些破壞影響到世界。」小淺淡淡地開口：「然而這應該多少牽連了時間種族，很可能與漫長的內鬥也有些間接關聯。」

所以說，不要再偷聽了妳們。

我直接切斷偷偷連到我身上的外來精神力量，強制關閉頻道。

伊麗莎朝我咧咧獠牙，揮舞兩圈不滿的拳頭。

看著裂川王慢慢把捅穿身體的長刀拔出來，白川主嘖了聲。「混帳，我們兩個和鳳凰族都已經在這裡建立時間停留結界，還不帶著你的人滾蛋。你今天在這裡殺不了誰也帶不走誰，所以還不快滾！不然接下來我就要把你碎屍萬段！」

「小毛頭，想把我碎屍萬段？別說大話了。」顯然對白川主比較不客氣，裂川王拔出長刀之後直接摔在一旁地面，長刀瞬間化為灰燼，接著他做了一個手勢。

一瞬間，原本包圍他們的五角棍竟然全部從中攔腰折斷，令黑術師無法動彈的禁制就這麼輕鬆全毀，蹲在上面的伊麗莎和小淺後翻開來，在周圍穩定圍捕的袍級們幾乎同時都往後倒退一步，過半人腳下身邊的法陣同時碎裂，還有人直接嘔出鮮血、單膝跪地，捕捉陣立刻被打破一個大缺口。

這時，切割開的空間重新恢復到原本的戰鬥區塊，陣地外的戰爭又清晰了起來，外頭不知道什麼時候陷入一片火海，眼前可見之處全是猛烈燃燒的黑色大火，那些火焰不斷被壓下、又瘋狂想竄生出來，許多能力較弱的人們都退回了陣地中接受保護。

不過妖魔鬼怪和食魂死靈已少了很多，只剩下殘存的一小部分在火海中翻滾奔騰，有的應該是不怕這種邪惡大火，還不斷發出大笑聲與吐出毒氣，企圖讓燃燒的巨人島更加混亂。

砰咚一聲，被惡魔打落的天使撞在我們上方的結界壁，染血雙翅無力垂下，隨即有人將他拉下來快速治療。

戰況已成爲了一種消耗人員與生命的拉鋸戰了，雙方皆攻不下另外一方，侵略的邪惡不想撤退，守護的人們也絕不讓這些東西從巨人島上離開，如果這樣繼續打下去，必定很快會出現煉獄般的場面，只能等著打破這種僵局的時機出現。

否則，我不認爲鳳凰族的生命結界有辦法支撐大半年。

如果一有破口，必然就是我們死亡與毀滅的開始。

我猜黑山君他們也是顧慮到拉長戰爭時間將會伴隨死亡，才急於想盡快打退裂川王。

「帶著你的人，退。」黑山君眨眼出現在裂川王前方，一手掐住對方脖子，銀紫色的圖騰紋路快速爬上他的手腕、手掌，甚至指尖，尖刺一樣鑽進黑暗同盟首領的皮膚內。「否則我在這裡和你的時間迴圈直接對撞，一起自爆，黑王對你做的禁制還留存，我想你也躲不掉吧。」

「你敢嗎黑山君？平衡兩者缺一不可，司陰司陽從一開始就註定，當年傾斜，你比誰都明白扛住那些要付出多少代價，你想將這些加諸在那繼承吾等之位的愚蠢小孩身上嗎。」完全不吃要脅，裂川王甚至還很有餘裕地悠哉回話：「你可以試看看。」

黑山君微微皺起眉。

兩人周遭的空氣發出崩裂般劈里啪啦的聲音，環繞的各種力量不斷對衝，如果不是因爲那些阻擋邪惡的大陣法擋著，恐怕這邊都要被炸出個隕石坑了。

「白川，穩固陣法。」朝同伴拋了一眼，黑山君瞇起眼，那些崩裂聲變得更大，整個中心陣地劇烈地搖晃起來，周遭不少黑白延伸術法被溢出的力量衝碎，原先切分開的空間竟然又開始隱隱重合，外面已有許多地方被黑術師與黑術士攻入，隨之帶來大量鬼族與妖魔，展開新的攻擊。

白川主嘖了聲，很隨便地揮手，一朵接著一朵的白色蓮花開始在地上綻放，幾乎是每個人腳邊都出現了，陣陣香氣飄開同時，動搖的大地就這麼逐漸安靜下來，外頭煉獄般的黑色大火也平息不少。

我看著有小妖魔去觸摸那些外散的蓮花，還沒發出嚎聲就突然被炸個粉碎，連灰都不剩。

黑山君收緊手指，身邊同樣轉出朵朵黑色蓮花，妖異地與那些白色花朵彼此相應，重新聚攏那些會傷人的外散力量，此處空間也再次分離。

裂川王張開嘴，吐出因爲喉嚨受制而有點扭曲的沙啞聲音：「沒用的，黑山，我在時間之流得到的力量不是你所能想像，世界意識控制不了我，那些神靈也傷不了我，數千年以來，就連妖師都必須臣服在我手下。你看吧黑山……」黑暗同盟的首領緩緩抬起被砍斷的手臂，原本不見的手掌竟然從斷骨處再生皮肉，速度飛快，很快就要全部復元。「你看，這才是眞正的永恆，我們全都被世界給蒙騙了，成爲它的奴隸，永遠只能待在鳥籠裡，等待無窮無盡的生老病死，可笑的輪迴反覆，你難道甘心？」

「對我而言，這世界並不是鳥籠。」黑山君淡淡地說：「生命輪迴可貴，六界皆同。」

「所以你甘心空有力量，被封鎖在那種不見天日的夾縫裡嗎！」裂川王哈哈大笑了起來，「你還是一樣的天眞愚蠢！當年果然應該徹底把你殺死，今天你才不會爲了這些低賤生命擋在我們面前！黑山君，守著一個什麼都無法感受、毫無記憶的空殼，你開心嗎？」

黑山君收緊了手指，把黑暗同盟首領的脖子掐得喀喀響。「這與你無關，撤！」

「別得寸進尺！」後方的百塵鎖一個箭步就要衝上去，然而被裂川王新生的手擋下。

他也就只能做這麼多了，下一秒，黑術師的腦袋直接被白川主重新凝出的長刀給砍飛出去，連帶又砍下幾個趁機摸混闖進來的高階黑術師，速度之快，出手輕鬆到那些好像都不是讓我們很難應付的百塵一族黑術師。

不論是我，或是周邊公會正在結陣的所有人都無法插手這些瞬間的殺伐，只能屏氣凝神協助他們，這些人的對峙完完全全超過我們的能力，是在另外一個頂端的盡頭。

白川主把刀尖貫穿百塵鎖滾在地上的腦袋，鐵鑄面具像是豆腐般直接被穿透，他冷笑了聲。「我猜你們除了時間迴圈以外，八成都還有靈魂備份，不過我的刀可以震動任何時間，就來試試你們到底有幾條命可以砍。」

「哼。」裂川王不以為然。

就在這雙方對峙僵持不下之際，我腦門突然痛了一下。

地底下的聲音又傳出來了，而且這次滿明顯的，像是小小的觸手已經到了我腳底的土地下，祈求般地不斷來回打繞著圈。

「裂川王，你知道這些孩子們為什麼會將戰場選在此處嗎？」

我還沒和黑色意識連結，就先聽到黑山君的話語。

「呵，不就是挑個廢棄巨人島，才不會誤傷那些白色種族的小生命。」裂川王冷笑。

「這裡是采巨人的巨人島。」

黑山君話語結束同時，整座黑暗島嶼發出鳴嘯，類似巨獸死亡前的悲鳴，血色的光從巨人島的海岸邊緣直沖天際，彷彿久遠的大陣術法就此甦醒。

黑色的呼喚在瞬間與我的意識連結，劇痛直接在腦海中炸開。

混亂又悲慘的記憶不斷灌入我的腦袋當中。

——那些被稱爲聰明又狡詐、凶殘的釆巨人們終生受到獵捕，就因爲他們的屍體能化作價值連城的寶石。

最開始他們並不是那麼凶殘，而是族人在人們手中化作財寶，貪婪隨之如同毒蛇猛獸般追逐著他們；釆巨人原本也是黑色種族的一員，不但天生能抵禦白色種族的術法，還能抵抗與瓦解各式各樣的咒術，堅硬的皮膚更能保護他們不受傷害。

只是這些都無法停止寶物獵人們的腳步。

如果巨人們身爲白色種族，這樣的捕殺必定會受到正義人士們的抨擊吧。

然而他們是生在白色歷史的黑色種族，他們巨大又恐怖，放在不到他們手掌大小的人們面前，簡直就是最可怕的威脅。「正義討伐黑色巨人」幾乎已經成爲英雄典範的一部分，所以人們不爲倒下的巨人可惜，而是歡天喜地地等著撿拾他們的屍體，將這些骸骨形成的財寶散布出去，並傳唱著英雄與冒險者們以著最小的身軀打敗巨大惡人的精彩歷險。

所以他們越來越凶殘，他們不能心慈手軟，只要敢接近巨人島的，一律屠殺殆盡。

這是他們的自尊，也是他們的驕傲，釆巨人一族不容許貪婪的人們踐踏他們的生命，也不允許屍骸流落於世、被四處秤斤喊價的侮辱。

「不過如果不能爲吾等所用，就全都去死吧。」

這是降臨在巨人島上，那名邪惡存在的話語。

一夕之間，巨人島傾覆，最卑劣的毒素蔓延，一個個巨人倒下，而黑暗同盟還不肯收手，打散了他們的屍體，帶走了所有屍骸珠寶，將靈魂狠狠囚禁，一個個全都餵養給那些該死的食魂死靈。

直到黑暗中的傳說對他們伸出了援手。

我們要報仇……

我們……復仇……

采巨人的尊嚴……

歷史……生命……

驕傲……

不容許踐踏……

復仇……

曾經讓世界懼怕的巨人們的殘留靈魂對我哭號著，像個小孩般為了族人們慘死而悲鳴。

我們……

沒有離去……

約定了……

在此地復仇……

之後要怎樣都行……

我在那些記憶碎片中，看見了精靈外表的嬌小鬼王，他身後依然站著那名始終跟隨他的男子。他們傾聽采巨人們殘存靈魂的悲泣，然後尊重他們的意願，讓他們沉睡在這片被毀滅的故土當中。

學長他們為什麼會選上這片明顯有黑色力量的巨人島？

我伸出手，像是觸碰到那些悲哀亡靈求救的手掌，一股冰冷氣息鑽入手心裡，憤恨的黑暗力量直接朝我洶湧襲來，那瞬間我整個人暈眩，差點連意識都被吞食。

「弱雞！把力量分流給本尊！」

魔龍猛然的大吼從那些紛亂悲號中貫穿而來，我幾乎是反射性地把過大的力量往魔龍聲音方向推擠出去，那些讓人窒息、差點把我壓死的怨恨被米納斯和魔龍導出，各自壓入了周圍的小飛碟當中，才給了我可以喘息的時間。

等我勉勉強強恢復知覺時，鼻子已經一熱，又開始流鼻血。

一隻手伸過來，搭在我肩膀上，我看了過去，猛地發現是學長的臉之後整個人瑟縮了下，差點寒毛都豎起來。「不！」

「不是，給我放輕鬆！」學長嘖了聲。

我戰戰兢兢地看著，這才發現他真的沒再幹恐怖的事，細緻的冰涼引導順著我的肩膀遊了過來，協助魔龍他們更快把過多的黑色意念力量輸出，很快地鼻血止住了，頭也不再那麼痛，視線清晰起來後，正好看見哈維恩一臉殘念地收回手，好像很可惜自己出手太慢，頭上轉出怨念的小圈圈。

周圍有不少人往我們這邊看，但沒有發出質疑的聲音，每個人都繼續著手上連結大陣的任務，訓練有素，沒有任何混亂。

深埋於巨人島中的沉睡大陣終於完全清醒，周邊包裹島嶼的沖天血光覆蓋天際，然後以我們陣地爲中心匯聚而來，最後在天空凝結極細光束，像是雷射光對著裂川王的腦袋直接射下貫穿！

「你是唯一回應了他們請求的人，就由你來啓動他們無法平息的憤怒。」

學長按著我，說道。

「上吧，我會幫你。」

※

采巨人的恨意有多深沉？

我很難完全描述出來，也無法度量，因爲滅族之恨太過於沉痛。

即使只剩靈魂也無法安息，爲了要餵養食魂死靈，他們甚至得眼睜睜看著族人的魂魄慢慢被扭曲並啃食……這該是多恐怖又絕望的事情。

當時，黑王告訴他們：「裂川王太過狡詐，現在並不是復仇的時機。但如果有那麼一天，我會讓他來到此地，讓你們可以手刃仇人，我將在這裡設下禁制，他在此地將最大限度被縛住力量。」

我想，殊那律恩可能沒有想到會是我接收到這些後果。

或許他原本預計的時機點是託付在別人身上，也或許該是由他出手，只是機緣巧合，每個人都想利用這次機會引誘對方上鉤，給對方一記狠狠的打擊。

邪惡想要殘殺白色生命，獵殺隊想要屠盡黑色，不想將原世界牽扯而入的人扭轉戰場，最終來到這片沉睡的土地後，還未等到該引導的人到來，亡者就先找上了我。

在他們的合作與商量當中，我猜想他們最原先的設想，應該是由然這類力量強大者或小淺來接手這一切，深大費周章切割出一個完全意識體，應該也不僅僅只爲了保護我。

只是他們可能沒有預想到，這些亡靈飢不擇食，最後挑上的居然是我。

我也不明白爲什麼，但我願意爲他們報仇。

黑得深沉的陣法在我腳下張開，匯聚了這片土地下隱藏的黑暗力量，整座巨人島的土地像是褪了色素，一點一滴顯露出原本該有的土石色澤，而黑暗則逐漸壓縮到這片法陣當中。

發現了恐怖力量開始漫湧而出，附近的白色種族立即退出安全範圍，不少人警戒地看著我，可能也擔心我隨時會被黑暗給牽引，正在預備最壞的打算。

「請專心您想要做的事情，我一定會將你帶回來。」哈維恩非常冷靜地站在我身邊，盾牌一般捍衛著。

「走了。」學長拍了一下我的肩膀，勾起笑。「這次，就讓我好好確認你進步多少吧。」

那肯定是比學長你知道的多。

想到這點，不知道為什麼本來害怕的心有點小小地得意起來。

總算是有幾次可以讓他們驚訝了，也算是不錯的小成功。

「笨蛋，少得意了。」

史前巨獸往我後腦抽了一巴掌。

「噢……」

我閉上眼睛，讓意識沉入最黑暗的陣法中。

不知道哪來的銀藍色流光跟著滑落下來，在整片黑色中勾勒出細緻的圖騰。

再睜開眼睛時，雖然戰場還是一樣，但是我看見了更多東西，就像在獄界戰場上，鬼王借我的視線一般，眼下的巨人島戰場上，不管是哪個區域都塞滿了各式各樣對衝的波動、元素圖紋與陣法，而上方的天使惡魔戰爭則是黑與白純粹力量瘋炸。

我轉向學長，他身上有著美麗的微光與銀色紋路，被覆蓋在其下的則是火焰般的刺青，幾乎可以顯示他目前主運用的是哪種血統力量，而兩方相對安定，很好地協調著沒有暴動。

另邊的哈維恩更簡單了，是很優雅的黑暗，還有點月亮般的微弱光芒。

「這是異世之眼，精靈有，妖師也有。」學長淡淡的聲音傳來，聽起來很不像他平常的語調，而是更清澈一點、沁涼到骨子裡的聲音。「采巨人匯聚給你的力量幫你衝破了限制並開啓，雖然時間很短暫，不過也足夠完成他們的願望，你看——」

我朝黑山君他們所在的方向看過去。

黑山君本人也呈現一種極爲安定的色彩，不是那種深沉的黑暗，而是像水晶一樣的黑色光采，雖然顏色很黑，卻有著璀璨的光芒，另一邊相對的白川主則是白色，也是種鑽石一樣炫目的瑰麗色澤。

然後，被他們兩人連手困在中間的裂川王——

我瞬間倒吸了一口氣。

裂川王根本不是人的樣子！

那是一頭不知道是野獸還是什麼鬼的東西，被血雷射貫穿的頭上人皮剝離，藏匿在其中的詭譎身軀整個膨脹，幾乎解壓縮到有三、四百公分高，背脊稍駝，漸漸覆蓋上一層層鋼鐵般的尖銳毛皮，腦袋和臉部也猙獰了起來，還長出了兩支黑色的犄角。

隨著恐怖形態顯現，周圍原本被壓抑的邪惡又突然高漲起來，進一步衝破好幾個壓制術法，比較靠近的術師們被狠狠彈開，馬上又有其他術師衝進補上，越來越強的壓迫崩裂守護，撕扯著堅持運作術法的人們，鮮血從裂開的皮膚漫出，浸染一個個強力運轉的陣法，抵抗想掙脫的巨大邪惡。

術師們不斷倒下、不斷填補，各色血液從陣法中滴下，在乾枯的土地上交織匯集成血泊。

黑山君鬆開手，倒退了幾步，他抬起手看著血肉模糊的掌心，與白川主拉開同等距離，眉頭皺起來。「看來確實應該在這裡將你消滅才行。」

「你們辨不到的！」

裂川王發出讓人恐懼的嚎叫。

我抬起手，根本不想讓他繼續多話或是有其他動作，第一個巨人的黑色形體從大地中站起，沒有臉部輪廓、分不清男女，烏黑一片的臉上只有兩條淚一樣的血痕，他抬起雙拳，像是要發洩數百年來無處可投的冤恨，挾帶著濃烈到讓人無法忍受的恨意往黑暗同盟的異獸首領重重搥下。

然後是第二名巨人、第三名巨人……

每當一下重擊落在黑暗頂上時，那些割裂人的壓迫就減少幾分，術師們輪流遞補的速度也開始緩和下來。

整座巨人島不斷震顫，發出痛哭的地鳴。

我閉上眼睛，感受到他們痛徹心扉的慘叫。

就因爲是黑色種族便被整個世界如此對待，即使死了也得不到救贖，那麼他們應該要憎恨整個世界，扭曲成惡鬼來吞噬這些僞善的白嗎？

「不，不可以。」

按著疼痛到快爆開的胸口，我咬牙忍住喉嚨湧上的血腥氣味。「我會……帶你們走，這是我的承諾。」

有那麼一個地方，能夠讓你們安安靜靜地待著，即使憤恨到不想安歇也沒關係，你們能夠用很長久的時間，在那裡好好平靜自己，直到願意前往安息之地。

眞的？

巨人們尚存的一絲理智如同看見浮木般，等待著我的回答。

「我保證。」所以，你們不用瘋狂，你們可以擁有自己的心，慢慢回憶起你們曾經該有的面貌，以及最初始的自己。

巨人們終於安靜了。

掟過裂川王後，他們慢慢退開，十多個高樓一樣的烏黑巨人形體分布在各處，在山上、在山腰，在地面上，或是在更遠的海邊。

然後他們慢慢地屈膝，對著我低下頭。

若是如此，采巨人願意將我們的尊嚴與驕傲託付給您，妖師閣下。

巨人們就這樣消散在空氣當中。

最後一點黑影離去後，我咳了一聲，大量鮮血直接從我嘴巴噴了出來，疼痛從身體各處飆出，痛到好像快被分屍一樣。

但是我沒有害怕、也沒有任何畏懼，我知道我該爲他們做什麼，也知道他們能夠從永世的絕望中找到一條離開的狹縫。

爲此，我笑了。

不過後來聽別人說，因爲我當時吐血吐得太厲害還笑得出來，看起來差不多就是殺人魔王的變態樣子。

然後就又被造謠了。

※

「抓緊我們！」

我伸出手，抓住了聲音來源的兩側。

猛地睜開眼睛回到現實時，看見了學長和哈維恩就在我旁邊，夜妖精已全力催動治療，急速地恢復力量衝擊造成的創傷，而學長正在把殘力再次轉進小飛碟當中。

嗯，很好，至少他這次沒有轉移，不然我還得用腦袋再搥他一次。

「傻瓜。」我虛弱地偏過頭，看到冥玥，老姊的眼睛有些紅，但還是平常看見的凶惡親人樣子。「你不要長太快。」

「姊，我沒事。」我勾起唇。

冥玥瞪了我一眼，然後跟哈維恩說：「交給我吧，這是我拿手的。」

還在疑惑冥玥拿手什麼的時候，她已經捧著我的臉，那張完美到讓男男女女都驚艷的白皙面孔上出現了淡綠色圖紋，接著傳來某種輕柔的撫慰，一一平息我身體各處劇痛。

直到這時我才想起，凡斯的力量一分為三，冥玥繼承的是那些後天習得的藥草知識與術力，以前天天在殘殺我的姊姊溫柔地癒合所有傷勢，簡直就像個非常高超的醫療班一樣。

原來，神藥就在身邊啊。

眞是令人感嘆。

「所以說，不要再亂決定我弟的人生了，你也是傻瓜。」療癒我一身傷勢後，冥玥轉過頭，弓起手指往學長額頭上用力一彈，發出那種像是彈水果、很痛的聲音。「我們家不是沒有治療師，別再拿生命開玩笑了，笨小鬼。」

學長捂著自己的腦袋，竟然連個聲音都沒吭出來。

還沒幸災樂禍個，陣地中心再次傳來危險的聲音，中止了我們這邊的對話。

被拖出人皮的裂川王遭巨人搥了一輪後爆出不少黑血，看上去血淋淋的，殊那律恩加諸在他身上的禁制顯然還在運作，也不知道鬼王這次到底醞釀了多久，裂川王竟然到現在還沒有掙脫幾道，雖然有些已經碎裂，不過大部分仍好好地綑在他身上。

原本能撕裂大地的威壓被巨人搥到剩沒多少，看來采巨人的怨恨真的很深重，居然可以衝擊裂川王的力量——雖然是被束縛過的弱化版。

黑山君與白川主一左一右伸出手，蓮花在他們四周再次綻放，幾個黑白法陣層層疊疊，毀滅的力量不斷灌入裂川王異獸形體當中，那名已經變形的前任白川主竟然真的開始出現了崩潰，犄角與肩膀有慢慢粉碎分解的跡象。

就在我覺得他應該真的會被黑山君他們給宰掉時，異獸變形扭曲的臉突然往我轉過來，我全身發冷，其他人為了保護我設下的結界瞬間蕩然無存，光是這麼一眼，整個守護都被擊碎。

「褚冥漾，我還在等你的答案。」裂川王投來「今天等不到答案，就不可能乖乖善了」的話語，根本沒有把自己快被分解的危機放在眼裡，到這時候竟然還有心威脅我。「歸順？或者等你瘋了再把你帶走？」

我顫抖了下，在哈維恩打算為我擋下惡意之前按住他的手臂，忍住極度不適，惡狠狠地瞪回去。「你他媽才瘋，我是絕對不會歸順你們這些噁心的人，我也一定不會瘋。」為了老媽、老姊和然，為了學長，以及我身邊這些相信而到來的人們，無論如何我都不可能屈服。這輩子我膽小的事蹟太多了，但是這次我寧願膽小。

我要因爲膽小，不敢去做惡，一輩子都不去。

「你眞的不到黃河心不死啊。」裂川王竟然還陰森地笑了，「看看你周圍的白色種族在戒備你，你以爲做了剛剛的事情之後，這些人眞的會相信你不會危害世界嗎？醒醒吧，你……剛剛親手吸收了能夠殺死他們的巨大恨意與靈魂力量，就像個食魂死靈……即使你像條狗每天舔著白色種族的腳，他們也不可能再完全放任你了——」

我信任我身邊所有人，然而我卻反射性抬起頭，看見了許許多多陌生的白色種族們眼中的恐懼與警戒。

那是看見眞正妖師之後，埋藏在他們血液當中，千萬年傳承下來的畏懼本能。

妖師出世，世界動盪。

現在的我，在他們眼中很可能就是一條沒有項圈的瘋狗，即使他們理智上知道我應該不會撕咬他們，但他們的內心深處已經不會再完完全全信任我了。

光明種族與黑暗種族之間的隔閡，從此刻切割出鴻溝。

第四話　摧毀人心的真正目標

「說這種話之前，是當我們妖師一族沒人了嗎？」

白陵然打斷了裂川王煽動對立的聲音，妖師首領冷冷開口：「來之前我們已與許多部族和城市達成合作共識，並由公會見證，妖師即使出世也不會在錯誤的時間中露出利爪。」

「白陵首領，你自認為的『合作』看起來相當美好，不過黑白兩界不是沒有攜手過，你要不要問問百塵，為何天網會與重柳翻臉相向，至今不死不休。」裂川王蠱惑人心的聲音像是水波圈紋般慢慢擴散出去，一層層往人心覆蓋：「還有，與你同樣繼承能調動陰影的妖師力量的褚冥漾，在未來完全支配世界黑暗後，能夠受你控制，乖乖地當條白色種族圈養的寵物嗎？」

「確實不能。」白陵然居然點頭了，「這也就是你們發起這場可笑戰爭的理由與藉口，只要擁有與我匹敵的妖師存在，你們就不肯罷休。」

「沒錯！你身為妖師首領，有著世界的限制與責任，但褚冥漾不同，他的力量並不在世界軌跡中，沒有那些可笑的包袱，只要他想，他就能成為眞正黑色，降臨血洗這個可笑世代！」

裂川王笑著：「到時候他想要什麼，都能輕易得之，不論是永生，或是君臨六界，全都在他掌心裡。」

「……該死！」學長身邊綻出火光。

「你別插手，這是我們妖師一族的事情。」褚冥玥按住學長的肩膀，美麗的面孔上有著前所未見的嚴肅。「你很清楚他說的是對的，這也是白色種族的疑慮，寄託在冥漾身上的力量與血脈開始甦醒，白色種族雖然能理解我們沒有惡意，但這會是他們最大的隱患，而且也是我們妖師一族內部原本就有的質疑，所以今天一定得給所有人一個能接受的承諾。」

我能理解然和老姊的心情，今天所有發生的事情，就是建立在我這個「體制外的妖師」身上。以前我還當著菜雞時，不會有人在意我去哪裡、做了什麼，但打從我調動黑暗那瞬間開始，導火線就已經引燃，遲早有一天會燒起更大的火，傷害更多的人。

「那就封……」

「冥漾，對我效忠。」

就在這時候，白陵然打斷了我正想提出的意見，妖師一族的首領在所有白色種族審慎戒備的目光下，神色自若地淡然開口：「你一直知道怎麼做，過來吧。」

我愣了一下。「可是……」

我知道該怎麼做，其實先前隱約就有點好像可以這樣的感覺，可是這麼一來根本就是推託責任，我又得讓然和老姊自己去面對危險嗎？

「我不要。」搖搖頭，我退到哈維恩身後。

不行，這樣然眞的會很危險，他作爲妖師首領的靶子已經夠大了，更別說現在還大張旗鼓地曝光在所有白色種族面前，我不可以再這樣對他。

白陵然勾起唇，身上那些針對外來威脅的殺意慢慢退去，又是我最熟悉的大哥哥。然後他說：「沒事的，我是妖師一族的族長，不論發生什麼，族人都該由族長來保護，而不是你們來保護我，也不是讓外人捨命守護我們。」

他在說這話的時候，我突然胸口痛了下，什麼都說不出口。

「漾漾，過去。」冥玥的聲音傳來，不是平常扁我時的語氣，而是非常嚴肅正經的。「這已經不是你自己的事情了，裂川王今天會因爲你發動這場戰爭，是踩著你不穩定，且力量並沒有被規範這點，我們妖師一族確實要給所有人一個爲何因此流血的交代。」

「我知道，可是……」我手足無措地看著在那邊等待我的然、我的親人，也是我們的族長。那些邪惡沒能逼瘋也無法弄死白陵然，他甚至更堅強地扛起了整個妖師一族，以至於黑暗同盟不得不轉向等我這個備用品力量出現的這天。我和族長不同，我沒有妖師首領的規範與責任，我基本上就是顆行走炸彈，他們把我逮了之後隨時可以讓黑暗爆開。

他們需要一個「自由的妖師」，今後也會更加凶狠且不擇手段。

我茫然地看著我的兄姊，而他們都投給我一個「不要緊」的微笑，好像真的不會傷害到他們。

可是我知道，今天過後，完全曝光在大眾目光下的妖師首領除了原本的那些獵殺外，還會承擔保護我而遭受的其他襲擊。

「我不想這樣做。」再度往後退開，我現在只想拔腿逃到離他們最遠的地方。

向來很保護我的哈維恩一把抓住我的手臂，讓我沒辦法逃走。「抱歉，失禮了。但是你必須這麼做，因爲你還太脆弱，必須服從首領的話。」

「我……」

「冥漾。」白陵然再次對我溫柔一笑。「我是你哥哥，你不用擔心我，我會保護你和小玥，你們要相信我，這次和千年前不會一樣，我也不允許一樣。讓你承受這些是我和小玥原先不希望發生的事，逼得你必須選擇是我們無法周全一切的錯，但你不用害怕，這是我身爲族長的責任。我很抱歉必須親手替你戴上這個項圈，但我必定會守護所有人的安危，包括我自己在內。」

我用沒被抓住的那手往臉上擦掉眼淚，哽咽得說不出話。

——我不要！

爲什麼想要正大光明生存下去就這麼難！

就在僵持之際，一邊有銀色微光散開，然後是精靈陣法在學長腳下綻放。那雙紅色眼睛直視著我，「笨蛋，我們會幫你，與其恨自己的弱小，我希望你恨的是現在開始逼迫你做抉擇的我。」說著，學長率先開口：「語之誓言。光明之血，我等爲持護生命的精靈見證者，願爲第八種族賦予信任，並選擇守護，維護其生存權利。」

「語之誓言。光明之血，我等爲生命族群的人類見證者，願爲第八種族賦予信任，並選擇守護，維護其生存權利。」夏碎學長跟在學長後面，腳下也打開光陣。

然後是重披白袍的伊多，雖然力量還不是很完全，依然帶著微笑往我們這邊走過來，在比較近的距離後開口：「語之誓言。光明之血，我等爲生命責任的妖精見證者，願爲第八種族賦予信任，並選擇守護，維護其生存權利。」

接著是喵喵、哈維恩……我認識的人一個個在我面前立下守護誓言。

他們在這裡用世界力量發誓會幫忙協助妖師一族……在眾多白色種族和獵殺隊的眼前，誓言要保護並信任他們曾經最害怕的妖師們。

「褚同學，你有很多好朋友啊。」我回過頭，看見班導笑吟吟地站在我後面，然後輕推我一把。「年輕摔個幾次都是正常的，對著你的陽光，燦爛地奔跑吧！GOGO少年！」

「你們瘋了！」重柳族失控地咆哮，揮出長刀想要阻止。

帶著白狼的男人快了一步擋在他面前。「十一殿下，你沒發現時間正軌並沒有波動嗎，這是那些孩子們的舉動被世界許可的證明。」

「洛維！你也站在他們那邊嗎！」重柳族凶狠地低吼：「他們明明是——」

「不，我站在我自己這邊。」黑袍男人冷靜地回答。「我相信我的判斷，也相信我公會同袍們的判斷。」

「小朋友快去吧，這裡我們給你擋著。」紫眼的大白狼發出看好戲的歡呼。「如果想要感謝我們，記得給我好多好吃的豆腐喔！」

爲什麼是豆腐？

我沒有多想狼爲什麼要好多豆腐這個問題。

此刻我眼前只有那一個個好像亮起在眼前的燈光，他們站在那裡，幫我打開了一條通道，讓我終於提起勇氣走到白陵然面前。

「我有決心，也有能力保護你們。未來你必定會變強，直到有一天你和我對等、並行走在世界正軌上，你就能拿回你的效忠，而在那天之前我是不會死的。」白陵然按著我的後腦，讓我們兩人的額頭輕輕對碰，然後還是像平常那樣寵溺地說著：「而且在私人方面，我知道你會很討厭，也會恨到不行，但是我還是想保護你這弟弟，和冥玥那個凶悍的妹妹，我有點不想要你們太強，像以前一樣依賴我就好，我非常珍惜你們小時候在我左右聽故事的時光。」

「……好。」

我流著眼淚，慢慢地在妖師首領面前單膝跪下。

對不起，真的很對不起。

對不起，現在的我太弱小。

對不起，我只能倚賴你們。

對不起，我有很多事情做不到。

對不起，還是必須讓你們來保護我。

我有太多根本說不完的對不起。

「我，褚冥漾，從這一刻起完全效忠於妖師首領白陵然。」引動我身上所有的黑色力量，我感覺到某種東西正在把我們連繫，一部分在我這裡，一部分流淌過去然那邊。「我所繼承的妖師先天力量，只聽從白陵然差遣，不被任何人利用。凡是想以各種手段從我這裡動用此份力量、加以危害良善生命者，我詛咒他們不得好死；如果力量被邪惡驅使、違反世界正軌與歷史，我也詛咒我自己不得好死，不只靈魂毀滅，所繼承的世界力量同時崩毀、無法修復，也永遠不會存在世上。」

後面幾句我說得很快，幾乎是用我這輩子最凶狠的決心，毫無猶豫，以至於白陵然和冥玥沒有任何時間阻止我這個毒誓。

我的誓約就在這瞬間完成。

帶著眼淚，我往裂川王的方向看過去，報復性地綻開笑容，附贈給了他一個中指。

「以後，你們誰都他媽的別想再利用我，幹！」

毒誓完成之後，裂川王沉默了將近半分鐘。

異獸的身體逐漸往內崩毀，幾乎可以看見他黑色的血肉緩慢地在空氣中蒸發。

然後他說：「褚冥漾，你會後悔。原先只是一場交易，現在你單方面要毀掉生機，那麼籌碼們也不再重要，你就準備好幫你這裡的所有朋友們收屍吧。」

「該死就死，廢話不要那麼多！」白川主凶惡地加大手上的力量，讓那些崩解變得更快。

「哼！」裂川王最後看了眼白陵然。「白陵本家，你們很快就會來哀求我們，這根本不是明智之舉，你們摧毀了所有的後路。」

就在狠話說完瞬間，裂川王周遭出現大批高階黑術師，極爲黑暗純粹的邪惡同時爆炸，竟然把時間交會的兩名管理人掀飛，也撕裂了半座巨人島。

天搖地動中，我看見小淺和伊麗莎分別衝上去保護了黑山君與白川主，兩個小小的身體差點被幾十名自爆的黑術師撕裂，狼狽地險險護住首當其衝的兩人。

接著哈維恩護著我，視線被遮蔽，危險被隔絕。

短暫恢復色彩的采巨人故土在這天被撕裂分割成許多小島嶼，有些人來不及在第一時間走避，當場被震得血肉模糊、炸散開大量屍塊。

差點就維持不住生命結界的鳳凰族們也被力量反彈，受到重傷，幸好設下的大結界被強硬穩固，如同在學院般的不死迴圈硬是沒被摧毀擊潰，完完整整地覆蓋籠罩在碎裂的巨人群島，爲那些炸得連人形都沒有的人們留住生機。

這個自爆也造成我有一小段時間完全失去意識。

黑暗中，魔龍與米納斯出現在我的面前。

「裂川王死了沒?」我帶著虛弱的聲音，渴望地看著他們。

「很遺憾，他跑了。」米納斯輕輕地抱了抱我，溫柔地安慰著：「但有很長一段時間，他無法再出現，黑山君瓦解他許多力量，黑暗同盟暫時是不可能會再浮上檯面了。」

那也就是……他們還沒死絕。

未來，等我強大到能夠承擔一切、取下這個項圈之後，我會徹底地毀滅他們。

不死不休。

這是我給自己的誓言。

緩緩地睜開眼睛，我看見天空充滿血紅。

不知道是不是因爲裂川王狼狽逃走的關係，剩餘的黑術師、黑術士群同樣開始有序地分批撤退，只留下中低階鬼族拖扯腳步。

我不曉得這是因爲他們沒辦法取得妖師力量後不想再浪費資源，還是因爲黑山君、白川主，與公會派遣來的各大高手群聚在這裡讓他們明白打下去沒有意義還怎樣……總之，他們這次眞的很乾脆地走人，只留下還在外面打個沒完沒了的比申鬼王與龐大的惡魔群。

然而黑術師們帶來的壓力一降，惡魔那邊有天使軍團的壓制，眾鬼族這裡有各學院師生菁英和公會的高手們，原先僵持不下的戰況已逐漸改變，一面倒地開始往我們這方露出勝利女神的微笑，連黑色火海都被撲滅了大半。

狀況看似越來越好，我卻不知道爲什麼越來越不安。

看著白陵然和冥玥帶著自己學院的人去協助驅逐惡魔，而獵殺隊與重柳族的人不知何時消失了。我希望他們是去追裂川王和黑色同盟，不要再跑回來找大家麻煩。

「你們以爲這樣就完了嗎？」

比申惡鬼王的聲音從上方傳來，黑暗同盟的潰敗似乎引起她的憤怒，她開始變形出不同的形態，俯看著因爲衝擊而倒了一地人的陣地中心。

黑山君與黑袍們及時恢復了守護壁，擋下惡鬼王的襲擊。

「看來我錯過了精彩畫面。」

悠悠哉哉的聲音從血色天空傳來，我驚悚地抬起頭，竟然看見整場對戰中都沒有出現的安地爾站到比申身邊。根本不知道是忠於誰的鬼王高手依然像平常般閒適，好像只是來這裡逛街，如同那天下午和我站在不知名國度的街道上。

相較之下，盛怒的比申就一點都不悠閒了，直接對著安地爾怒吼：「你去哪裡了！說好要殺死這些——唔……你……」

鬼王的聲音終止於她頸項刺上的那根黑色長針。

「裂川王已經敗走，妳也還是好好回去休息吧，少損失一些人手，之後才能更快回來進攻啊。」彷彿那針不是他的手筆，安地爾相當誠懇地勾起唇角：「還有，妳可能得思考一下，如何對我解釋當年讓我將那柄刀轉交給凡斯的事情，嗯？」

「你——」比申吐出大量黑血，掩蓋住她憤恨的話語。

安地爾視若無睹地轉向我們，看了眼從地上爬起的學長，然後目光停留在我身上：「褚冥漾與亞那的孩子，這就是我給凡斯和亞那的交代，如果哪天你們有空，我們可以坐下來好好聊個天，喝杯咖啡。」

又是咖啡！

換別的可以嗎！

「今天心情不好，就不陪你們玩了，我還得去找裂川王敘敘舊。」

說完，安地爾還真的直接消失在空中，留下差點被他毒殺的鬼王，也不知道來幹嘛的失去了蹤影。

還沒從這些事情回過神，突然有人從後面往我的腦袋搧了下，不是很大力，不過讓我嚇了一大跳，回過頭就看見學長不知什麼時候摸到我身後。

「發誓發得太狠了，笨蛋。」學長嘖了聲。「原本只要意思意思做個表面就好，居然把自己放在死路上。」

「總要斷絕某些人的念頭，不能保證這裡其他人不會這樣做啊。而且……我怕我眞的會被他們逼瘋……」我後面的聲音小了下去。不是我不想相信別人，只是想要把可能性降到最低。抬起頭，看著耐心站在我面前的學長：「他們會開始追殺然對不對。」

「會，但是你們族長很強，短時間內不會有人敢碰他，好歹他也是繼承千年妖師的人，而且我們全都發下誓言，光這些就足夠讓腦袋被沖昏頭的傢伙們稍微清醒點，不敢輕舉妄動。」

學長看往上方，我跟著看過去，視線停留在上頭被黑袍們包圍的比申惡鬼王，除了公會袍級之外，還有再次來援的精靈軍隊等協助者，鬼族們漸漸被打退回黑色通道。

畢竟巨人島的位置是在守世界，當最初一輪侵略緩過去後，從各地前來的種族援兵越來越多，加上各個維護生命的大結界逐漸穩固，邪惡的聯盟軍團敗勢已現，比申惡鬼王和學長就算還有很多帳要算，但有個公會橫亙在中間，她自己也被安地爾偷襲遭到重創，雙方此時不會再有機會單獨交手。

「我母親說過，只要比申願意回頭成為黑王般的存在，阿法帝斯就會替她解除所有力量封鎖。」學長看著他成為另外一個鬼族的血親，語氣很淡。「因為力量與權勢而迷惑扭曲雖然是她的惡果，但是她有機會重新選擇自己的道路，只是她從來沒有選對。」

「她那時候沒有你們，但是現在的我有。」我看著被圍攻而咆哮的鬼王，她身邊的鬼王高手一個接著一個被擊落，有些負傷狼狽逃竄，有些直接被打個粉碎。如果第一次是為了破壞火流河而刻意保留實力，那我相信她現在真的是慘遭壓制了。就算其他人的力量沒有鬼王那麼強，但幾十、幾百個打一個，總會逼得她不得不後退。「我真的很幸運，遇見你們這麼多人，世界上沒有比我更幸運的人了。」

從我出生摔落到地上開始，那些受的傷、跌的跤，一定就是命運要我準備好迎接這個世界上最大的幸運了吧。

學長勾起笑，又往我的腦袋搧了一下。

「所以，別再害怕了。」

※

巨人島上的戰爭最後打了四天四夜。

黑色的地獄火幾乎把島上遺跡焚燬殆盡，當六翼的大天使長斬下黑山羊的頭顱時，剩餘的惡魔殘軍也不得不抱著腦袋退回他們的血色道路。

公會醫療班傾巢而出，在危險還沒完全去除的碎裂土地上忙碌穿梭，到處可見藍色的身影迅速移動著，而自發加入救援的不同勢力醫師們也投進協助，不斷從戰場各處翻出尚未撤離的傷患。

鳳凰族的高層們也竭力復甦那些被炸成一灘血肉的盟軍，雖然大概仍有很多後遺症，但至少比死亡好許多。

多虧大結界建立得及時，整體死傷並不算太過慘重，和幾乎全滅的邪惡聯軍來說，簡直算是大獲全勝了。

「我得先帶小黑回去了。」

戰事開始收尾前，白川主與幾名資深黑袍打招呼。「小黑原本就不能離開太久，這次因爲裂川王出自於時間之流所以才破例，後續我會找時機處理他們……痛痛痛不要拔頭髮——」

鬆開拔同僚頭毛的毒手，黑山君淡淡地開口：「我們身爲管理交會處的平衡者有所受限，無法隨心所欲踏出交會點，要請各位多費心了，裂川離開時間之流時帶走了很多藏匿於其中的東西，目前所知曉的情報會移交給公會，作為相應的代價酬勞將同時抵達。」

「這是我們該做的，維護世界人人有責嘛。」班導聳聳肩，笑笑地說道：「之前我學生也多虧你照顧了，還沒道過謝。」

黑山君微微點了頭，然後看向我，也沒說什麼，然而那時候我總覺得他似乎有想講什麼，可能因為他們的某些規定之類的，最終還是沒開口，就和白川主一起消失在眾人面前。

之後，烽火慢慢熄滅。

我躺在一個不知道是啥魔物的骨架上，這魔物體形很大，不知怎麼被淨化的，連皮帶肉全都消失，只留個房子大的潔白完美骨頭，一點毒素邪惡都沒留下。

這四天來每個人斷斷續續地輪替上陣、換下休息，然後再交替，就連我都精神力快耗盡，躺在這邊頭都快炸開一樣，動個手指都覺得眼球會被腫脹的腦袋給擠出來。

「你還好嗎？」

冥玥的臉出現在我上方，手邊端著兩杯我最熟悉不過的精靈飲料。「要自己起來喝還是潑你臉上？」

……

嗚嗚，我眞希望姊姊的溫柔可以繼續維持。

掙扎著半坐起來，我接過精靈飲料，有點困難地一口一口慢慢嚥下，接著看見我姊身後出現了哈維恩，夜妖精手上顯然也端著兩杯精靈飲料，露出了有點哀怨的視線……你們這樣輪流來是想讓我喝到爆嗎？

對了，說起來爲什麼精靈飲料可以舒緩我們的身體？是因爲我有混血嗎？

戰後整頓，因爲身分最爲敏感，所以白陵然與其他黑色種族算是第一批先行離開的人，連同伊麗莎和小淺都沒有久留，在被更多人發現眞身之前，她們就先退出現場，不知道跑哪去了；冥玥因爲披著紫袍，所以在一大群公會袍級中反而不太顯眼，而且她還是個人見人怕的巡司，就更沒人敢上前找她麻煩。

喔不，其實原本有些後兩天才從別處趕來支援的其他種族，可能聽聞什麼風聲，試圖想要找黑色種族麻煩，就被暫時管控巨人島的公會袍級給丟進海裡，接著就眞的沒人敢在這裡指手畫腳，對黑色種族不利了。

連續打架打四天的西瑞一解除獸化，馬上被醫療班給暗算麻醉昏迷，不知道把人抬到哪裡去了，我相信不論去了哪裡，那地方肯定都被上鎖，他大概要把牆壁撞破才出得來。

偷藏食魂死靈的九瀾倒是很大方地在那邊支使醫療班小隊幹活，還繼續搜刮各式各樣的屍體和斷肢中飽私囊，然而完全沒人敢吭聲，只能無視已經差不多處於狂喜狀態的黑袍醫療班，每個人都很害怕自己多說兩句話，就會被趁亂運去某人的收藏室裡不見天日。

不知爲何，這人彷佛是這場戰爭中的最大贏家。

「再讓我躺一會兒。」不行，眞的全身很虛軟，腎上腺素用完之後我現在一步都不想走，直接倒回原地賴著。

「……那我交接完回來領你，晚點回本家一趟。」冥玥往我頭上輕輕敲了下，淡淡地微笑：「辛西亞做了很多好吃的東西，等大家回去吃晚餐。」

「好。」

冥玥走了之後，哈維恩也不敢隨意打擾我，就退到一邊去和其他休息的七陵術師們討論起聯合術法的問題，他似乎對七陵學院開發的合作方式非常有興趣，趁著機會抓緊時間和對方攀談，可能是都喜歡術法，祭咒學院的人也沒爲難他，反而不少有興趣的人靠攏過來，竟然熱絡地當場探討起來。

我又躺了一會兒，迷迷糊糊之際看見有個藍色身影在我身邊，動作溫柔地替我蓋上毯子，猛地睜開眼睛，我看見是喵喵衝著我露出燦爛的笑容。

「漾漾你睡吧，要好好恢復精神力。」喵喵摸摸我的額頭。

畢竟是連續四天不眠不休搶救傷患，身爲醫療班的喵喵臉上也出現疲憊的神色，而且不知道爲什麼看起來讓人感覺有點不太對勁。「……妳還好嗎？」我再次撐起身體，瞇起眼睛，想從喵喵身上找出那個讓我感到怪異的地方。

喵喵輕咳了兩聲，又綻出笑顏。「沒事的呀，只是有一點點累，喵喵會抓時間休息的，不要擔心。」

還是不太對。

她身上那個怪異的感覺是什麼？

我整個坐起來，正要抓住喵喵時，突然聽見附近傳來一陣騷動。

「有白袍倒下了……又一個！快點去找九瀾先生！」

「一樣急速衰弱，快點！」

茫然中，我猛地看見那些人所謂的「白袍」竟然是我很熟悉的身影。

還沒爬出去看狀況，身邊的喵喵突然晃了兩下，直接撞在我身上，我下意識把人扶住，發現喵喵竟然整個昏過去，而且渾身發燙，身上飽滿的光明力量正因不明原因急速下降。

原本在與人討論的哈維恩立刻出現在我身邊，那幾名留下的黑色種族七陵術師也跟過來，馬上替喵喵展開治療。

就在這短短時間內，附近又有人倒下，這次是禔亞學院的人，他是第一批隨同他們學校袍級帶著幻獸到來的人之一，接著是奇雅學院的學生、亞里斯學院的學生……不少還留在戰場上的學生們一一倒下，全部都是最早穿過求援召令到來的人們。

「怎麼回事！」我看見萊恩從人群中被抬出來，幾名醫療班迅速上前搶救。

他們身上的光明力量全都快速消失，每個人都是如此，一模一樣，倒下的全部都是白色種族，而且每個都是最早來到這裡的人。

很快地，已經有十多人失去意識，然而醫療班們遲遲沒有診查出結論，彷彿找不出結果。

我心中最不好的那個預感終於成爲眞實。

喵喵被其他醫療班的人抱走，九瀾立即回到傷患集中處，釋出了大型治療陣法，卻沒止住他們身上越來越少的白色力量的流逝。

接著，我看見千冬歲也在附近倒下。

「不……」

裂川王說的那些我以爲是不甘的放話像詛咒一樣浮上腦海。

誰是籌碼？

我在意的有多少人？

黑色的身影出現在我面前，魔龍神色嚴肅，沒了之前很嗆又愛罵人的話語。

「弱雞，這陷阱太大了。」妖魔沉著一張臉，那時重柳要從世界離開時，他也是這種語氣，如同宣告無法逃避的不幸即將降臨。「最早來的這些人全都沒有大型生命結界的守護。」

而且因爲當時寡不敵眾，很多人幾乎或多或少都有誤觸毒霧或暴露於血雨之下。

我已經知道答案了，但是我不想承認。

千年前，他們曾經這樣傷害過所有精靈聯合軍，然而卻從來沒人能證實他們拿了多少、用了多少，所以讓人下意識以爲他們應該已在千年前戰爭中用罄。

我沒有想到爲了要徹底讓我絕望，他們竟然會用在這場四日戰爭上。

魔龍抓住我的肩膀，與我對視，強硬地讓我接受最恐怖的眞相——

「第一批來到這裡的人，全部接觸到黑火淵的水珠。」

這些，才是裂川王眞正的籌碼及目標。

「褚。」

我猛地回過神，發現夏碎學長不知何時靠近，幫忙把沒什麼力氣的我從地上扶起，「你先和我去紫袍的營地。」

「發生什麼……千冬歲他……夏碎學長你的狀況呢？」我有點語無倫次，不知道要先從哪裡發問，只覺得全身哆嗦得很厲害。

「噓，你們先跟我來。」夏碎學長說完，很快領著我和哈維恩進了公會紫袍們在這裡還未撤離的營地。

戰爭結束後，公會比較沒事的戰鬥袍級們大部分都已撤走，只留下清理戰場的其他人，紫袍的臨時營地中也只有三三兩兩幾名留下，其中有兩人看起來傷得不輕，身上還有好幾處包紮，另外三人比較乾淨，顯然是戰後才來幫忙清整戰場的人。

當中唯一的女性紫袍一看見我們進來就站起身，「快進來吧，南邊一區已經有人開始騷動了，果然讓那些外來者進來沒什麼好事，打完了又不回去，混在這裡想拿點什麼好處，每次戰後都會有這種投機分子，眞想揍他們。」

「抱歉，麻煩妳了，乙孫姊。」夏碎學長微笑了下，扶著我讓我坐到一邊的矮椅上後說道：「先行到這裡來的人們都很明白會碰上什麼事，也知道黑色種族同樣有分好與壞。然而因爲巨人島震動，惡魔大軍入侵與天使軍團跨界協助抵禦，已經引起守世界各處警戒。這一、兩天有些聞訊到來的種族，部分守舊派恐怕對黑色種族有根深柢固的防備，並不會那麼友善，你們先暫時待在這邊千萬別到處亂跑。」

喔，我懂，就是後面來的一波人還是很敵視黑色種族，更別說妖師一族，我立刻明白夏碎學長的安排，但是我現在擔心的事比那些歧視更嚴重。

「夏碎學長你沒事吧？」夏碎學長也是第一波來的人，我現在很害怕他隨時會倒下，更別說他不久前才受過鬼族毒素的傷害不算痊癒。

夏碎學長沉默了幾秒，搖搖頭。「我沒事……倒是你和哈維恩沒影響嗎？」

「對黑色種族影響沒那麼強烈。」哈維恩立刻回答：「畢竟是同源的東西，就算有傷害也很快就會代謝復元，倒是我建議你最好趕快去醫療班。」

「對，你快去吧，我已經將這邊的狀況傳給公會，醫療班正在加快速度發送延緩黑火淵毒素的藥物，還能拖延一段時間。」被稱為乙孫的紫袍女性皺起眉，「魔王那邊宣稱他並不知道黑火淵的水被盜，也無任何解藥，公會正派人前往交涉，取回樣本加速研究解藥，但……」

但這解藥千百年來無人研究出來。

我心裡一沉。

千年前三王子一事後，殊那律恩肯定是會投入大量心力研究的，但是至今沒有藥，那麼白色世界這裡必然也是相同狀況。

亞那瑟恩當年只多活了五年，然而他身後有殊那律恩盡力地替他拖延時間，卻也僅僅只讓三王子一個人殘剩五年……現在的我們能夠拖多久？

我要眼睜睜看著所有人不是死就是成爲鬼族？

「放心，我沒事。」夏碎學長頓了下，有些若有所思：「凝神石的效用還未完全被吸收完，先前我就發現這場戰爭的毒素對我的侵蝕很小，似乎也抵銷了黑火淵侵入的影響，所以我眞的沒事。」

那至少可以放心學長！

可是喵喵他們……

「黑暗同盟那邊一定還有解藥。」我抓著夏碎學長的手腕，讓自己不要顫得那麼厲害，吸了口氣才重新開口：「當年有一大半都被偷走，絕對都還在他們手上。」

所以裂川王才會撂下那些話，以這麼多人的生命作爲挾持，來要脅我們聽從他！

雖然知道應該沒什麼用處，我還是不斷拚命地在心中詛咒他不得好死。我一定要拿到那些解藥，絕對不會讓黑暗同盟稱心如意！

我現在應該要把所有精神放在怎麼找到黑暗同盟拿到那些解藥……不要去想其他事情……不要想太多。

「褚。」夏碎學長蹲下身拍拍我的臉，與我平視，「公會已經有專人去處理這些事情，全都是前線袍級，你不要過於擔心，千冬歲他們會沒事的。」

「我知道。」點點頭，我看著好像還是很憂慮的夏碎學長，也不敢多講什麼，以免讓他起疑，或是害他更擔心。

夏碎學長嘆了口氣，站起身，這時紫袍營地外面有些聲響，然後是另個人走進來，這讓我有些意外，我以爲他應該會和伯爵先行離開。

看似也沒什麼事的尼羅先與在場的紫袍們禮貌地打過招呼之後，就往我這邊走來。「看見您一切安好，眞是讓人放心多了。」已經將自己整理乾淨整齊的管家如同往常溫雅有禮，完全看不出來和我們一樣經歷過四日戰爭，和我一比，我簡直狼狽到不行。

話說回來，尼羅與伯爵似乎也劃分在黑色種族，看尼羅活蹦亂跳的，我至少可以安心點。然而阿斯利安和伊多他們……其實我一點都不想躲在這個紫袍營地裡，我想到大家的身邊。在我最難熬時他們來到我身旁，卻被牽連成這樣，而我只能被帶來這裡，無法在他們身側，或是幫上點什麼……

「我只是先來告辭。」尼羅動作優雅地取出一個盒子放在我手上，打開裡面全是換洗衣物與一些食物、日用品，提前幫我準備好可以讓我換下現在這一身破爛。「主人必須回返公會一段時間，他讓我自己決定這段日子要去哪裡。我認爲你的朋友們須要協助照顧，所以會與醫療班前往總部的集中治療區，特別幫忙照顧被黑火淵影響的人們。」

「謝謝你。」我沒想到尼羅竟然會想到這些，似乎是刻意想幫我陪著喵喵他們，那裡是我去不了、也幫不上忙的地方。「眞的很謝謝你！」

「無論如何，都心存希望，好嗎？」尼羅微笑著摸摸我的頭，「我相信你能做得到，待一切平靜後，我會爲各位準備好點心與茶，大家都會平安無事的。」

我低下頭，眞的打從心底感謝一個個來到我身邊的人。

送走尼羅後，我借了營地的小空間把自己打理好，換上一套乾淨的衣服，仔仔細細地整理好每一處，吃了幾口這幾天都沒什麼碰的食物和鎭痛藥物。尼羅的到來讓我稍稍從驚恐中回過神，也想起越是這種時候就越先該讓自己看起來至少像個人，不要讓其他人擔心，別像那天米納斯和魔龍眼中看到的我，連幻武兵器都因此不安。

勉強重新打起精神之後，正好也陸續接收到外頭傳來的負面情緒。

果然就如同夏碎學長他們擔心的，較晚到來的其他種族勢力，發現黑火淵竟然被應用在戰爭上，大部分都憤怒了。除了妖師重新出世的驚愕以外，他們更多的是擔心己身也被染上黑火淵，害怕像其他人一樣快速衰弱，甚至光明力量潰散、被黑暗侵蝕，進而化鬼。

千年前戰爭的背後眞相其實沒有人知道，包括當年精靈軍大量死亡與扭曲的事情人們都不清楚。然而黑色世界所帶來的力量毒素本就讓他們沒那麼安心，某些人還是有這方面常識，再加上謠言以訛傳訛，不明事理的騷動就這麼快速拓展開來。

隱隱約約，都可以聽見把妖師交出來之類的怒罵聲。

「呸，有人叫你們來嗎。」站在一邊的哈維恩有點發火，「發出請求時根本沒人要來，看見公會和天界天使軍團出手才敢來的一票垃圾膽小鬼！」

如果他不是要待在我身邊，我猜他現在已經衝出去割那些叫囂者的舌頭了。

「戰爭結束不代表完全終止，我們的對手必定會散布謠言動搖不夠聰明的生命，這種戰後騷動還會持續很長一段時間，你總不能一一去毒啞他們，毒不完的。」名叫乙孫的紫袍大姊朝我們眨眨眼，「忍著些吧，好事者的舌頭總是比智者還要長很多，吠得也大聲。」

哈維恩哼了聲，還是相當不滿。

我感受著那些負面，突然覺得也不能責怪他們，如果好意前來幫忙卻得到這種下場，就算自己沒有怨言，身邊的親朋好友總是會看不過去。

這種事情根本沒有對錯，他們發洩也沒有錯誤，在這裡的黑色種族也沒有錯誤，其實錯的是造成這些的凶手，還有那些誇大、散布謠言的人，但生命都需要宣洩口與最近的攻擊目標，才能轉移他們的恐懼。

「而且我猜等等就會有人把那些大吵大鬧的人扔到海裡了……喔，眞快。」

乙孫的話才說完，就聽到外面有人直接怒喊：「影響醫療班工作是不想活了嗎！通通給我滾出去！」

接著是一整排被揍飛的聲音，詭異的哀號逐漸遠去，感覺速度還挺快的。

所以我說，公會的人、特別是醫療班，脾氣眞的都很不好，以後看到繞著走比較安全。

又過了一會兒，有人走進來，這次是個穿著黑袍的熟悉身影，一進來看到夏碎學長便說道：「我去看過你弟……」

「學長！」直接原地跳起，我看學長好像也沒被黑火淵的水珠影響，傷口什麼的也有好好治療過，同樣換過衣服、梳洗過，於是鬆了口氣。

不過我這口氣還沒鬆完，眼前就發生讓我震驚到不知該如何反應的畫面——

夏碎學長直接抓住了學長的領口，然後往他臉上揮了一拳。

第五話　千年傳聞

學長被揍的事發生得很快，我大腦一片空白沒來得及反應，周圍其他紫袍也都整個安安靜靜，沒人敢吱一聲。

「……別生氣。」捱揍的學長竟然一反平常的猛爆，只是摀著臉，默默地開口。

「你什麼時候才會好好想想你自己！千冬歲的事情我會處理，不要多事！」夏碎學長看起來似乎是想揍第二拳，但最終沒有，他緊緊握著拳頭，似乎用了很大的力氣才放鬆，嘆了口氣沒再說什麼，也沒理會學長，看也不看，逕自走出紫袍營地。

學長沉默了半晌，沒解釋什麼，就轉向一臉震驚的我。

「等等你和學院的人先回學校裡去，這裡留下的人太雜，先避開他們。」學長想了一下，說：「黑火淵的事情公會會想辦法解決，你不要腦殘覺得自己可以去黑暗同盟搶解藥，要搶也是我們去搶，你乖乖地待在學校裡，至少在裡面被重柳族偷襲還不會死。」

「呃，我是想先回家一趟。」我意識到自己說的不對，連忙改口：「我的意思是回妖師本家，那邊轉移過空間應該也很安全。小淺說已經先把我媽……『家裡的媽媽』安置到本家，等到我家完全清除威脅之後，看然怎麼決定……還有我也想看看我『媽媽』……」

學長沉默了幾秒。

「學長？」

我抬起頭，居然看見學長好像分心了，並沒有立刻回答我，這讓我覺得有點不對勁。夏碎學長異常生氣，而學長也怪怪的，難道除了黑火淵外，黑暗同盟還幹了什麼喪心病狂的事情？

「嗯，那我送你們回妖師本家，準備啓程吧。」學長很快恢復原本的樣子，嘖了聲：「巨人島現在狀況太混亂了，其他的獵殺隊估計還會再混水摸魚進來找你們。雖然有我們立下誓約，但難保不會有傢伙還是想要試圖越界出手。」

「學長你怪怪的啊，眞的沒事嗎？還是肚子痛？」

然後我就看見史前巨鱷抬起拳頭。

「對不起我錯了。」

一秒認慫。

「欸對，學長，還有一件事情。」

我連忙往外看了一下，邊上的紫袍大概很了解這種做賊的模樣，就幫我們打開了一個營地結界，遮離外界的視線。

「關於釆巨人和下面……」

沉澱下來後，我想起那些巨人們的怨魂。當時情況危急，只能把他們和力量一起塞進了魔龍的小飛碟裡，也不知道那玩意到底什麼架構，竟然真的承載了所有，現在全都乖乖收在幻武大豆裡，哪天突然爆炸都不奇怪。

「須要我們迴避嗎？」本來還在彙整資料的乙孫站起身。

「啊，那倒是不用。」這事情應該可大可小，我覺得既然夏碎學長會把我們安置在這裡，就表示這個營地裡的人都可以信任，而且我確實需要幫助。

當時接觸我的，不僅只釆巨人們的聲音，還有另一種更小、帶著喜悅的呼喚。

「如果沒錯的話，底下深處有『烏鷲』那樣子的碎片。」

學長皺起眉。「你確定？」

「對，雖然很小，但是有那個感覺……真的很小，沒辦法順利對話，本來還有點活絡，但是釆巨人出現後『它』又縮回去，好像睡著了。」雖然說睡著，但既然我已經注意到了，就得慎防其他黑暗、甚至是邪惡種族也注意到。「我一開始也以爲是感覺錯了，因爲深他們來過，不可能沒發現，可是那東西眞的存在。」

「……我知道了，我會請精靈術師過來處理，應該是因爲戰爭讓封印鬆動，沒想到下面會有那東西，幸好轉移戰場的事情沒有因此弄巧成拙。」學長說道：「還沒有發展意識是最好的，至少可以無知覺地繼續沉睡。」

「嗯……」想起烏鷲和深，我突然覺得沉睡不一定是壞事，不然又會多一個孤單的存在，更糟糕的是還被利用。

不過，那一小塊碎片爲什麼會找上我？

那種小小的欣喜彷彿初生生命見到喜愛的親人，萌芽出了最單純的喜悅，可惜還無法感染任何人，便又力竭消失。

「先送你們回去吧。」

隨著學長這麼說，我看見冥玥也從外頭走進來，連忙又稍微整理了下。

似乎還趕著要做些什麼，學長和冥玥很快打開直連妖師本家的黑色走道，毫不浪費時間。

「學長你眞的沒事吧？」

回答我的是後腦被搧了一下。

「囉嗦！」學長沒好氣地白我眼。

我抱著腦袋，趕緊跟在冥玥和哈維恩後頭走進黑色通道。

然後，巨人島就在我身後隱沒了。

幾乎造成我最大噩夢的黑色之地消失在黑暗當中。

※

妖師本家的新座標在哪裡我並不知道，應該說以前在哪我也不知道。

但是我決定還是保持這種不知道的狀態比較好，才不會哪天從我這裡洩露，畢竟還是一堆人說偷聽就偷聽，得等我練好拒絕精神連線再說。

我們來到大房子前，整個本家異常寧靜，幾乎連風聲都沒有了，光是站在門外就可以感覺到逼人的氣息。

不過這種感覺在進門後立時消散，門後的本家又恢復成我熟悉的模樣，依舊優美的庭院與到處亂跑的小幻獸，一派悠閒舒服的氛圍，幾乎能讓人心情跟著放鬆……雖然我是放鬆不了。

跟著冥玥走過長長的迴廊，接連穿過幾個庭院後，我看見白陵然在那棵大樹下，坐在鞦韆上，不知道是不是在發呆，似乎第一時間沒有注意到我們進來了，直到冥玥踩進庭院的草皮他才回過神。

「你們回來啦。」

然站起身，依舊是溫柔的笑臉，已經換上便服的妖師首領與在戰場上拚殺時根本是兩種樣子，不知情的人只會覺得這是非常普通的大學男孩，一點也不會想到他可以眉頭都不皺地在瞬間抹滅掉大量敵人。

「小淺和伊麗莎似乎有急事趕赴其他去處，『偶』的話正在房間沉睡，隨時可以喚醒，沒有任何傷損。」然有些抱歉地看著我。「兩位客人走得很急，來不及通知你，剛走沒多久。」

「嗯嗯沒關係，如果有事情她們肯定會跟我說。」我想了想，當時在獄界也不知道鬼王用了什麼辦法，可以連上巨人島把裂川王扔過去給黑山君他們處理，雖然無法想像，但肯定也付出很大的力量與代價，小淺她們趕著離開很可能就和這件事情有關。

「辛西亞做了很多飯菜在等你們，你們可以梳洗一下，吃飽先休息，好好睡一覺，嚴肅的事情等睡醒了再來說吧。」然大概也是沒打算立刻就說打擊人的話，不過聽起來也是後面有很多爛攤子等著收拾的意思。

我默默地在心中做好要被各種警告的準備。

希望不要被禁足，在這種時候我想儘可能地回到其他人身邊。

「啊那個……吃飯前我可以先去看看老媽嗎？我是說真的老媽……」再次回到妖師本家，

我第一件想做的事果然還是先到老媽身邊。雖然知道她聽不見，也不曉得外界的事，但我就是恨不得現在能陪陪她，一想到刻意被我壓抑的渴望，就覺得整個胸口很痛，讓人非常不舒服。

「這是我的疏忽了，你們先去看看她吧，最近她恢復得很好，可能比我們預估的時間還要快復元。」然的語氣明顯鬆快許多，看來是真的爲了這件事情高興。

這大概也就是這陣子裡最值得讓人開心的事了。

「冥玥帶漾漾去吧，我還有些事得處理。」然深深地看了我們倆幾秒，還是微笑著：「幸好你們都安全回來了。」

「我們不會死的。」冥玥拉著我的手臂，有點不太禮貌地甩了妖師首領這句，直接拉著我往地下密室的方向走。

身後的哈維恩並沒有跟上來，大概是不好意思攪和進親人隱私，直接留在庭院裡了。

尾隨冥玥走了小段路後，我還是忍不住拉著老姊的手腕。

「老媽眞的狀況好很多了嗎？」重柳最後幫我們做的，眞的足以讓老媽痊癒嗎？

「嗯，眞的，出乎意料地快，本來然覺得至少要三、四年完全清除詛咒和毒素後，再恢復全身機能；現在很可能這一、兩年就可以完全康復甦醒了。」冥玥有些開心地回過頭，眉眼柔和很多，完全就是那種讓人一看立刻連心都化了的絕美表情。「到時候我們一家人就可以團圓啦。」

確實……到時候老媽眞的可以回來了。

冥玥一直帶著我回到了水晶棺前。

就如同他們所說，與我第一次見到時，老媽的差異眞的明顯很大，現在躺在水晶棺中、我最熟悉的親人臉色好了許多，臉上甚至帶了些健康的色澤，那些衰敗死氣減少很多，彷彿再讓她休息一段時間，又可以健康地拿鍋鏟到處敲我。

我腳一軟，跌坐在水晶棺前。

「哈……哈哈……」抱著頭，我眞的不知道該怎麼形容自己的心情，明明很難過身邊朋友們被黑火淵侵蝕，壓力大到一直想吐，然而在看見老媽好轉的瞬間，我又開心得想要跳起來，感覺世界上眞的還是有很多希望。

然而這份希望卻也還是別人用生命換給我們……

回不來的重柳……

「一切都會轉好的。」冥玥在我身邊坐下，抱著我的肩膀，讓我靠到她身上。「我們做得到，不論如何都能做到的。」

靠在老姊肩上，嗅著淡淡柔和的香氣，我閉上眼睛放鬆了全身長久以來的緊繃，沉默地任由眼淚不斷流下。

就這樣過了好一陣子後，才有點不好意思地從冥玥身邊退開。

「我還有些話想跟老媽說。」吸了吸鼻子，鼻音有點重，我又開始覺得丟臉了。

「喔，說啊。」冥玥把一大包衛生紙直接扔到我臉上，「這裡可以暫時開啟一段時間，我們重新汰換過大結界，不會再被入侵了。」

邊抽衛生紙擦臉，我邊點頭。

坐到水晶棺邊上後，我輕輕握著老媽有些溫度的手腕。

有太多事情想說了。

很想說進到學院後發生那些根本不是正常人可以想像得到的事情，還有我認識那麼多對我很好的朋友……被我牽連的很多人，以及那些壞到骨子裡的黑暗同盟……太多太多想說，卻突然不知道該從哪裡說起。

我覺得有點委屈，其實很想不管不顧地直接抱著老媽痛哭一場，發洩這些幾乎沒有說出口的情緒。

正在醞釀時，老媽的手腕突然傳來清涼的力量，往我指尖貼了下，這力量感異常熟悉，感覺竟然和我身上某些東西很相似。

「這是……」握緊老媽的手，我瞬間腦袋空白了幾秒，不敢確定我感覺到的是不是眞的。

「怎麼了？」冥玥望過來。

「重柳有多加什麼東西幫助老媽恢復嗎？這是什麼東西的力量？」我眞眞切切感覺到有個極爲純淨的力量在修補老媽身上的「傷」，而那種純淨力量我「吃」過，據說是會引起戰爭的寶物。「妖師本家也有凝神石？」

沒錯，這個是凝神石的波動，因爲吃過，所以我一下就認出來。

冥玥愣了下。「沒有……等等，你不知道嗎？」

「什麼意思？」我看著冥玥，完全不了解她的回問。

「凝神石是冰炎學弟帶來的，過於貴重所以然原本不收，但他說是殊那律恩送給你們的東西，你也吃了，這顆多出來的要給老媽復元身體用。」注意到我一臉錯愕，冥玥皺起眉。「就是出事、你跑掉後的事情，出事前我們就感覺到你身上的確有凝神石的力量，以爲是你這小混帳忘掉的，才想問你到底用什麼方法換來這種東西，該不會是去賣腎了吧。」

「不對，鬼王送給我們的是一人一顆，學長、夏碎學長和我，而且我們當時全部都……」

這瞬間，我整個人毛骨悚然。

這段日子以來所有記憶快速在腦中翻轉復甦。

我們當時全部都吃了，但是「全部」三人中，只有學長是自己吃的，我和夏碎學長都是被他塞或強迫吞下。

那之後，我們遇上的狼王等人都說我和夏碎學長「兩人」身上有好東西。

「他沒吃……」

聽到我要回本家時，學長明顯走神了。

他是不是知道我一回家、看見老媽，就會發現這件事情？

學長走進營地時，夏碎學長很明白地現出怒氣，我原本以為那是特別擔心千冬歲的反應，還有小淺當時說的話……

「他沒吃……」

——學長體內，根本不存在可以抵禦黑火淵的東西。

※

大屋四周一片寂靜。

坐在我對面的然和冥玥從我這裡知道凝神石真正的狀況後，兩人陷入沉默。

「現在只能預想，他曾長期待在獄界，可能有其他抵抗毒素的方式。」冥玥輕輕地用指尖敲叩著桌面，「至少能夠爭取點時間，我們先打算怎麼從黑暗同盟那邊把解藥挖出來吧，公會剛剛也傳來了初步報告，第一批到達現場的學生們，扣除掉比較不會受影響的黑色種族，有六成全都遭受到黑火淵水珠大小不一的侵蝕；受害程度較低的醫療班與各界頂尖術師正在緊急搶救，應該能夠康復，而嚴重的只能暫時使用抑制劑，目前還沒出現扭曲者，但是時間……」

時間拉長後，會不會出現就不好說了。

「抱歉我人不太舒服，先去休息一下。」按著嗡嗡響的腦袋，其實我也不太知道該說什麼，只覺得自己很多事情該思考，得找個安靜的地方沉澱思緒。「啊，那個，我會找哈維恩跟在旁邊，不會做什麼奇怪的事，你們可以放心。」

「……你這幾天也耗用很多精神力，快去好好睡一覺吧。」然勾起微笑，按著冥玥的手臂，像是阻止我姊想出口的話，後者也就沒多說什麼。

「謝謝你們。」

我明白然是體貼我，不想在這時候多給我什麼壓力，所以我很感激他。

其實剛剛有瞬間我真的想對自己腦門開一槍結束一切算了，然而也就短暫的幾秒，我知道我還有事情該做，而且用死亡逃避，其他人也不可能恢復，只是浪費了大家來幫忙我的好意。

無論如何，我都不能辜負他們。

踏出走廊，看著美麗的庭院好半晌後我回過神，這時才注意到已經拿出了很久沒用的手機，其實通訊錄已經沒號碼了，當初班上大家搶著我的手機輸入的那些號碼早都刪光，然而本來應該也一併被刪掉的學長的號碼，突然又出現在上頭。

……都不知道他是什麼時候重新輸入，我該害怕他偷東西的手法這麼高明嗎？

沉默了幾秒，我嘆了口氣，在安靜的迴廊邊坐下，微風吹來時按下了這唯一的號碼。

電話很快被接通。

通訊另端先是傳來一些吵雜的聲音，聽起來好像是吵架，不過用的語言都不一樣所以我一時沒聽出來是在吵什麼，但也感覺到那邊的人真的很生氣，接著手機持有人很快遠離，那些聲音變小了，才傳來我熟悉的嗓音：「褚？」

「……我去你的。」完全沒有思考，不經大腦的髒話直接噴過去，我嘖了聲，覺得沒有罵夠。「你到底要做多少次這種事情？今天如果是個玻璃心的在這裡，分分秒秒直接扭曲成大魔王毀滅世界你知道嗎？我真他媽……不被壞人逼瘋也會被你們嚇瘋！」

「……」學長可能沒想到會被我罵，第一時間沒回話。

我認眞思考，如果不是因爲有距離隔著，我很可能也會像夏碎學長一樣先往他臉上揍過去。「我剛眞的想上吊你知道嗎，我知道不該抱怨，但是學長你這麼做，你想過我的感受嗎？如果今天你要我去死，我二話不說這條命送給你，可是你和然他們一樣什麼也不說就在我看不見的地方幫我，隨時隨地地就想代替每個人去面臨死亡，讓我覺得很恐怖，我怕哪天你沒了……然和我姊也沒了，我卻不知道爲什麼。」

「這件事我無話可說，是我的失誤。」學長停頓了片刻，繼續說道：「凝神石原本就有這種效用，運用在你母親身上效果會更加明顯，而且在阿姨甦醒之後也會有好一陣子讓她變得更加健康。我原本想著，我有王族天生的血脈力量，只要加倍修練，也不一定非要那東西不可，相較之下，你們才是眞正需要的人。」

不知道是不是被我噴了有感受到我的憤怒還是作賊心虛，學長竟然難得話多地解釋，而且語氣也沒像平常那樣凶凶的。

「……我只是認爲，比起增長那些遲早會有的力量，不如用在更需要的地方。」通話那頭又靜默了一會兒，才再次傳來聲音。「而且，誰知道裂川王那些垃圾會做這種垃圾事，這不能怪我。」

我都快被氣笑了。「你不是黑袍嗎，你就不能先保護好自己嗎？我老媽終究會醒的，你……」眞的連講都不知道該怎麼講了。「你腦殘嗎！你又不是我們妖師一族的人管這麼多幹嘛！你還包山包海包婚喪喜慶嗎！把我之前的感動還我！白痴！」

「……」

「不要以爲你是黑袍比較強又長得漂亮我就不敢揍你！揍你和我覺得你的臉好看不衝突！我現在是妖師！讓我看到我一定揍你！」

可能眞的是我語無倫次咆哮得太激動，電話那端完全沒有吱聲。

看不到學長的表情，不知道他現在什麼反應。

但是過了一會兒之後，我隱約好像聽到另外那端有咕噥聲，好像在說什麼「……現在會吠人了……」之類的。

還敢抱怨啊！

「你們到底能不能好好珍惜自己的生命！你們一直要我活下去，你呢！別跟我說你會好好的，我現在看你就是沒有好好的！我活下去的基礎不是建立在你們這些人去死還是缺角少塊上面好嗎！」我覺得我差不多理智線全斷了，連同之前被隱瞞家中的事情那些一起遷怒無辜，悶在胸口的幹意完全爆發。「颯彌亞．伊沐洛．巴瑟蘭，你給我聽清楚，如果我現在幹出怪事，全都是你害的！你怎麼對我我就怎麼對你！我做鬼也要掐著你脖子一起下地獄！我咬都咬死你！還要拔光你的頭髮送給做假髮的！」

「……你冷靜一點。」學長終於回應我的大爆炸了。「不要去做怪事。」

「我不！我還有幾句沒罵完！我幹你……幹你的！我回學校要去把你房間的內褲全都拿去賣你的迷妹迷弟粉絲後援會當精神賠償！」可惡！差點罵到公主！都是他害的！

「……先不要。」

「我就是要賣！原味內褲三件一百！幹！」

爆發完後，我很憤怒地先喘幾口氣，終於好不容易把理智線黏了幾條回去。「還有多少時間……拜託，至少這個不要再騙我了。」

「……」

「百塵鎖的刀上也有黑火淵的水珠對吧。」他當初怎麼對凡斯的就會怎麼對我。我緊握住衣襬，無聲地眨掉眼淚。

那刀從來就不是要把我砍成兩段，而且水珠砍了也不太會對黑色種族有影響，他們知道學長或是其他白色種族總會來救我，那刀砍的就是我最珍惜的身邊親友。

「公會已經開始動作，獄界那邊剿破了裂川王的幾個巢穴才把他扔出來，他們會循線帶回解藥，在此之前我們都不會死，當年我父親的事情後，殊那律恩和深也開發了許多延緩影響的藥物與辦法，這些都送到公會了，你就等著看我們康復就好。」學長說了好長一段話，語氣也沒有平常那麼凶惡尖銳，反而比較像是和我同年紀的人會用的口吻。

「你說的很合理，但是我不相信你。」我按著激動過頭有點痛的額頭，垂下肩膀。「學長，你到底是爲了什麼而活？你不會痛嗎？你害怕過嗎？」

「害怕的話，賣內褲這個可能……」

「給我回正經的啦哩係勒靠杯喔！」

那端傳來淡淡的嘆息。

「我不知道……我真的不知道。」

※

掛掉通話之後，我坐在迴廊上，靠著廊柱腦袋空白地盯著庭院很久。

直到回過神，天空已經呈現黃昏的瑰麗色澤，小院落像是被灑上一層金粉，連地上的小草葉都閃閃發光。

「小淺，妳們在嗎？」我坐正身體，老頭公立刻在四周設下隔離結界。看來這次大戰進步的並不只我，老頭公的結界也進化許多，紋路比起最早時看起來都細緻了，也不知道他學到多少東西。

雖然不知道她們在不在，但離開那時鬼王確實說了讓我帶著小淺她們，所以我猜很有可能其實她們還可以聯繫，只是我不清楚要怎麼正確找到她們。

思考著要用什麼方式尋找她們時，我面前的庭院地上突然張開了黑色的小法陣，少女自裡面緩緩浮現身影，不過只有小淺，沒看見另外的爆炸小魔王。

「妳偷留監視在本家，然知道嗎。」我就知道她們既然進來本家了，就會放點什麼東西。

「這只是確保你的生命一切安全。」小淺淡淡地開口：「我將己身分裂出一絲無法察覺的殘片在此，若是你非常需要幫助時便會回應，如果你過得好好的根本不會甦醒……看來你現在相當需要我。」

「我想見殊那律恩一面，越快越好，最好是現在。」我知道所有人都想要我好好地待在安全的地方，然而我也希望他們全都不受任何威脅，不然我就真的要去賣學長內褲紓解壓力了。

「……」小淺微微皺起眉，遲疑了一會兒。

「鬼王那邊發生什麼事了嗎？」雖然我多少可以猜到把裂川王甩出來肯定要付出某些慘烈代價，不過小淺這個模樣，又讓我開始感到不安。「他們沒事吧？那邊的大家都還好嗎？」記得沒錯的話，確實聽說鬼王直剿了裂川王的幾個據點，還與裂川王對撞。

「小淺，我知道妳是出自於深，但妳也有自己的意識，妳能夠考慮幫助我嗎？」這樣做雖然很卑鄙，不過這時候我已經沒有其他的選擇了，然和冥玥是絕對不可能讓我現在去做這些事情，我也不想讓他們去。

少女明顯猶豫了，表情變得有些爲難。

「有啥好考慮的，答應他啊。」

我們倆一起抬起頭，看見伊麗莎揹著雙手站在我們面前，表情張揚地挑起眉，「反正不管之後會怎樣都是他自己選的結果吧……欸，臭人類，你會後悔嗎？」

「不會。」我連忙搖頭。

「那也不要遷怒，不然本王就打飛你的腦殼。」伊麗莎轉向小淺：「雖然是分裂體，不過你們共享記憶的吧，啥也不能做這種垃圾事情，妳不是最清楚的嗎，小屁孩也就只能在現在暴衝了呀，愛幹啥隨便他去幹，反正一堆人在他後面擦屁股。」

「這……好吧。」大概也是不知道該怎麼回絕，「初生」的小淺還是有些爲難，不過倒是點點頭，「我將你送到深那邊，做主的是深，能不能見鬼王就看他意思了。」

小淺說這話其實有點奇怪，畢竟之前我和殊那律恩見面說話時也沒經過深，到底……？不過時間緊迫，我也不去多想，反正很快就能知道。「請稍等一下，我還要帶上一個人。」

哈維恩報到的速度比我想的還要快。

一看見小淺和伊麗莎，他明顯愣了幾秒，接著很快發問：「這兩位什麼時候返回？爲何沒有感覺到氣息？」

當然是因爲我和她們都不想被發現啊。

要跑路還被發現不就糗了。

「我要回獄界，你可以選擇跟著一起來，或是去找然通風報信，不過即使你去找然，我也必定是要去一趟的……」

我話還沒說完，就看到哈維恩臉色一凜，立即回答：「我與你同行，出發吧。」

看來之前眞的丟出心靈傷害了，現在居然什麼都不問直接就要跟著跑路，我默默在心中感慨了下，轉向小淺：「走吧。」

小淺也沒和我們浪費時間，黑暗通道直接一開一闔，眨眼我們就出了妖師本家，來到一處我覺得有點眼熟的地方——

遍布黑色砂礫的水岸邊，附近還散落著灰白色的竊夢魔骸骨。

這是之前我分享了殊那律恩記憶後甦醒離開的地方？

「你們爲什麼會在這裡？」

冰冷的聲音從前方黑暗中傳出，哈維恩立刻擋到我面前，單手按在彎刀刀柄上。

小淺迎上去，看著緩緩走出的深，低下頭。

大概進行了什麼不爲人知的內心交流，幾秒後，深皺起眉看著我。「……你和我過來吧，夜妖精留在此處。」

哈維恩有點疑慮地往我這邊盯，聽我跟他說不用擔心後，雖然還是散發著擔心的氣息，不過收了攻擊的姿態退到一邊。

跟隨著陰影的腳步走入黑暗，走一段距離之後，我確認了這裡果然就是我上次甦醒後離開的河岸邊，現在看得比那時候更清楚，空氣中滿滿浮沉的全都是黑色力量，而且越往水潭方位走越漸純粹。一路到達深處，我赫然發現這裡的黑色力量竟然已經開始聚到我身邊，在我無意識時隱隱自行被吸收。

雖然數量很少，但確實感覺到不斷滲入。

「待會兒所見的事物，無論如何都不能說出去，你能發誓嗎？」走到水潭入口處，深停下腳步，轉過來看我。「殊那律恩認爲無妨，但我不想承擔任何風險。」

「接下來所見如果我說出去，我就被車撞死。」連忙抬起手眞正發誓，應該是確認誓約有用，深才繼續邁開腳步帶路，我吞了吞口水跟上去：「鬼王發生什麼事情了？」

「……」

我覺得我大概是問到死穴問題，連忙閉緊嘴巴。

沒想到前面高大的男人突然又飄來聲音：「我們從那次會面後，還與妖師首領進行過兩次聯繫。除了告知你的狀況外，同時協調了關於裂川王一事的合作方式。殊那律恩雖然能猜出裂川王的來歷，但我們在白色世界行動並不方便，得知妖師首領其實與時間之流有契約後，反而得到了幫忙。」

「所以然他們和學長都去了時間之流，找上黑山君？」這點就有些奇怪了，其實我猜殊那律恩應該也是和時間之流有往來的，爲什麼會慫這麼久讓裂川王胡作非爲？一直等到這種時候才和然他們合作，把裂川王拖出藏匿處，請黑山君來處理？

除了裂川王難以抓捕之外，是因爲黑山君本身不能離開時間之流的關係嗎？

那他們又付出什麼代價，才讓黑山君能夠離開那座府邸？

「嗯，獄界對裂川王來說是個太舒適的戰場，除了他能隨意吸取獄界的力量以外，也替自己在巢穴內設置了大量時間迴圈，近乎無敵；所以必須把他拖出獄界，離開他的舒適圈，讓他失去那些後援，才眞有可能傷害得了他。」

「其他人都還好嗎？」不知道爲什麼，雖然深沒有提及怎麼拖出裂川王，但我突然毛骨悚然了起來。

殊那律恩那時候讓我回家，是因爲不想讓我看見攻入裂川王巢穴的慘狀嗎？

深嘆了口氣。

「你認識的都沒事，其餘的……幸好你還沒來得及認識。」

再次踏上黑色水面時，我穩穩地踏水而行，依然不會下沉。

只是這次很明顯感覺到，這些黑色的水有著自己的想法，不聲不響地出於自己的意願讓我們不落水，能如同行走地面一般。原本想要接觸看看這種奇妙的意識，結果立刻被拒絕交流……不知道是不是我的錯覺，這水竟然傳來「你醜不想跟你說話」的意念。

「……？」

什麼鬼？

這年頭連條河都可以罵人醜了？

一臉莫名地看著拒絕聊天的黑河，我跟著深停下腳步。

稍前一點的男人蹲下身，探出右手貼在水面上。「殊那律恩，他來了。」

黑水顫動了下，以深手邊爲中心不斷顫出圓形漣漪，白皙的指頭破開水面，搭到陰影的手腕上。

有瞬間我以爲我看錯，因爲那手指看著好像有點嬌小……還沒揉揉眼睛重新看清楚，深已經把水裡的人扶出來，還順手從空氣中拉出黑色的大袍子直接包裹住對方。

……

……

好，眞的不是我看錯，而是深拉出來的那個人！整個縮水！完全縮水！超級縮水！

我本來以爲現在可以再次把我嚇傻的事已經變得很少了，然而當下我驚得目瞪口呆，愣愣看著深擱起嬌小的少年……呃……黑色長髮、紅色眼睛，蒼白的皮膚，我是認得這種尺寸，但是是在回憶裡面看過的——

原來您到現在還沒長大啊！

與高大的陰影相比，縮回少年體型的鬼王看起來非常嬌小，懶洋洋的表情和半瞇的眼睛讓他之前的威壓與殺氣全都消失得一乾二淨，整個軟綿綿地靠在陰影手邊，毫無殺傷力。

錯愕之餘，我也同時發現，小鬼王剛被拉出來時其實只穿了一件很單薄的裡衣，被陰影的大外袍一裹，扣掉看起來更縮水的感覺之外，我還看見他一開始露出的手臂和腿，甚至是半隱現的肩膀，全都是傷痕，眾多新舊傷疤縱橫交錯，乍看下非常駭人。

先別說醫療班有神藥，殊那律恩本身就是高超的術師，爲什麼身上還會留下這麼多傷？這全都是和裂川王正面衝突造成的嗎？

……

合起吃驚的嘴巴，我默默後退幾步，安靜地看著陰影幫鬼王拉好那件大袍子。

……我算是知道爲什麼有的人會叫殊那律恩「小鬼王」了，還以爲是嘲諷稱呼，現在看起

來是實際稱呼。

難怪之前看過的那些黑王記錄繪圖，不管年代遠近，很常都是二王子原本的少年樣子。

「我原先的力量已經能夠排除時間衝擊的影響，所以日常都是該有的成人模樣，這次和裂川王交手消耗太多，且引動了身上的時間詛咒去對撞他的時間迴圈，才會抑制不住這個影響，重新混亂了身體的狀態，不過很快就能夠恢復。」殊那律恩估計又是自動讀了我的震驚心聲，慵懶地解釋了幾句。

「這樣眞的沒事嗎？」我有點擔心地看著縮水版鬼王……要死了，他現在的樣子沒有比學長當睡美人那段時間好多少，又小又柔軟。

有、有點想摸。

連忙拉回差點迷失的心靈，我趕緊低下頭，盡量減少美色帶來的殺傷力。

不管是混血精靈還是前任精靈，毫無防備的樣子都超級可怕。

「對於自己的狀況，我比任何人都更加清楚。」殊那律恩淡淡的聲音飄來，縮水之後連嗓音都變得有點軟綿綿的。「黑火淵的事情我們已經知道了，既然你逃離安全庇護，那麼你可以告訴我你所想，如果合理，我也能替你疏清道路。」

我連忙抬起頭，這次也顧不得美色的誘惑了。「我想知道，裂川王那裡有解藥嗎？」

「按照他的性格與做法，必定是有的。然而當年他們對亞那做出這種手段，卻遲遲沒有上門談條件……恐怕現在也不會讓任何一人輕易找到解藥。」殊那律恩閉了閉眼睛，似乎很睏乏，勉強打起精神開口：「對他們而言，千年前必須得手的是凡斯，現在是你，兩人都影響未果，我想即使公會精銳盡出，尋得的機率依然不高；目前有把握的是裂川不會將解藥毀去，只是不知道他接下來會想怎麼對你們。」

「我那時候是不是……其實應該同意和他們合作？」我突然有點後悔。如果沒有對然發誓，我假裝投降靠攏黑暗同盟，說不定就有取得解藥的機會？現在就可以救下很多人？

「不，這是最糟糕的想法，你太單純，根本鬥不過裂川王與百塵鎖，只會讓事態更加嚴重，效忠妖師首領是對你而言最好的做法。」殊那律恩立即駁回我的想法，「裂川會發現你的『在意』比他原先猜想的更廣泛，他只會在你面前殺更多人，直到你理智全失，成為他們手上無法反抗的瘋狂棋子為止。」

鬼王說的沒錯，我確實贏不了他們，十成十馬上就被看穿……

「那麼，說出你另外一個疑慮吧。」殊那律恩開口：「你更想問的問題。」

「當年，你們有找到另一位天使嗎？」我想，如果可以找到天使，說不定他手上的解藥醫療班就有辦法複製。「即使是蹤跡也可以。」

「拿走最後一瓶解藥的天使，我們確實有找過，然而完全沒有他的下落。」殊那律恩停頓了幾秒後繼續說：「畢竟他的消失也是極久遠之前的事情，無論蹤跡或是傳聞都相距百千年之久，我們也請託白色種族代爲詢問天使們，竟然眞的毫無他在離開妖靈界後的任何消息，白色世界無論是植物或是大氣精靈，都不曾再見過他，對此我和深也有另外一個猜測。」

也就是說這名天使還沒出妖靈界就消失了？

那會不會……

「他有可能還在妖靈界。」

「他是不是還在妖靈界？」

我們幾乎是同時說出自己的想法。

殊那律恩看著我，似乎有些讚許地點點頭。「這是最有可能的狀況，更甚至他根本沒離開過魔王城，但魔王否認這個可能性，後來水火妖魔親自前往也未能得到答案。」

「可是要讓一個天使完全消失在世界上，連大氣精靈都無法找到，很可能就只有魔王幹得出來了。」有可能其實天使在找上魔王那天就已經死了，有可能他被囚禁……如果他確實還活著，或許他手上還握有解藥！

「你認爲魔王有可能會對你說實話嗎？在我與水火妖魔所尋未果、你也已經放棄了妖師力量這個籌碼，他又爲何要與你合作？」

殊那律恩這次非常尖銳地將問題投回給我，似乎不給啞口無言的我迴避的打算。「魔王與我們不同，扣除了妖師的力量，你在他眼中並沒有任何價值。掌握世界脈絡的守護者本身的強大遠超過你所想，他不一定需要你，你也沒有資格向他索取物品，那麼你該當如何？」

「我……」我眞的不知道該怎麼辦。

就算魔王手上眞的有那天使，他也不可能會交給我們，更別說是我，我在效忠之後等於把所有籌碼都交給然了，對其他原本想要妖師力量的人而言，我簡直等於先前的廢物一樣。

「雖然你還年輕，然而依然必須謹記，與白色世界的和善不同，在黑色世界中，要讓多數人願意聽從你時，首要就是必須有令他們懾服的力量，這也是你在這裡可以活下去最重要的條件。」殊那律恩放緩了語氣，「我知道你所想，也同意並支持你未來的決定，然而眼下的你，確實沒有與魔王對話的條件。」

「那麼，你還想做你所想之事嗎？」

第六話　折翼天使

「誰說弱雞沒有對話的條件。」

打破尷尬沉默的，是又自動亂跑出來的魔龍。

妖魔穿出了幻武石頭，毫不客氣地直接現身在我們之間，俯瞰著鬼王。「本尊就是他的條件，魔王算什麼，也不就是後面出來的小鬼。」

「你有如此好心協助白色種族嗎？」殊那律恩偏著腦袋，因爲沒有釋出壓力和殺氣，所以那畫面其實看起來有點可愛，但兩人交談的話題卻一點都不友善。「至今您似乎還未對宿主說出你眞正的目的，若是你想做的就是將妖師一族誘引到魔王城呢？」

「本尊才不屑做這種事情！本……算了，手伸過來。」魔龍嘖了聲，靠近鬼王，後者示意身邊的陰影不用戒備，逕自伸出了小巧的手掌搭上去。

這動作看起來大概不是在內心溝通就是精神分享什麼東西，因爲幻武兵器的連繫，所以我大致上可以感覺到魔龍正在朝鬼王傳遞某些事物，於是乖乖閉上嘴巴，等待他們交流完畢。

過了一會兒，殊那律恩才緩緩將手掌收回，看起來對於魔龍的警戒似乎放鬆許多。「原來如此，如果你並沒有心存隱瞞，那確實能夠與魔王一試。」

「放心吧，本尊暫時沒打算弄死這小鬼，而且本尊和魔王那個臭小子還有一筆帳要算，正好這次收點利息。廢話少說，趕著救人就出發吧，你這小鬼王不是也正在恢復身體嗎，滾回去靜養吧。」魔龍嘖了聲，回過頭制止我開口：「道謝免了，本尊也想回妖靈界一趟，現在當你幻武兵器就得跟著你，我們各有各的目的和方便，就省了那套。」

「還是謝謝你。」我低下頭，誠心誠意地感謝眼前的妖魔。

雖然不知道他的目的到底是什麼，但眼下最需要的就是魔王手上的天使與解藥，再沒比這些更重要的了。

「囉嗦。」魔龍直接自我們面前消失，只丟下兩個很嫌棄的字。

等到魔龍重回到幻武石頭裡，深才轉向殊那律恩，異常嚴肅地開口：「你現在的狀況，別想離開。」

「我確實很想走一趟，不過……算了，已經有同等的人選，我想應該不必太過擔心。」鬼王停頓了半晌，重新轉向我：「魔龍只聽從於你，他所擁有的條件恐怕也是必須你走這一遭才能實現；雖然伊麗莎和小淺因身分關係無法隨同，不過有人會在妖靈界等著協助你，但前往要求魔王並不是開玩笑的事，很可能有不小機率危及性命，你真的要拿自己的生命來作賭注？」

「如果不是學長他們，我很可能早就死了。扣除掉學校因素，不管是喵喵、千冬歲、萊恩……還有很多人，在那個時候大家對我伸出手，並沒有因爲我是個腦殘又沒力量的普通人看不起我，每個人家世都那麼好，地位也都很高，但是卻願意和我做朋友……」當時，如果不是身邊這些人，我很可能早就逃出學院，當個縮頭烏龜繼續回到我普通世界和高中裡，至今還不知道屬於妖師一族的事情，更可能哪天冥玥和然在哪裡受到生命威脅，我還天眞地享受著他們用血和淚換來的單純世界。

這是我欠所有人的。

「很多事情我都做不了。不、應該說幾乎什麼都做不了，現在有這種可能性能夠回報他們，這條命算什麼，如果可以換到解藥，死一百次我也願意。」我想伸出手，眞正握住我能做到的事情。「我雖然是笨蛋，可是我願意用生命換取我最重視的東西。」

「我大概知道爲什麼亞會時不時對你那麼凶了。」

殊那律恩突然迸出一句不相干的話，我一時沒反應過來，他已又重新回到原先話題：「爲了尋找那名天使，我們也探查過相當多消息，等等會將所知詳細告訴你。」

「首先，沉入黑火淵死去的那名天使，爲雷之雙生天使——沙法。」

※

離開了鬼王休息地後，遠遠地，我就看見不安的哈維恩在原地散發著危險氣息，蹲在他邊上的小淺則是一點也不想搭理他似地，正在疊著河邊的黑色石頭玩。

這畫面看起來其實還滿有點詭異的溫馨。

一看見我出現，哈維恩瞬間出現在我面前：「沒事吧？」

「沒事，我們現在出發去妖靈界。」

「咦？」

哈維恩大概沒想到黑色世界的行程如此緊湊，簡直就像旅行團上車睡覺下車尿尿般地趕進度，整個人一愣，硬是沒有反應過來。

「鬼王幫我打開了往妖靈界的通道，他說有人在等我們了，怎麼了嗎？」我抬起手，手腕上有著一圈黑色花紋刺青，是剛剛殊那律恩幫我安上去的，說是他往來獄界和妖靈兩界所使用的私人通道，我自己的力量應該可以開個兩、三次，剩下就得靠旁人幫忙開了——前提是我要往來幾十次之類的，但是應該不可能，又不是要帶旅遊團。

「不，你真的決定要去？」哈維恩這次看起來真的緊張了。

他大概沒想到我一回頭就說要去妖靈界大冒險，估計還費了好大的力氣才把錯愕吞回肚子裡。

該怎麼說呢，以前都是我被順手攜帶，根本不知道要往哪裡去，現在好像立場對換，不知道為什麼，感覺就是有那麼點爽爽。

黑色通道打開時，我順便簡略地告訴了下哈維恩從鬼王那邊聽來的訊息。

雷之天使沙法，據說是在魔王侵略白色世界時被捕捉的。

當時的狀況就和其他尋常黑色種族攻擊白色世界差不多，魔王的手下探路，魔將軍撕裂通道後引入了魔王大軍，接著魔王降臨。而察覺的天使一方自然也是揮出長劍保護無辜的生命，這當中也不知道魔王哪根筋不對，抓住了當時其中一名領軍的武裝天使突然就撤兵，而且還封鎖了那道裂縫，跑得不見蹤影。

被抓走的就是那名雷天使，之後再傳出消息便是已經被擄回了妖靈界。

雙生天使的兄弟為了手足，且雷天使的性格本就比較暴烈，最後不顧眾人阻攔隻身闖入妖靈界，直接殺到魔王面前。

只是那時已經遲了，雷天使沙法帶著自己的聖物投入黑火淵，死也不願屈服於魔王，就這樣消失在黑火淵屍骨無存，取而代之的是黑火淵排出很多能釋淨毒素的「解藥」。後來這些解藥大部分被偷走與破壞，也不知道雷天使的兄弟與魔王達成了什麼協議，帶走了最後一份「解藥」，消失在世人面前。

就與之前我在妖靈界聽到的一樣，雷天使的兄弟被魔王撕碎了翅膀，離開魔王城後下落不明，再也沒他的消息。

比較可能的是他出了魔王城後遭到其他妖魔的毒手。

不過如果有妖魔殺了知名天使是會大張旗鼓噁心白色種族的，鬼王在多方打探後排除了這點，白色世界完全沒有丁點天使被殺害的傳聞，不論哪裡，所知道的全都是「天使離開魔王城後失去蹤跡」。

這點就相當耐人尋味了。

「的確，如果這些消息無誤，天使很可能其實還在魔王城裡。」哈維恩點點頭，同意了先前我的猜測。

但是千年以來，魔王半點都不透露給鬼王，魔龍能辦得到嗎？

相信本尊吧，弱雞。

魔龍的聲音淡淡地傳到我腦袋裡，懶洋洋的，不太想解釋。

我們僅有的機會也只能賭在魔龍身上了。

血腥的空氣從通道出口彼端傳來。

如同鬼王所說，在那裡已經有人等待著我們，而且還是最熟悉不過的身影。

看見他們時，我原先緊張的情緒瞬間放鬆，整個人差點沒腿軟往前撲倒，幸好忍住了。

「真是，你能不能別那麼異想天開了。」

背著黑暗的幽冷光線，站在那裡的阿法帝斯一身武裝，賞了我大大的白眼。「單人前來，想死嗎，笨蛋！」

「哈哈哈哈哈，太有意思了你這小妖師，妖魔已經很久沒這麼想跟來玩玩，你可要好好地表現表現啊。」

站在六羅肩膀上的單眼烏鴉發出笑聲，水妖魔的嗓音在令人不安的魔域空氣中迴盪：「小六羅，膽敢來打擾你們的人，見鬼殺鬼、見魔殺魔，怎麼動手都行，我們允許你發揮了，有問題儘管叫魔王直接來找我們，水火妖魔打開大門歡迎他，哈哈哈哈！」

「好的，我會好好替兩位打起招牌。」六羅整了整斗篷帽，露出微笑。「小學弟，你們這屆可真的相當驚人呀，你們的班導接下來可能有很多年可以好好炫耀了。」

所以我說，整班都是問題學生很好炫耀嗎？

有點黑線地轉向完全預料之外的阿法帝斯，最後一次見到他時他還是狼形昏迷著，所以他會到這裡讓我很吃驚。「你……？」

阿法帝斯豎起手指，「狼王他們出兵圍剿黑暗同盟，但不願意帶上我，我也只能做做自己想做的事情，正好我想起來公主說過關於天使的千年傳聞。」

喔，懂了，又一個蹺家同伴。

「水火妖魔們收到鬼王的訊息，所以讓我前來相幫，正好察覺炎狼在這一帶，說明原因後便決定同行。」六羅簡略說明了同行的經過。「另外還有一位也快到達，請稍等一會兒。」

還有一位？

※

安因到來時，我又再次嚇得差點吃手手了。

「私人因素前來？」我看著天使，很艱難地發問。

「是的，收到鬼王的訊息，我認爲有必要前往弄清楚雷之弟兄們在千年前發生過的事。」安因點點頭，順便承認他的蹺家：「因爲牽扯妖靈界，有眾多因素，所以向公會以重大事故緊急告假後就來了。」

看著眼前的陣容，如果說來之前其實我還滿不安的，覺得大概人生差不多就到這裡，現在他們出現之後，我覺得我的存活率估計很高，可能高到頂多斷個手腳的程度吧。

「既然都是瞞著族裡的，那抓緊時間快點去魔王城吧，嘖嘖，看你們這種身分，如果引來妖魔就棘手了。」單眼烏鴉嘎嘎叫了幾聲，轉頭咬了咬六羅的頭髮。「小六羅，把那些僞裝的東西分他們一些，燄之谷和天使的光明力量太搶眼了，還沒進去就會被追殺喔。」

於是六羅取了幾個黑色亮晶晶的石頭遞給阿法帝斯和安因，果然過了一會兒他們身上的白色力量就神奇地消失了。

「雖然你們自己有隱藏的一套方法，不過這些上面沾有我們的力量氣息，驅逐效果會更好，省得多浪費時間和那些雜魚糾纏。」單眼烏鴉懶洋洋地隨意解說幾句：「好了，抓緊時間出發吧，小六羅給他們帶路。」

「恕我失禮，不過這樣直接闖入沒問題嗎？」比較擔心我生命安全的哈維恩連忙發問。

「沒事沒事，我們已經先打過招呼了，魔王那臭小子完全知道有客人。」

彷彿很周全的水妖魔哈哈大笑的聲音從烏鴉口中傳來。

某些時候，其實他們看上去還是很靠譜的，不像是會偷小孩那種怪人。

——雖然是這麼想的，不過這念頭在空間走道帶領我們到別人家門口後，就徹底推翻了。

六羅打開的通道引領我們的終點是在魔王城附近的一處岩山高台，高度夠、視野極佳，一眼望去能將佔地廣大、且正在水深火熱的雄偉魔王城大半收進視線當中。

對，「水深火熱」的魔王城。

即使地勢相當高看不清底下細節，不過還是可以看得出來大半個魔王城都泡在水裡，彷彿經歷過鋪天蓋地大海嘯；接著海嘯之後又全城失火，許多建築物被燒得禿禿黑黑，還有不少地方的火焰尚未撲滅，連高聳的鐵黑色城牆上也有好幾處還在冒火，囂張得撲滅不掉。

我轉向單眼烏鴉：「打招呼？」

這說不是他們幹的我死都不相信。

單眼烏鴉大笑了起來。「你以為妖魔吃素的嗎，放火燒他算客氣了，敢連我們都騙，沒將他整個魔王城切碎丟到異度空間自生自滅已經很不錯了！」

我默默在心中倒吸了口氣，以爲他們吃素眞的是我的錯。

眼前一片火海水淹，就不知道魔王對我們這些「客人」會有什麼想法了。

至少我是會先把這些人轟出去再說啦。

「城內通道已經開啓，請隨我來吧。」六羅微笑著再次打開新的空間走道，不過他這次動作比較謹慎，不太明顯，不過身體正處於警戒狀態，連腳步都放輕許多。

看來他對於魔王城會有的反應也抱持著不樂觀的想法。

通道的盡頭在我們面前展開。

這瞬間，我可以感受到身邊所有人的緊繃氣息。

不過在看清楚出口所在地之後，我驚訝了。

我們到達的地方不是魔王城內任何一個隨便景點，也不是什麼大廣場之類的，而是直接到達魔王城大殿！竟然連風景觀光都省下了，毫無預警直面魔王。

「……」

因為太過衝擊，過了好幾秒我才看清楚眼前魔王的樣子。

是個高大的男人，至少有個兩百公分不只，膚色相當深，穿著一身黑就算了，全身還披滿不明黑色毛皮，細長的金紅色眼睛和一對黑色的長角。嗯，非常標準的魔王長相，完全不敗經典款，放到別的故事裡也沒違和。

就在我打量著經典款魔王時，魔王的視線毫不客氣直接放在安因身上。「景羅天的咒印？」

「與你何干。」天生就和妖魔鬼怪犯沖的安因冷哼了聲。

「聖火蜥提及的妖師？」魔王轉向我，一股冷冷威壓按了上來，被我身邊其他人平衡掉，沒有鬼王那麼可怕。

應該說，之前被裂川王荼毒後，現在這種試探性的壓迫感覺都不太算什麼了。

「水火妖魔兩位應該已經告知過您我們到來的用意。」自動自發擔任起溝通代表的六羅相當有禮貌地行禮並開口：「初次打擾失禮了，未準備拜訪禮……」

「呵，本王的魔王城被你們又淹又燒，叫作沒有拜訪禮嗎。」魔王打斷六羅的話，冷冷笑著，朝我們壓來的狠狠氣勢沒有停止過，如下馬威般。「問題是，本王為何要聽你們這些雜碎小蟲子的說話？如果不是因為本王賣殊那律恩面子，你們早就被碾碎餵給本王的寵物。」

邊上的阿法帝斯皺起眉，開口：「魔王路斯托閣下，我們的來意並不過分，黑火淵連續兩次被應用在自由世界的戰場上，閣下眞的不知情？那麼黑火淵的守護者未免也太鬆懈，任由他人來去，毫無顧忌。」

「本王知道又怎樣，不知道又怎樣？妖魔進攻六界天經地義，別說不知情，就算他們直接上門來要，本王也會隨他們愛拿多少就多少，看你們這些白色種族死傷混亂是我們最喜歡的娛樂。餤之谷來的小狗，少把你們白色種族的思維放在我們身上。」魔王囂張地大笑幾聲：「看你們流血痛苦致死是最愉快的！本王有什麼理由不讓他們使用，殺光你們這些愚蠢的蟲子，本王當然樂見！」

「你——！」

「哎，小狗站一邊去，你和妖魔說什麼道理啊。」黑烏鴉嘎了聲，目光銳利地朝魔王冷嗤：「把天使交出來，不然就屠城。」

……這也太簡略了吧！根本威脅啊！

「為了白色種族在妖靈界屠城嗎？你們儘管試試，死的會是那些白色種族。」魔王瞇起眼，擺明不吃水火妖魔的威脅。「妖靈界的規矩，不用本王提醒二位吧。」

「我們想屠誰就屠誰，還跟你講規矩嗎。」水妖魔哈了聲：「扣著天使那麼久好玩嗎，竟然敢欺騙我們！」

魔王不屑地笑：「本王手上的東西要怎麼處理是本王的事情，當初也說了別想從本王手上拿走，還想再聽一次嗎。」

「如果是本尊想聽呢？」

毫無預警，魔龍的身影直接從我手邊轉出，雖然是靈體，卻帶著極爲高傲的魄力俯看著與我們僵持不鬆口的魔王。

原本還帶著鄙視我們神情的魔王立即變了臉色。

「……希克斯。」

「路斯托小娃，看守本尊的大陣不力，讓本尊被一群低能黑術師吵醒，這帳本尊還沒找你算呢。」一改平常和我們相處的智障模式，魔龍此時的威態竟然不亞於高高在上的魔王，也不輸給我所知道的鬼王。

不過大陣是？

我看著正在展現他很威武的妖魔，猛然想到了……當初我們在沙下遇到的蠍子們，眞的只是為了逃避魔王老婆的情殺才待在那裡的嗎？

如果與魔王城斷絕關係，為何又能在最短時間內請來身為魔王左右手的聖火蜥而魔王毫無過問，更別說聖火蜥還對我們進行人才招募，擺明了其實魔王根本知道紅蠍他們的居住處。

那對蠍子並沒有我們所想那麼平易近人。

「本王也很意外時空震動會造成您的甦醒，既然如此，那就直接扣押您寄宿的妖師抽取力量，直到您的血肉重建完全復甦。」

魔王的話才一說完，哈維恩與阿法帝斯等人立刻擋在我身前，一致設下警備結界。

「這小子是我們的人，想動他，我們現在就讓你的魔王城化為灰燼。」黑烏鴉從六羅肩膀上起飛，一旋身，身體巨大膨脹，眨眼就是一隻體型幾乎可以與牛相比的雙頭魔鳥。

「巡遊的小鬼們滾邊去，少在本尊眼前礙眼。」魔龍鄙視了下水火妖魔的傳聲鳥。

「行，大人物在這邊，您上。」魔鳥竟然真的乖乖退到魔龍後面去了，這簡直難以想像，畢竟水火妖魔又強又囂張，幾乎沒看過他們因為一句話退到誰後頭。

所以說，魔龍在妖靈界究竟是什麼身分？

為什麼魔王對他看起來畢恭畢敬？

我皺起眉，在心中盤算了下，雖然一開始就知道魔龍找上我的原因不單純，不過如果在這時候害到大家的話……

「少管本尊閒事，本尊和這妖師小鬼達成協議，不用你插手。」魔龍三言兩語打斷魔王抓人的行爲。「本尊的大陣漏洞就漏洞了，現在有妖師來補缺就算了，懶得和你們這些白痴計較。不過，本尊要那個天使，你好好地給本尊交出人。」

「……您這有點強人所難。」魔王咬咬牙，終於乖乖地說人話。「帶著這麼多白色種族來這裡討要本王手裡的玩具，眞的交出去，本王這魔王還能坐得穩嗎。」

「本尊管你丟不丟臉，本尊要人，你最好就是給人。」魔龍不講理地開口：「路斯托小娃，本尊現在雖然是這副可笑的樣子，不過本尊的親信可沒有死光，你想讓他們從六界深處回來嗎。」

魔王這次眞的臉色難看起來，針對我們施放的壓迫也不知道什麼時候消失得乾乾淨淨。

過了一小段時間，估計是內心掙扎過某個點後，魔王才終於開口，而這次竟然是對向我：「交人可以，這妖師必須答應我一個條件，本王與妖師做交易，大家各退一步都不難看。」

「本尊有說過你可以做交易嗎？嗯？」魔龍的形體散出了陰森的黑色霧氣。

「等等，如果不傷害別人，也不違背我的意願，我做這個交易。」我連忙打斷差點又開始的僵持，抬手攔住哈維恩氣急敗壞的開口，我認眞地說道：「雖然我理解你們的擔憂，不過從魔王的立場來看，把他手上的人交給白色種族應該眞的是很難看，簡直像被砸了坨屎在臉上。所以爲了尊重魔王，身爲黑色種族的我，願意用和平的方式做交易，只要雷天使在您手上，您也好好地把人交付給我們。」

「弱雞，想清楚了？」魔龍眼裡閃過一絲意外神色，不過沒有阻止我。

「你不用和這種人做交易。」阿法帝斯皺起眉，直接抓住我的手臂，「燄之谷能傾巢而出踏平這個垃圾地方。」

「哼，爲了我們珍惜的同伴，天使也不會害怕發動聖戰。」安因顯然眞的想直接進攻魔王城，把這裡的妖魔都碾掉。

我勾起淡淡的笑看著身邊所有焦急的人，盡量讓自己用比較輕鬆的態度開口：「我們只是想救人，不是來打仗的，可以和平解決就和平解決，不是比較好嗎。」

「可是——！」哈維恩狠狠瞪了眼魔王，「你不該妥協，萬一他要你的生命呢！」

「喔，本王不要他的命，畢竟他現在是希克斯的宿主，本王沒有理由搶奪。」魔王好整以暇地支著臉頰，從王座上俯視著我們所有人。「就如妖師所言，你們要和平地交易，或是現在就滾回去搬救兵。魔王城不怕戰爭，有種就來打。」

「我做交易。」

在一片反對當中，我堅定地開口：「說出你的條件，然後天使歸還給我們。」

「好！契約成立！」

魔王高舉起右手，這瞬間，我的右手腕傳來一痛，抬起來一看上面已經多了一個黑紅色的刺青，長得像骷髏一樣，散發著詭異不善的氣息。

「確實是交易契約，本尊在這裡，那小娃不敢動手腳。」魔龍對我點點頭，確認了魔王眞的有乖乖按照我們倆的協議行動。

「那麼你們就自己去找人吧，本王現在也不太去那個地方了，太沒勁。」魔王說著，在我們所有人面前打開了黑色大門，兩扇門扉上妝點著怪異的尖銳文字。

「血冰谷，雷天使提洛卡就在裡面。」

❀

「小心腳下。」

踏入血冰谷時，哈維恩很快地從身後跟到我旁邊，一件不知哪來的黑色大衣順勢披到我身上，我都還沒反應過來他怎麼這些雜事越做越順手時，夜妖精已經再次說：「雖然有術法保護，不過血冰谷陰寒，要多加注意。」

「……你覺得我剛剛答應交易很蠢嗎。」我拉好大衣，發現這外套還眞的很保暖，而且很合身，默默地看向夜妖精，我合理懷疑他最近是不是開發了縫紉技能。

「不，我明白你的想法。雖然襲擊魔王城不是不可行，但須耗費更長時間，畢竟會擴及妖靈界，不可能短短十天半個月善了，更可能拉長數年、數十年，不如做交易的方式最快，停留的時間也最短，如果順利取得解藥，白色種族可以在黑火淵水珠還未完全眞正影響人體前化解，幾乎不會留下不良影響。」哈維恩頓了頓，思考兩秒，繼續回：「我不認同的是你涉險談條件的部分，或許由我們出面會比較好。」

「因爲我的身分會更快完成談判。」我摸摸裝嵌著兩顆幻武大豆的手環：「雖然來之前希克斯有說可以幫我們談判，可是這畢竟是……白色種族的事情，如果代價是我可以支付的，我想自己親手辦到。」

哈維恩沉默了片刻，倒是沒再說什麼反對意見。

「小學弟，一陣子不見，你眞的變化很多。」走在一邊的六羅有些感慨般地嘆了口氣。「如果當年我能更謹愼一些，或許我也能在你們身邊看著這些成長。」

我笑了下，「總之我覺得西瑞應該再過幾年還是那樣子。」

「這倒也是，西瑞變化真心不大，那時候是我讓他傷心了。我已經不可能陪在他們身邊，未來就要拜託你多容忍他一點，西瑞從小就沒有像你這樣的同齡朋友，他會在你身邊大吵大鬧和惡作劇是相信你，全心全意當你是能親近的人，如果他做出什麼讓人無言的事，也請看在我的面子上多原諒他幾次吧。」大概很清楚自己弟弟是什麼德性，六羅有些不好意思地拜託我。

我是真的相信西瑞把我當朋友……畢竟那個歃血為盟還真不是一般人幹得出來的，一想起來還是覺得很靠夭。

「沒事，他是我朋友。」我勾起笑。

即使如此，每次回頭都能看見他們，那些奇怪的行動其實也根本不算什麼了。

六羅摸摸我的頭，淡淡地微笑了。

血冰谷顧名思義就是個整個結冰、陰風慘慘的結冰谷。

踏出通道的瞬間其實很冷，不過很快就被周遭不同結界隔離，現在還多了件大衣，反而異常溫暖，看著四處光禿結冰的景象，還真有點說不出來的違和感。

「在這裡。」

進入血冰谷沒多久，原本一直保持靜默的安因突然緊張起來，潔白巨大的雙翅猛然展開，淡淡金色的光點四散紛飛，像是整座冰谷中唯一的暖意，不久之後爲我們指出了一條道路。

「氣息很弱，恐怕……」

安因的話沒說完，只剩下嘆息。我們大概也都明白那個嘆息的意思了，不敢多說什麼，只趕緊加快腳步往前走。

一進這座冰谷就發現了，裡面是完全的黑暗力量，還有好幾個很強大的大法陣，幾乎沒有辦法在裡頭使用術法。我嘗試想召喚黑暗，不過沒太大效果，回應的聲音一個也沒，像是這裡面的黑色意識集體進入沉睡。

看過去其他人顯然也差不多狀況，安因除了用自己翅膀連繫同族外，似乎也無法使用轉移類的法術，只能焦急又沉默地加快趕路。

幸好這段路並不長，我們僅僅走了將近十分鐘，光點便逐漸增加且密集起來，最終指引眾人進到一條小深谷裂縫中，因爲沒有平坦的道路可走，得攀岩往下，所以哈維恩乾脆把我揹起來，開始了爬山體能模式。

這時也沒什麼臉皮問題了，我乖乖地當個人形布袋，讓夜妖精一路把我帶到深谷最底部。

底部的溫度似乎更加寒冷，我隱隱感覺有限的保護結界似乎也有點擋不住這種刺骨極寒，手指都有點麻麻的了。

「小心點。」阿法帝斯攔了下想直接往前衝的安因，皺起眉，「這裡已經不是我們的世界了。」

「我明白。」安因回過頭看了我們一眼，「如果發生危險，請……」

「小天使，閃邊吧，在黑色世界不要逞強，我們可不像你們限制那麼多，雖然天使本來就討厭魔，不過這時候就別在那邊區分啦。」恢復原本大小的單眼烏鴉冷笑了聲：「小六羅，給他們開道吧，就知道魔王這小渾蛋想玩這把戲。」

「好的。」六羅衝著安因安撫般地勾起微笑，開口：「老師，請讓我來吧。」

安因神色有些複雜地看著六羅，點了點頭。

六羅走上前，取出一顆黑水晶，同時腳下綻開塗鴉一般的黑色陣法。

以前看只覺得六羅的術法形式有點奇特，認識他後覺得這人其實也算滿正經仔細的，為什麼術法的呈現會是這種樣子。不過現在重新再看，突然發現這些長得很奇妙的圖紋底下居然還有一層，一樣也是很像塗鴉般的小圖案，不過層層疊疊，每個圖案上都附著了不同的微小力量感，和別人的陣法一出場便氣勢磅礡不一樣，這些小力量乍看下都沒什麼，但密密麻麻交疊起來，居然讓法陣出現了隨時可以更動變化的應用趨向。

我猛地抬起頭，看向之前教我術法的安因。

「嗯，六羅使用力量的方式很特別，或許他是唯一一個不會在此地被干擾運用術法的人。」安因淡淡勾了下唇，可能是因爲擔心同族，並沒有多加解釋。

這時候也不是什麼發問的好時機，我點點頭，打算等一切順利平息後再找時間問看看。

魔使者手上黑水晶炸裂的瞬間，整座血冰谷也隨之震動了好一會兒，我們面前深谷的景象竟然開始扭曲消散，出現了另外一種模樣——

依然是個深谷，但寬敞許多，四周全是尖銳的冰柱，每根幾乎有正常人的兩、三倍粗，結晶般層疊架高，這些結晶冰柱圍繞整座深谷，像牢獄般圈起了整片空間。

而在這座冰柱牢獄裡，我隱約看見了被囚於其中的身影。

那個人背對著我們在角落坐著，軟軟靠著冰柱的身形看起來異常纖瘦，像是隨時會碎裂一樣，過長的金髮在冰地上瀑散蜿蜒，只剩下快沒生命力的黯淡光芒。

還沒確定這是不是我們要找的人，安因已一個箭步衝出去，轉瞬出現在那人身邊，對付大惡魔都沒皺過一次眉的臉上出現痛心的表情，隨即他用力環抱住對方，白色羽翼將兩人包裹了起來，像是害怕會將人震碎。

過了一小段時間，連我們都已經靠近了，被抱著的人才好像回過神一般緩緩抬起頭。

先看見的是一張很小又白皙的臉，五官非常精緻，彷彿陶瓷藝術品一樣精心刻劃，但也像

陶瓷品般僵冷，看不見該有的靈氣，藍色眼睛和他的金髮同樣黯淡，一絲光彩都沒有。

單薄白色長袍下可以看見他同樣雪白的皮膚上傷痕累累，還有某些像是妖魔的黑色烙印，連我都不忍心繼續看下去，根本沒辦法將這個人和千年前爲了兄弟單槍匹馬殺進妖靈界的傳說天使做出連結。

「提洛卡。」安因閉了閉眼，盡量不讓痛苦太過明顯，接著在對方額頭上吻了吻，小心翼翼地開口：「雷之兄弟，請看看我。」

邊上的哈維恩大概也是覺得這天使很慘，無言地原地站了一會兒，很艱難地拿出另一件大衣走過去，幫忙安因讓沒什麼意識的天使穿上，完成了他人生中最不想幹的事情——救助白色種族。

「這裡的黑暗力量太強，我們先離開吧。」阿法帝斯警戒著不斷四處張望，催促道。

可能是有水火妖魔幫忙的關係，帶著雷天使走出深谷時我們完全沒有受到任何阻攔，居然非常順利地回到了一開始的入口，也就是受血冰谷較少影響的地方。

直到這裡，安因才有機會打開天使專屬的術法，然後將提洛卡置於金色法陣上平躺，試圖呼喚這名天使回應。

有那麼一瞬間，我覺得心臟有點疼痛，這一幕完完全全與當時伏水神殿那幕重合。

當時重柳的生命已經開始消散，而眼前的雷天使顯然也是一樣。

我能夠很明顯地感覺到他身上的光明力量極為低弱，弱到連大氣精靈都能勝過他，而且這些僅有的光也正在消散，直到此刻，不用其他人開口，我瞬間就明白了他們剛才都不想說話的心情了。

雷天使提洛卡，快死了。

第七話　由我決定

「請讓我試試。」

阿法帝斯在安因身邊蹲下，抬起手，拉出一絲火光。「在妖靈界可能很難發揮，不過我能帶來一些火流河的力量，雖然屬性不同，但至少可以驅散部分他身上的黑暗影響。」

安因點點頭，在四周快速點出大量靈符，兩人連手硬是在妖靈界這個黑色世界中打造出一個既小又單薄的白色空間。

可能是光明聚集眞的提供了些慰藉，原先意識不清的雷天使竟然慢慢動了動，動作極緩地轉向了安因，吐出細小的聲音：「……木……之兄弟……」

「哎，算了，做點好人吧。小六羅，你那裡是不是有備用的生命珠啊，先給他們吧，回來我再給你做一顆。」單眼烏鴉嘎了幾聲：「不然拖拖拉拉，還要等多久才能聽他說完話啊。」

得到了許可，六羅幾乎秒拿出一顆乒乓球大的圓珠，大概是本來就想掏了，礙於水火妖魔沒有發話所以不能動作。「這是水火妖魔們仿製歷史生命珠做出的生命珠，原本用來讓我們這些人偶在突發狀況時緊急維持運作，可能效果時間不長，但你們趕快試試吧。」

可能是違反了某些生命定律，安因並沒有立刻去拿，表情有點猶豫，連一邊的阿法帝斯都皺起眉頭，內心掙扎。

「白色種族有夠麻煩！」哈維恩嘖了聲，劈手直接拿走珠子，完全不問其他人意願，啪地一下直接把珠子塞進雷天使的胸口裡，動作完全不溫柔，根本還有點欺負白色種族的用力。

「唔……」雷天使掙動了下，大約沒什麼力氣了，很快又平靜下來，看人的眼神清明了起來，不再渾渾噩噩，很快就與一邊的安因對上視線。「你們爲什麼……魔王怎會允許……？」

「說來話長，我們先將你帶離這裡。」安因咬了咬牙，「可恨的魔王，竟然將你……」

已經很虛弱的天使抬起手，安慰般地拍拍安因的肩膀，然後無力地開口：「爲何我們的兄弟會與黑色種族同行至此？此處……與外斷絕……是什麼嚴重的巨變逼得你們必須委屈自己，通行魔王的道路？」

雖然說生命快要到達盡頭，不過這名天使居然一下就看出我們這邊的問題，我默默覺得果然是敢單槍匹馬找上魔王的存在，有點想看看他全盛時期，肯定也是位很耀眼的光明天使吧。這麼覺得的時候，就突然有點難過。

「我們需要黑火淵的解藥，這是現在外面所發生的一切。」安因扶起對方，讓蒼白的天使靠在他身上，接著低頭與對方額頭相碰，淡金色的光芒在兩人身邊圈旋。

這應該和術師們的精神溝通很像，總之直接讀取記憶肯定比我們在旁邊解釋半天能更快明瞭整個狀況。

過了半晌，安因才重新睜開眼睛，結束了兩人的連結。「傳聞沙法兄弟的犧牲創造出黑火淵的解藥，而最後一份在你手上，當年你究竟發生了什麼事情？」

「……嗯……就與你們所知的傳聞一樣，魔王在戰場上擄走了沙法……雖然許多人都認爲沙法已無法得救，但我不願意放棄……」提洛卡微微顫抖了下，似乎很冷，他閉上眼睛，縮在安因的懷裡，看起來幾乎只剩一點點，小得令人覺得悲傷。「後來，聽說沙法獻祭黑火淵……我滅了半個魔王城，才終於逼得魔王談條件，將沙法的光靈返還於我……然而魔王毀約……在我想盡辦法要取得沙法光靈時襲擊，奪去我的翅膀囚於冰谷……」

雖然他描述得很簡略，但差不多說明了雙天使的兄長碰上什麼。

其實就與傳說中相同，他確實殺進魔王城，結果最後被魔王偷襲，再也沒出過魔王城，就連之後黑王和水火妖魔來找人，魔王都否認還放出他早就離開的謠言。

我蹲在一邊，看著滿身是傷的天使，大大小小的黑色傷痕與各種詛咒烙印，簡直難以想像他被困在這裡千餘年到底遭受過什麼痛苦的虐待。

「請別悲傷，年輕的妖師孩子……雷天使擁有預言……我早能猜到自己的下場……」提洛卡半睜開眼睛，對著我友善地勾出微笑。「來到妖靈界……當然無法全身而退……」

「那你為什麼要來？」我有點難受地看著天使。「如果我是沙法，我一點都不想看到你們有危險，你應該留在守世界好好地活下去。」

「如果我是沙法，我也不願我的兄弟為我涉險……然而我不來的話，還有誰能來？即使在地獄深淵，我必然也將樂於前往……為了我的兄弟、我的半身，我最珍惜且重要的存在……」

提洛卡笑著：「沙法肯定不願我前來，但如果今天我被擒，沙法也必定會來……我只想與他在一起……生與死……都不會背離我的半身……請帶我去吧……」

「去哪裡？」我愣了一下，沒立刻反應過來最後這句。

「他想去沙法所在的黑火淵。」哈維恩做了個手勢。「雖然不喜歡白色種族，不過夜妖精也不會背叛自己的兄弟，我佩服你至死遵守不離棄同伴的承諾。」

我有點求救地轉向單眼烏鴉，「有辦法去嗎？」

提洛卡的生命不知道什麼時候會結束，水火妖魔那點生命珠提供的力量大概也很有限，雷天使到現在連站起身都沒辦法，只能倚靠安因將他整個人橫抱起來。

「可以啊，魔王那小子從頭到尾都在監視我們……臭小子，打開那個天使葬身的地方吧。」

單眼烏鴉嘎了句，我們旁邊竟然還真的打開了一扇黑色大門，上面同樣有不少詭異的文字，看起來相當不舒服。

門打開之後，看見魔王這個混帳東西站在後面，就更加不舒服了。

「你——！」抱著人的安因立刻炸出熊熊怒氣，如果不是因爲手上有人，他很可能直接一刀過去砍魔王了。

「哼，提洛卡，本王幾千百次要把你從那地方帶出來，你就是死都不肯，現在幾個陌生人就說動你了？」壓根沒搭理安因的怒火，魔王的視線只放在雷天使身上，語氣有些不善：「你們兄弟都寧死不願意服從本王嗎？本王要賜予你們永恆的生命與榮耀，你們一點都不願意接受嗎？」

「沙法在哪裡？」沒有回答魔王尖銳逼人的問題，提洛卡只是聲音很輕地問道。「我想看他最後離去的地方……千餘年來……我付出的代價也足夠看一眼了……」

跟著他的話看向魔王，我本來以爲按照先前狀況，這個毛很多的魔王可能又要東拉西扯一堆，然而並沒有。

魔王只是深深地看了天使好一會兒，突然就轉頭打開另外一扇門。

「都滾過來。」

先前我曾經看過兩條世界脈絡，分別是冰牙族的月凝湖和燄之谷的火流河。

先不論那到底是不是一般正常人可以看到的，總之這兩條世界脈絡給我的印象都非常深刻。可惜當時我力量不夠，並沒有看出兩條世界脈絡真正的面貌，觀光一樣地轉了一圈而已，現在想想很可惜。

總之，我再次看見世界脈絡，是屬於黑色世界的黑火淵。

而且這黑火淵……

「……」

也他媽太像溫泉觀光聖地了吧！

出現在我們面前的是一整片天然溫泉景觀……沒錯，就像那種整片山谷中布滿一池池大小不一、各自散發著騰騰熱氣的水池，而且許多水池裡還泡著各式各樣形狀不同的妖魔鬼怪……

雖然之前就聽蠍子們說過，但是親眼看到世界脈絡長這樣還是讓人很衝擊。

尤其是看見溫泉竟還有明顯的人造建築，我開始不知道這魔王到底腦袋裡在想什麼了。

雷天使如果是在這裡跳溫泉自殺，不知道得有多大的勇氣。

一看見魔王帶團進區，本來泡在裡面的各種妖魔鬼怪全都彈跳起來，該看不該看的東西一口氣全在我們面前露出來，該說幸好裡面的人形魔物並不多嗎，不然我現在只想翻白眼了，你們可以尊重一下未成年嗎靠！

「魔、魔王陛下怎麼……」有個比較靠近我們這邊的妖魔戰戰兢兢地發問，估計他和其他同伴一樣，本來泡得爽爽的，結果全都被魔王給炸出來，正在一頭冷汗中。

「全部滾回去，本王要下黑火淵深處！」心情異常不爽的魔王把那隻妖魔給噴回水裡面。

「給本王傳話，這次敢通風報信的，殺得連再生機會都沒有！」

通風報信？

還沒等我想出個所以然，我們周圍的觀光聖地畫面一個扭曲，所有裸體妖魔鬼怪瞬間全部消失，連帶開發過的溫泉區也整個蒸發。

——巨大且純粹的黑暗力量迎面衝來。

其實來妖靈界前我的狀況就已經很不好了，畢竟經過各種打帶跑，休息時間也很短暫，精神力一直沒有很好地補充，整個人充斥一種壓抑的煩躁，只能勉強撐著不對其他人示弱。沒想到在這裡被黑火淵的力量一衝擊，突然精神許多，好像有某種東西填補了疲勞，身體也不再那麼沉重。

「這是……」哈維恩愣了幾秒，有點訝異地轉向單眼烏鴉詢問：「黑火淵是治癒類型的世界脈絡？」

還有分？

不對啊，他不是被拿來作爲害死白色種族的兵器使用嗎？

「滾！那是本王平常只開癒療動脈！」魔王顯然很不爽被提這件事，直接噴了句：「想殺了你們還是夠用！」

還能只開治療的嗎？

爲什麼平常只開治療？

我想了一下，沒看過月凝湖和火流河有特別開過什麼，無從參考起。

展現在我們面前的是個大裂谷，裂谷中有座似乎很深的黑色深潭，周圍圍繞著暗色水晶似的花花草草，還有一棵突出裂谷的黑色巨木，比人還粗的枝葉伸展開來，黑晶的葉片上有著細緻發著亮光的脈絡光芒。

一到深潭，提洛卡還未等魔王開口，已掙扎著從安因的懷抱裡跳下來，踉踉蹌蹌地往某個地方走去。

他的目的地是水潭一處不怎麼起眼的角落，那裡沒什麼花花草草，水面看起來也很平靜，但是靠近才發現這裡的「黑暗」很紊亂，而且水中隱隱有層黯淡的亮金色迴圈，是屬於白色種族殘餘的力量。

「這就是……」我看向安因，後者對我點點頭。

「沙法那個愚蠢的東西拿著聖物污染了黑火淵，千餘年來都沒淨化掉，只能把這一區隔離，才不會有本王的子民誤入。」魔王環著手，散發出濃濃威脅與不滿的氣息。「所以算是扯平了吧，提洛卡你還有什麼好不滿的，本王對你們兄弟已經夠禮讓了，如果不是你們不識好歹須要關在血冰谷嗎？更別說沙法，本王費盡心機幫他準備了最像白色種族的住所，竟然恩將仇報地破壞黑火淵平衡。」

不知道爲什麼，這魔王的抱怨聽起來還有點委屈了，但是打從一開始你不要去抓人家天使不就沒事了嗎！渾蛋的還是你自己啊！

完全沒有理會魔王的牢騷，提洛卡半坐在水邊有點出神地盯著水下的淡光處，過了好一段時間才輕聲開口：「沙法帶著聖物下去時，黑火淵也是只開著癒療之脈嗎？」

「是啊，那件事本王記得很清楚，本王的大軍還在休養生息，天界那幫花瓶打傷不少本王的精銳，結果被沙法一跳，黑火淵足足有大半個月不能用，浪費時間在那邊淨化。」魔王嘖了聲，不悅地看向那個金色的小迴圈。「所以說，本王不追究他破壞黑火淵的事情，一開始就說你乖乖待在……」

「黑火淵的解藥確實還有一份在我身上。」提洛卡打斷了魔王的不滿抱怨，微微低下頭，伸出手攤開掌心，空氣在白皙的手掌上盪出了小小的法陣，接著浮出淚珠般的淡藍色結晶體。「天使……無法擅自結束創世神贈予我們的珍貴生命，沙法應該是已經預見了黑火淵對於白色種族的未來殺傷影響，想留下指引。」

淚珠結晶緩緩飄到了安因手上。安因小心翼翼地收起好不容易得到的解藥，然後開口：「我相信有許多人會因爲沙法而得救，我們現在就啓程回天界吧，天使弟兄們一定會將你治癒……」

提洛卡淡淡地勾起唇，然後轉向我：「我在木之兄弟的記憶中看見你們的戰爭，身爲妖師，你願意爲了白色種族親自涉險來到妖靈界找尋很可能根本不存在的解藥……這或許能令我放下執著與不甘……祝願你們的未來能夠安穩，年輕的孩子們得以擁有更美好的時光……即使那些邪惡將帶來殘酷，你們也能夠如眼下攜手。」

「我一定會保護他們。」我在提洛卡面前單膝跪下，與天使的藍眼睛平視：「雖然我現在不夠強，可是我一定會保護那些我最珍惜的人事物，我發誓。」

天使伸出手，溫柔地摸了摸我的頭。

「妖師們千萬年來被迫捨棄自己原有的正軌，如今大戰將至，最後一把『鑰匙』若能在你們這一代甦醒，那必定是創世神留給世界最美好的希望。」

「……？」

我一時之間有點不懂天使說這話的意思，他就突然收回手，不知道哪裡來的力氣整個人站起身，姿勢優美筆挺且充滿力量，原先衰弱的身體開始發出淡金色微光。

「我爲雷之天使提洛卡，自黑夜中切開黑暗，爲創世神傳唱永不消失的希望。創世神賦予我與雙生兄弟沙法成對聖物，如同我們從世界得到生命同時甦醒，我們的聖物也雙生相同。」

提洛卡將雙手置於胸口前併攏，再次打開時他的兩手之間出現一朵紫藍色的奇異花朵，那是我從沒看過的品種，有七片花瓣，中間是雪花結晶一樣的蕊芯，綻放的花散出溫柔的清香。「提洛卡與沙法的生命聖物同爲『渡生花』，劫難永渡，墮死轉生。」

「你……」我猛地站起來，突然知道這個天使爲什麼會要求來到黑火淵，正想阻止他時才猛地發現身體竟然不能動了，而且不只我，其他人也一樣全都僵住，好像是被那朵花的什麼力量給綁在原地。

天使露出笑容，與先前完全不同，是一種好像放下所有罣礙、眞眞正正解脫的那種笑。

「請你們成爲未來的光明與希望，很高興創世神能在這最後讓我有幸遇到諸位。」

「媽的！提洛卡給本王站——」

衝破限制的魔王伸出手，卻在那瞬間落空，什麼也沒抓住。

吞噬了第二位天使的黑火淵激起了一圈又一圈漣漪。

有這麼一瞬間我的腦袋是空白的。

我害死他嗎？

如果我沒有要求走這一趟，那麼提洛卡是不是會繼續活著？

至少他不會在這個時間點葬身黑火淵。

「不是你。」

有人強而有力地抓住我的肩膀，我機械般地反射性回頭，看見安因正看著我，表情非常平和，雖然有點悲傷，卻並不激動，只是緩緩開口：「天使不會自殺，我們與生俱來的生命不被允許做這般事，但我們會爲了正義欣然獻出生命。這與你無關，請不要因此自責，這樣會令提洛卡無法得到安息。」

「可是……」我眞的無法接受上一秒還好好在說話的人下一秒就沒了。

提洛卡沒入黑火淵的瞬間幾乎眨眼就被分解，連跳下去將他拉回來的機會都沒有，只能眼睜睜看著才剛認識不久的人就這麼消散。

說什麼保護，還是無能爲力啊！

還來不及感傷完，整座深淵猛然震動了起來，四面八方傳來野獸負傷般的驚怒嚎叫。如果不是周圍的人及時設下大結界，可能就被這個聲音震得七孔噴血了。

「該死！」魔王揮出手，整片黑色天空轉瞬成爲血色，原本能夠療癒人的黑色世界脈絡散發出強烈的恐怖殺戮氣息。「你們兩個一定要這樣對本王嗎！」

這時我才回過神，並發現黑火淵其實又被天使給「污染」了一次，現在整條世界脈絡都在發狂，原先平穩的深潭水面到處炸出漩渦巨浪，黑水翻湧得有幾十層樓高，從那些水花中散出了一點一點小小的發光物體。

「發什麼呆！搶啊！」

單眼烏鴉這時候突然爆出水妖魔的大叫，直接驚醒被眼前巨變搞得發怔的幾個人。

「你們全都別想！」被激怒的魔王直接朝我們這邊扔出好幾個黑色法陣，幾隻雙頭犬從裡面衝出來，身體差不多都有聯結車那麼大，衝著我們發出咆哮。

「這裡交給我吧，別辜負天使的心意。」拉了拉斗篷帽，六羅甩出長刀。「快去！」

「哈維恩！能拿的全都拿回來！」倉促之間，我只能給哈維恩下指令，夜妖精同時和安因、阿法帝斯一起衝出去搶奪那些被黑火淵炸出來的小結晶。

正在穩定黑暗脈絡的魔王很抓狂，天使獻祭差不多讓他氣瘋了，數十隻魔物從各個角落陰影衝出，說翻臉就翻臉地發動攻擊。

我取出米納斯開了幾槍，讓她也儘可能去將那些天使散化的結晶收集回來。考慮到魔龍與這地方有某種淵源，我就沒打算放出小飛碟，而魔龍也不知道出自於什麼原因，居然沒有像平常一樣跑出來湊熱鬧。

回過身，一隻犬形魔獸撞上我身邊的保護結界，血色眼睛狠狠地瞪著我們，利牙和爪子不斷在結界壁上瘋狂刨抓。

說起來，剛剛我可能還得感謝一下魔王。

奄奄一息到被充電完畢大概就是我目前的感覺。

瞬間捕捉到魔獸單純想撲人的思維時，巨大的猛獸停頓了幾秒，有點疑惑，也不撞結界壁了，腦袋歪歪地盯著我看，似乎努力想確認與他主人不同的聲音是什麼意思。

我微瞇起眼睛，盯著那隻大狗，將魔獸作爲一個跳板捕捉了精神力量，然後順著延展出去牽引它其他同伴。

很快地，附近五、六隻魔獸都安靜下來，集體轉過來對著我看，有的甚至還一屁股在原地乖乖端坐下來，瀕臨爆發的情緒改爲好奇，正在等著我這個奇異的外來者下一步動作。

「告訴你們主人……眞想在這裡和我們爲敵嗎？我都已經很顧及他的面子了。當年他將黑火淵的水珠交給黑暗同盟那些混帳，進而害慘我們先祖，難道想要在這邊清算嗎？」剛剛聽他們說黑火淵可以單開醫療脈時我幾乎就確定，當年黑火淵水珠的事情這個魔王也有一份，畢竟要取更有殺傷力的水珠，就要他轉換脈絡。不管他是出自於什麼心態，但是凡斯傷了亞那讓他衰弱致死，這人也是凶手之一。

更別說現在巨人島上的慘況！

「如果他想要撕破臉攤開來說，那我奉陪。」引動周邊圍繞而來的黑色力量，空氣被壓縮出肉眼能見的細線，隨著血腥的風來到我身邊，慢慢地圈繞成漩。

「妖師小鬼。」站在那裡的大狗突然張開嘴巴，發出魔王的聲音：「別以爲本王想要妖師一族就會對你手下留情。」

我抬起手，空中翩然落下的單眼烏鴉在我手臂上棲下，然後水妖魔的聲音透過魔獸的尖嘴傳出：「屁孩，當年我們親自來到你這裡討解藥給你最大的面子，你這混帳竟然給我們裝死，間接害死了那隻精靈，千年之後還想和那堆狗屁同盟幹一次嗎？你信不信我們眞的不管世界約束，直接滅了整個妖靈界，到時候看你要統治什麼屁地方！」

「可笑！你們重回黑暗世界竟然是要幫精靈討解藥，本王怎麼可能愚蠢得去幫一個精靈！而且妖師瘋狂，對整個妖靈界才有利！」大狗咆哮了聲：「爲了精靈前來，你們才是可悲的老傢伙！」

「你們可以先別吵架嗎，現在是我和魔王的問題。」打斷兩邊越演越烈的吵嘴，我很認眞地盯著代表發言的大狗。魔王本體貌似在穩定黑火淵忙得不可開交，只能用魔獸吵架。「你不撤掉攻擊我就開始幫忙炸黑火淵。」張開手，我讓漩渦壓縮成的黑球停留在掌心上，然後壓縮那些黑色力量慢慢形成一顆顆烏亮發黑的子彈。

「……妖師小鬼，少在這裡搗亂。」魔王沉默了幾秒，「就不怕本王事後算帳嗎？」

「喔，到那時候應該會更多人找你算帳。」看了眼黑火淵，我勾起冷笑。「千年開始的帳，夠你玩的。而且我記得殊那律恩鬼王也來找過你尋求解藥，當時你們似乎還是友方關係吧？你還好好地招待了鬼王……我想鬼王應該也不曉得你支援了黑暗同盟『水珠』的事情，不是嗎。」

「夠了！」魔王低吼了聲：「臭小鬼！如果不是因爲你有那一丁點的用處，本王會讓你當場屍骨無存！」

很抱歉，我賭的就是我有那一丁點用處。

「撤掉攻擊，讓我們收集解藥。」看了眼越來越多糾纏其他人的詭異魔獸，我冷冷地開口：「如果你對黑暗同盟在這裡取水視若無睹，那就對我們拿解藥也視而不見，這樣對大家都好。而且這裡沒有你其他手下，你應該本來也不打算爲難我們……至少不想爲難提洛卡吧。」

魔王再次停頓了一會兒，接著那些魔獸竟然眞的就這樣停下攻擊，慢慢地後退，直到全部消失在黑暗之中，只留下那隻發話的大狗。

其他人順利回到我身邊時，已經差不多將那些淡藍色結晶小珠子都回收過來。

看這數量，如果眞有作用，那麼應該這場戰爭中所有被黑火淵影響的人都能得以緩解，希望現在回去可以讓那些初期影響完全治癒，不要留下什麼後遺症。

安因取出了一個水晶匣子，讓大家把收集來的解藥放妥，小心翼翼地封上好幾層保護術法。「這樣就夠了，我們趕快回去吧，也必須盡快通知醫療班與其他醫療勢力分析解藥，說不定能治療更多曾經被黑火淵影響過的人。」

千年前，參與戰爭的人們因爲得不到解藥而扭曲成鬼族，如果那時候魔王願意幫忙，說不定很多遺憾都能在當時扭轉，讓悲劇不會發生。

千年後，這些解藥比預期更快到了我們手上，我有種不像眞的卻又唏噓的感覺。

現在並不是和魔王翻臉的時候，我的力量太小，只能把這份怨怒埋回心裡。魔王提供黑火淵的事情估計很快也會傳出去，到時候還是會有人找他算帳，我也不急於一時。

「站住，妖師小鬼。」

我回過頭，看見魔獸站在原地，血色的眼睛盯著我：「別忘記我們還有交易，你的代價沒付出就想離開嗎？」

「說出你的條件。」我也懶得和他囉嗦了，直接開門見山說：「不傷害到任何人爲前提，而且完成之後，你要讓所有人安全離開妖靈界，如果又傷了誰，我也會馬上報復。」

「可以。」魔王笑了聲：「那就是現在，你，妖師小鬼，作爲交換天使提洛卡的條件，你從這裡跳下去。」

「閉嘴！」哈維恩瞬間出現在魔獸旁邊，幾乎眨眼就把魔獸腦袋剁下。

滾落在地上的大狗頭沒有因此掛掉，只是轉動兩圈，繼續開口：「兩名天使壞我魔王城的黑暗脈絡，那地方現在任何一個黑暗生物都沒辦法觸碰，既然你與本王有交易，你的代價就是跳下去幫本王看看那個位置、那些該死的光芒到底是什麼東西！」

「我下去。」阿法帝斯攔在我面前，沒什麼情緒地開口：「這種代價，只要是有人下去你就沒話說了吧。」

「會死的，小狗狗。」單眼烏鴉嘎了聲：「你沒看到一個天使瞬間溶掉嗎，一樣是白色種族的燄之谷不會比較耐煮啦。」

「我的生命奉獻公主，如果小殿下有難，我也必將挺身而出。」阿法帝斯堅定地說道：「這種代價我不是付不起，只要你們能順利將解藥帶回，治癒小殿下就夠了。」

「兩名天使都能震盪黑火淵，再多加一個炎狼，是想再往黑色脈絡捅一刀吧。」哈維恩不客氣地冷笑，有點嘲諷地看了眼阿法帝斯。「不要異想天開了白色種族，既然是黑色脈絡，那麼夜妖精下去才是理所當然。」

一邊的安因皺起眉。「我……」

「會溶出問題的天使不要來湊熱鬧，滾邊。」哈維恩直接打斷安因的話。

「照理應該是我下去比較沒問題，對吧水火妖魔大人們。」六羅勾起微笑，接過我手臂上的烏鴉。

「可以啊，等等我們告訴你這底下有什麼，你順便放個記號，剛好可以多切一點回來玩。」單眼烏鴉樂了，彷彿要去搶玩具。

「都給本王滾！本王做交易的是這個妖師，敢與本王談條件，就只有你能完成本王的要求。」魔獸的腦袋發出看好戲般的聲音：「不下去就是毀約，妖師小鬼，最好想清楚。」

「你根本強人所難——！」阿法帝斯這次眞的生氣了，火焰直接在周邊炸開。「你明知道他有白色種族混血，也有著人類的血脈，存心想殺死他！」

我看了看爲了我生氣的阿法帝斯，突然覺得有點奇妙，又有點不合時宜的開心。

曾經想把我打死的阿法帝斯居然會站在我面前幫我說話，而且願意代替我跳下黑火淵……

「你別去！」哈維恩抓住我的手臂。

同樣原本也瞧不起我的夜妖精眼下整張臉充滿擔心，緊緊扣著我的手，就怕我眞的跳了。

「會痛。」我縮了縮，哈維恩愣了下，趕緊放開他的手。「那個……哈維恩，我不會做傻事啦……」

夜妖精皺起眉，死死地盯著我。

「你記得你說過會服從我的命令嗎。」拍拍夜妖精的手臂，我微笑。「既然如此，你就必須聽我命令，『不許動』。」

黑暗直接捲上夜妖精身體時，哈維恩明顯很震驚，可能他沒想到我會這樣對付他。

本來要炸黑火淵的子彈重新分解，龐大的黑暗瞬間捲住其他人，然後以老頭公做出的結界壁困住他們。

這大概只能困住他們幾秒吧。

「妖師小鬼，本王稱讚你的勇氣，如果你夠帶種現在下去，本王絕不爲難你身邊所有人，他們會安全走出妖靈界，本王甚至能打開專用通道讓你們不受阻礙。」魔王不懷好意地笑了：「當然你下去變成怎樣，和本王無關。講明了，本王就是不爽你，拿你出氣，你敢做交易就不要縮頭，否則我們的交易契約一樣可以撕碎你。」

「我想也是，不過附帶一提，如果那金光可以弄掉，我就直接帶回去給天使們作爲弔念，這可以約定吧。」抬起手，我讓老頭公多加一層防壁，隔離身後那些焦急的聲音。

「可以，看在你有種，那玩意如果弄得掉，還黑火淵一個乾淨，你帶走本王不會有二話！」魔王很爽快同意了，順便加上新的交易約定。

「好！」

緊握住發抖的手掌，我深深地吸了口氣。

我說過，如果學長要我這條命我一定給，同樣地，這麼長久以來所有人不斷幫助我，讓我能夠走到這一天，若是這樣的我能夠換回所有解藥，不管是什麼代價，我都欣然付出。

而且我至少還有一半妖師的血，那身爲黑暗頂端的家族血液，應該能讓我賭一把。

「小鬼，跳下去痛死了可別後悔，不過死前身處在地獄的痛號，想必能讓本王開心很多。」魔獸哈哈大笑了起來。「你就儘管哭號尖叫吧，本王會好好觀賞大戲的！」

「誰說是地獄了。」

我瞥了狗頭一眼，淡然地笑了。這瞬間突然不再那麼讓人害怕，好像緊捏的拳頭也能夠放鬆打開，很多事突然在此時湧上腦袋，那些剛入學遇到所有人的情景，他們總愛亂七八糟胡搞瞎鬧，讓我覺得可能像國中一樣難熬的時光充滿了刺激緊張，還有前所未有的各種珍惜感。

還有我想起了然和冥玥，他們爲了讓我擁有這些，兩人承受了多少苦難，我到現在都還不了解萬分之一，也還沒能幫他們承擔痛苦，還沒跟他們說一句謝謝。

爲了這些，我都不覺得是跳進地獄。

「——天堂地獄，由我決定。」

於是我轉身，跳下黑火淵。

第八話　墮毀的記憶

跳下黑火淵那瞬間，其實能思考的事情並不多。

因爲落入黑色水中的剎那隨之而來的就是劇痛。

我不知道最初的沙法進入黑火淵時的感覺，也不曉得剛剛在我們面前消失的提洛卡最後抱持著怎樣的想法。

我只知道現在自己最大的感想——

眞他媽的痛到爆！

下水的瞬間視線黑暗一片，什麼都看不見，但可以很明顯感覺到身體某部分與黑火淵相斥，力量微小的我被世界脈絡毀滅性地壓倒，黑火淵正不斷攻擊那個部分，致使身體逐漸分裂瓦解。

要命的是，妖師的那部分卻又能夠接受，甚至想吸收黑火淵的力量，竟然擅自引動黑暗，黑暗大量往我聚集，讓我開始分解的身體呈現一種很尷尬的處境。

米納斯和老頭公不斷爲我做出一層又一層守護，試圖抵禦黑火淵的入侵，但在整條發狂的黑色脈絡中，我們幾乎如同在大海裡的幾隻小蝦，完全擋不住一波波毀滅性衝擊，只能眼睜睜看著一個個法術在黑暗中破碎，連餘光都無法留下。

該死，剛剛忘記把米納斯他們留在岸上了。

我眞是個壞主人。

……

「……弱……」

模模糊糊的，好像有聽到什麼吵雜的聲音硬是灌進大腦裡。

「弱雞妖師！快點把你的身體交給本尊！」魔龍直接在我腦內大聲咆哮：「找死嗎！想死不要拖累我們一起死啊！把身體給本尊！你這智障！」

「……帶米納斯他們離開，我和你解除……」

「解除你媽啦！你現在身體失衡了知不知道！馬上把身體交給本尊做平衡！不要死在這種可笑的地方！」

「我……不會……不想……」

魔龍很可能就是在等這種時機奪取身體，我怎麼能夠把身體交給他去危害別人呢？

慢慢閉上眼睛，我已經無法知道自己現在到底變成什麼慘況。

意識逐漸模糊之際，突然有個奇異的幻覺在我意識中打開。

「你是哪來的小朋友呀。」

一名極美的黑髮女子出現在我面前，帶著暖意盈盈笑著：「誰將你帶來這自由世界？現在可是白色種族的年代，無法讓你恣意飛翔呢。」

我還沒意識到這是什麼幻覺，卻在下一秒被女子的衣飾吸引注意。

「忘月姊，這魔龍看起來受傷了，您要將他帶回治療嗎？」女子身邊走來另外兩名女人，穿著打扮很相似，有著相同的家徽——屬於妖師一族早已滅絕的千眾家徽記。

「看起來是與魔物廝殺的傷勢，同爲黑色種族，自當彼此幫忙。」女子笑著對我伸出手：「吾名千眾忘月，妖師治癒一脈，請放心隨我一同回到族內安養……一切都會沒事的。」

女子溫柔地微笑著，面孔卻慢慢模糊淡化。

魔龍的聲音再次幽幽傳來：「懂了吧，弱雞，本尊還欠那臭女人的人情，怎樣都不會害你們的，不要疑神疑鬼了。」

黑髮女人最後的笑容太過溫柔，幾乎不像造假，雖然不自覺，但我確實在心中放下了戒心，讓蔓延過來的某種黑色力量盤據到我身上。

正在被黑火淵侵蝕不斷造成劇痛的那部分猛地縮了下，米納斯的水液與某種怪異力量似乎緩緩包裹起疼痛，一點一滴地推入身體深處，減少黑色脈絡的侵蝕。

我感覺到身體動了下，然後我的聲音在黑暗中傳來：「弱雞，放鬆情緒，本尊不會吃了你，只是暫時保管，你安心地看著學著就好。」

然後「我」睜開了眼睛，周圍已經不再像剛才那麼黑暗，竟隱隱有些微光。就著光我抬起手，看見右手臂已經被腐蝕掉很大一塊皮肉，其他手腳也是相同狀況，如果沒有及時阻止，應該四肢早就都沒了。

魔龍瞇起眼，那些看起來快爛的恐怖傷口處漸漸有膿血被反向擠出，污染的血液在黑火淵中散去。

隨著身體各種部位被調動，我的侵蝕狀況也越來越低。

專心感覺著魔龍分配我身體內的力量，可以很明顯發現佔大多數的是我熟悉的黑色，然後被米納斯他們小心翼翼保護起來、重新埋藏進深處的是不太能辨認的微弱力量……應該是屬於人類的那部分，剛剛就是人類這半差點把我整個人給溶蝕。

重新讓黑暗力量均勻布滿整個身體，侵蝕狀況總算停下來，但已經破開的傷口暫時無法治療，仍不斷傳來劇痛。

「忍著點吧，那用水的女人好歹也是白色種族的，在這種地方不方便治療。」魔龍嗤了聲。「混帳，本尊就知道你身體裡的力量大過於你用出來的很多，回去之後好好給本尊學習調動，少在那邊跳一次世界脈絡就要死要活的，這鬼東西才沒那麼容易殺死你們。」

雖然他說的很正確，但是用我的身體和我的聲音說出口，怎麼就那麼想揍他呢。

「差不多就是這樣了，身體還你吧，去看看那個天使到底死成什麼樣子了。」

魔龍話一說完，我就好像一個踩空，突然又能自由活動身體，接著痛感加倍，還眞的差點哀號出來。

所以我就說！學長他們爲什麼那麼喜歡自虐，明明受傷就很痛、超痛！轉移個屁！

一想到就生氣，一氣好像就比較沒那麼痛。

我發揮著從小到大各種傷到進醫院的忍痛經驗，慢慢讓自己移向不遠處發著淡淡金光的地方。

「嗯？」動了才發現，現在的身體在黑火淵裡居然沒怎麼受阻，反而有種怪怪的溫暖感包圍過來。

因爲魔龍調整過我的身體嗎？

看來眞的得好好學習這部分才行，萬一哪天又要跳什麼世界脈絡，估計可以完美自救。跳黑的就用妖師跳，跳白的就用人類跳，應該還可以拐一波那些腦子有洞的妖魔鬼怪。

小心翼翼吸收著黑火淵裡傳遞來的力量，我終於靠近了那些淡光。

在上面時看不出來，在水面下才發現這些光居然有點像是水銀般的軟性液體，薄薄一層在黑色中打轉，白色種族的力量從其中透出，混亂了周邊黑火淵的脈絡力量，呈現一般純粹種族無法靠近的狀況。

金色的光似乎是從底下往上延展，很可能就是天使們最後沉陷的葬身之地。

我看了看不讓我溺死的防護薄層，想了下。「米納斯、老頭公，我還能繼續下潛嗎？」

我想看看他們最後到底留下了什麼，即使只有一點點也無所謂，我想將那些交給安因，將雙生天使帶回他們的天使故鄉。我身爲人類的那部分，還是比較執著能回到家鄉入土爲安的想法，不過也很大一部分是想要給活著的人能有更多安慰啦。

這大概是我唯一能爲提洛卡做到的事情了。

黑火淵的底部比我想像的還深。

應該說，我不知道爲什麼黑火淵會呈現這麼深的樣子，記得世界脈絡是可以改變模樣的，如同狼王曾經在火流河做過那般。

難道魔王喜歡潛水嗎？

胡思亂想了一會兒，我終於來到最底部，看見發光體來源後整個瞪大眼睛。

黑暗的深處，我看見兩朵一模一樣的紫藍色花朵虛弱地捱在一起，竟然沒被黑火淵的水溶掉，反而絲毫未損地靜靜躺著，那些金光就是從這兩朵聖物上蔓延而出。

所以解藥其實還眞的是用天使做的？

莫名有點毛骨悚然。

伸出手，正想把聖物取走時，我再度發現兩朵花下面各自都還有一小團金金的東西。相當相當小，顫抖的微弱氣息被聖物覆蓋，所以一時沒能發現。

我在察覺這是什麼後整個人一顫，不自覺地全身抖起來。「米納斯……幫我……」如果是我想的，那麼他們是不是還能夠得到救贖？

被黑火淵壓迫成小小的水系法陣輕柔捲起那兩小團東西送至我面前，我確確實實地在裡頭感覺到天使們殘留的氣息與力量，就好像他們盡力在世界上爲自己留下最後一抹支離破碎的殘魂，隨時都可能散去。

手抖得差點無法好好接住那兩團靈魂，我有點激動地將他們小心翼翼收好，接著去拔那兩朵聖物，打算讓安因一起帶回。

如果有可能，我眞心希望沙法和提洛卡可以回到他們的神身邊安息。

手指觸碰到聖物那瞬間，魔龍的聲音正好在腦袋裡炸開。

「白痴！別碰！」

「咦？」

還沒反應過來發生什麼事情，燒灼感已先穿透指尖，直接在我胸口炸開，剎那間我差點被轟得無法呼吸，全身血液逆流，一張嘴就咳了一大堆血。

我靠！我怎麼就忘了我現在被調整成黑色種族的體質！還徒手去摸天使聖物啊！

猛烈的窒息感掐住我的頸子，我感受到雙生聖物上傳來了憤怒的情緒，似乎它們知道剛剛取走靈魂的是我，準備給我猛烈一擊。

身體本能的反應急速警告我快點收手，但我還是手賤地把那兩朵聖物拔起。果不其然第二波攻擊直接搧來，我手上快速裂出幾道大傷口，鮮血漫入黑火淵中，而米納斯和老頭公著急地不斷想修補這些損傷，卻在黑暗力量中幾乎無能爲力。

情急之下，我隨手掏出一把東西往那兩朵花拍去，血肉模糊炸得亂七八糟之間才看見那是之前學長他們給我的靈符，沒想到還沒被黑火淵破壞掉，現在一整團貼到雙生聖物上，也不知道是不是因爲有天使的氣息還力量，本來正在攻擊我的東西竟然就這樣乖乖地安靜下來了。

「我……不是敵人，我來帶你們回家。」努力地把自己的心意傳遞過去，我誠心誠意地想著。我想帶著你們、沙法和提洛卡一起回去，請不要害怕，上面還有人等著你們。

也不知道是不是這番祈求眞的有用，還是它們被靈符給貼住了，兩朵聖物默默斂起攻擊的威脅，微光開始黯淡，像是進入休眠般在我手上失去意識。

說失去意識好像有點怪，但眞的就是失去意識，只是力量感還在，像兩朵花一起睡著了。

鬆了口氣，我忍著痛正想要上浮去把魔王嚇死時，整個人突然一僵，發現剛剛雙生聖物襲擊我的力量並沒有散去，而是像利刃一樣戳進那些傷口當中，慢慢地深入骨髓，硬是挖出剛剛被魔龍他們藏起來的白色血脈。

本能感覺到要糟之際，屬於人的那部分立刻傾瀉而出，再次引來黑火淵的腐蝕。這瞬間我腦袋裡突然又再次鑽進了個半熟悉半陌生的兩個字——「失衡」。

我？

失衡？

像學長那樣？

爲什麼？

魔龍的意識再度覆蓋過來，我連忙放鬆身體，再次交給他。現在這種狀況完全不是我可以處理的，我根本不知道天使聖物引動了我身體裡的什麼，也不曉得黑火淵會怎麼衝擊，只能讓出身體的掌控權。

第二次意識交疊時，我相當明顯地感覺到魔龍的煩躁與情緒，不是針對我，而是對於黑火淵，彷彿看到多年不見的前男友、前女友找上門那種，連應付都懶的不耐。

還沒想出個所以然，某種東西急速逼近的毛骨悚然感打斷了我的思緒，魔龍和我幾乎同時回過頭，正好對上一張放大版的鮟鱇魚臉。

「……」

如果不是因爲現在魔龍正在使用我的身體，我可能直接尖叫出來了呢。

「老傢伙，你的品味還是一樣差啊。」魔龍懶洋洋地盯著巨大怪魚，完全沒被嚇到，只繼續一邊調整我身體嚴重傾斜的危機。「既然知道這是本尊的寄宿體，爲啥不收回全部力量。」

鮟鱇魚盯著我們看了一會兒，比我想像中還略微年輕的聲音突然從我們腦袋傳來：「小爬蟲，你身體還在重鑄就急著出來找宿主作亂嗎？」

「碰上了有啥辦法，本尊就覺得魔王那小屁孩是故意的，看守封印的傢伙們都不嚴謹，來個黑術師作亂差點就讓他們發現底下的大封印，還好這小孩把人引走了，否則本尊還真得殺他們一波。」

什麼意思？

「嘖，就是你之前也想過那意思。」魔龍抓抓腦袋，彷彿覺得很麻煩，不過還是開口解釋：「兩蠍子確實不是普通居民，那下方是本尊重鑄身體的地方，有聚魔大陣。兩蠢蠍當時雖然好心庇護你們扯了一堆鬼話，不過當時如果你們和黑術師那些垃圾敢往下打、驚動到本尊的封印，那裡面所有的守門人就會把你們全宰了。」

這麼誠實的嗎？

果然那時候蠍子他們也不那麼單純啊。

說起來，當時紅蠍和聖火蜥之所以沒有追上來，除了水火妖魔是部分原因外，應該就是他們確認我們這些外來者已經離開，便沒打算攪和進去混戰，直接退了回去。仔細想想，那巢穴裡的確還有很多未知的力量氣息，恐怕那時眞打擾到大陣的話，藏匿在裡頭的東西就會全衝出來吧。

鮫鱇魚的身分其實也不用多猜，出現在這種地方，還能和魔龍說得上話、看起來又是熟人，估計就是黑火淵本體意識了。

「……罷了，看在你們把刺拔掉的份上，這次就放你們一馬。」鮫鱇魚這麼說著的同時，侵襲的純粹黑暗從我們身邊離開，隔出了讓我們能夠喘息的乾淨空間。「有趣了這妖師小孩，接觸過不少世界脈絡啊。」

「滾滾，本尊要上去了，繼續泡下去他摸過多少次世界脈絡都沒用。」魔龍很沒禮貌地對黑火淵隨便揮了揮手，接著突然像是想起來什麼，喊住轉身要游走的鮫鱇魚。「欸等等，本尊問幾個問題。」

「啥？」鮫鱇魚扭回過頭。

「照理來說，那天使小鬼跳你這掛了，你應該可以直接把他溶了吧，擺個刺在肚子裡面千年是找虐嗎？」魔龍環著手，問道。

不知道是不是好心，他問的問題也是我很想知道的。世界脈絡力量強悍，為什麼天使的靈魂和聖物可以保存在裡面這麼久，幾乎就像刻意被保護下來一樣。

「我和他又沒仇，那時候跳下來我也嚇到好嗎，痛死了純粹的白色力量，可是他求我啊，說啥從聖物預見了未來會有很多死傷，求我高抬貴手，老子真是一臉莫名其妙，也沒想到真的會炸出一堆所謂的『解藥』。」鮫鰜魚一提到這事情，語氣就變得很憤慨，「你看看，我是受害者欸，後來黑術師取水也是魔王同意的，搞得殺了那些白色種族都是我的錯一樣，本來黑色和白色純粹力量就相剋了，我也是千百個不願意好嗎。」

聽著鮫鰜魚委屈的話，我首先浮上腦袋的感想是……這黑火淵怎麼這麼像小孩？難道世界脈絡都是走這種風格？

火流河和月凝湖也會這樣嗎？

「沒想到今天又跳一個下來，是不是這些白色種族都喜歡來這裡洗溫泉啊，當年開放療癒泉我就說過這不能塞白色種族進來的……」

把身體還給我。

「……弱雞好像有話跟你說。」魔龍注意到我的聲音，確認了身體狀況正常後，就把主控權還回到我手上，自己則是分離出來，直接用意識體出現在黑火淵中。

一拿回身體，我又感受到渾身各處傳來的劇痛，差點哀號出聲，好不容易忍住，才抬起頭看那個近距離看視覺很衝擊的鮫鰜魚大腦袋。

「謝謝你。」雖然黑火淵未必是有心，不過我還是想親口道謝：「你的決定讓我能夠保住很多重要的人，真的謝謝你。」

「……」鮫鰊魚看了我幾秒，就在我以爲他想吐槽點什麼時，這條世界脈絡魚突然大呼小叫起來：「哎呦威！小爬蟲你看，妖師向我道謝！而且他沒有想壞壞的事耶！」

……？

所以我說妖靈界的畫風到底是哪裡不對？

「哇～好開心啊。」鮫鰊魚身邊好像開出很多小花，烏黑的眼睛似乎也閃亮起來：「真的有人會誠心道謝，那你會不會覺得我很可愛？」

？

……？

「呃，我是覺得外表有點恐怖，但是你很可愛。」這倒是眞的，本來以爲黑火淵的水珠殺傷了那麼多人，世界脈絡肯定很可怕，結果一接觸根本……天然？

「老傢伙少在那裡噁心了，你……」

「爲了答謝妖師說我可愛，我就給你看你想看的東西吧。」

「不！靠等等——」

我最後就只聽到黑火淵有點開心的話語還有魔龍大驚失色的阻止聲，隨即而來的就是眼前一黑，腦袋轟地一下好像被什麼重物狠狠一搥，像有一隻手活活剝開頭皮，劇痛直接灌入我的全身。

這瞬間，意識與身體彷彿被剝離，靈魂直接被抽入另外一個黑暗世界當中。

「想知道爲什麼要彼此廝殺，問問整個世界的脈絡記憶最快呀。」

❀

最先引起敵對的是誰？

「哥哥，眞的不將情報共享給重柳族嗎？」

少女跟隨在當時還剽悍正常的兄長身邊，微微仰起頭詢問著：「我們在裂谷深淵發現的異靈並不像傳聞中那麼可怕，那也只是個孩子……」

「不行，白色種族根本無法理解黑色種族！」

在黑暗中，我看見百塵家的族長兄妹低聲地對話，當時的百塵鎖看起來還是個人的樣子，在他們附近角落則蜷縮著幼小的女童，幾乎與人類無異，遍體鱗傷地瑟瑟發抖，如同剛出生的幼獸毫無依靠。

「他們與我們不同，唯有黑色種族才能理解黑暗，眞不明白大首領爲何要我們與時間種族合作，那些傢伙屠殺的大多也是黑暗啊。」

兩人的身影與交談聲音慢慢淡去，取而代之的是新的畫面——其實有點像是跑馬燈一樣，並不太連貫，感覺時間點跳來跳去的很雜亂。這次的畫面是混亂，好像是某次戰爭歸回後還來不及收拾的場面。

「族長！他們血口噴人！」

穿著百塵一族服飾的戰士們憤怒的聲音此起彼落，「竟敢誣衊我們身上有與異靈合謀的氣息！還置鍊小姐的生命不顧！幸好我們搶救得快，鍊小姐才能活下來！」

「那些時間種族太過分了！不過一個區區的重柳族，作爲刀刃的他們不分青紅皀白！還敢自稱正義！」

「下次絕對要回報這一切！」

「讓他們也嘗嘗血流盡的滋味！」

戰士們的怒火熊熊燃燒，延燒到之後的各個戰爭上。

與白色種族共同的行動當中，傷者越來越多，不論是黑暗或是光明，幾乎每場危險的空間戰役裡都有生命殞落，雙方對彼此的憤怒與隔閡日漸增大，直到眞正的毀滅發生。

濃濃的血味傳來，原先黑暗的畫面中慢慢有白色小河蜿蜒而來，從我腳下經過，順著向上看去，卻看見無數的重柳族屍體，埋伏在其中的魔神使役建造巨大的陷阱襲擊了先趕到的時間種族，苦苦等不到百塵一族的空間救援，那些白色種族一個接著一個倒下，屍體被魔神手下大卸八塊，碎裂得慘不忍睹。

最後只有很少部分的重柳族能從那場沒有後援的戰役中撤走，大多數菁英與年長一輩的戰士全部葬身在地獄火海當中。

而他們在退路上看見的是這麼兩張面孔，一模一樣的少女倆牽著手，冰冷地看著他們，原先柔美的臉上抹著層陰森，接著其中一名少女露出猙獰的笑容。「你們想殺死我們，我們就弄死你們，感受到血液中的詛咒嗎，那將會跟著你們所有人永生永世！」

「百塵一族已經墮魔了嗎！」傷重的重柳族發出怒吼。

「別自詡是正義了，這世界未定，只是被你們搶先到手……那些永生、不滅，理當屬於我們……」少女倆笑著說：「況且，你們的見死不救害死了我們的孩子，讓你們毀滅，也不過是正好的事情而已。」

那些重柳族的下場不得而知，因爲畫面很快又翻了頁，白色屍體消失，取而代之的是黑色種族的屍體堆了起來。

毫無戰力的千眾一族被烈火吞噬，覆蓋著斗篷帽的百塵首領站在千眾首領面前，女性的一手一腳早被斬斷，大量失血讓她只殘剩最後一口氣，半靠在傾圮的牆角邊困難地喘息。

「……百塵……你瘋了……瘋了……」

「千眾是唯一能夠調合出污染解藥的黑色種族，統整世界的路上不需要你們，也不允許你們去拯救那些重柳……整個白色種族，這個世界應該是我們的，大首領不明白這點，竟然還將我們的兵器授予精靈看管，他玷汙了妖師一族的尊嚴，沒有資格帶領妖師一族。」百塵鎖高舉起手中的刀，冷酷地開口：「六界，是我們的。」

「你錯了……六界是……」

千眾的最後一名活口就這樣永遠失去聲音。

記憶畫面再次翻頁。

反叛的百塵一族遭到妖師一族捕捉，爲了送走手下的人與兩名少女，百塵首領頑強抵抗，最終被抓到妖師首領面前。

「我不明白你的作法，但你必須爲這一切付出代價。」連失兩族的妖師首領站在高處揮下手，四周的處刑人立即扭住了百塵首領的身體四肢，滾燙的鐵漿貼到男人臉邊。「澆灌百塵鎖，將他永遠封印在地底的最深處，不令他死，讓他好好看著自己究竟對這個世界做了什麼，直到他覺悟懺悔。」

「那些跟隨的叛亂者，一抓到立即處以極刑，不得留下。」

無法承受的高溫淋下時，男人的耳裡似乎傳來少女倆的保證聲——

我們一定會來救你的，一定。

所有人影、人聲與慘號在這瞬間完全消失，周圍再度恢復漆黑寧靜。

「只有這些了嗎？」我躺在黑暗裡，因爲疼痛完全無法動彈。

「黑術師洩露的記憶比較正常的就這些啦，你總不想看他到處虐殺人的畫面吧，我可是好心幫你剔除掉兒童不宜的呢。」黑火淵的聲音傳來：「魔王帶他們來取水時，因爲他們接觸了我，才有機會複製他的少量記憶，這應該也是你想知道的吧。」

「沒錯，眞的非常感謝你。」

雖然畫面很少，不過重現的當年事實已經能夠很確定——百塵一族被異靈蠱惑，程度到哪不知道，但絕對很嚴重；畢竟不可能整族都因爲族長的妹妹受傷而背叛，應該還是會有腦袋正常的人，就是不曉得異靈還做了哪些事情，才會讓百塵一族發瘋，直接去滅了千眾，後來全體扭曲成鬼族……話說回來，當時似乎還不太有那麼多鬼族吧？我記得他們主要對戰的對象似乎都是妖魔鬼怪和異界的東西，反而不是鬼族，獄界也是後來才出現的。

致使後來鬼族大量產生的契機究竟是什麼？果然就是千眾的消滅嗎？

「小妖師，你認爲這世界眞的有那麼多界線和絕對黑白嗎？」黑火淵的聲音傳遞過來。「我們存在世界中已經很久了，什麼事情都看過，你們這些謀害、相殺其實對我們而言都只是小打小鬧，根本不算什麼，看得都膩了。」

「我懂，歷史總是反覆上演，而且驚人相似。」我笑了笑，閉上眼睛，可以感覺到身體的血不斷往外流。

「等你再次看過世界之後，相信下次我們能夠聊出更多有趣的東西。」

黑火淵的水將我推到水中淺層時，立刻有人撲過來將我拉上去。

有點費力地睜開眼，看到的是哈維恩好像快哭出來的表情。這還眞的很稀奇，第一次看到他這麼自責。想想我還眞的是滿對不起他的，把一個本來高冷傲嬌的夜妖精變成現在這樣，一點都不雄壯威武了。

接著是阿法帝斯和安因他們，所有人立刻散出法陣，試圖幫我快速治療。

不過可能是黑火淵造成的傷口與一般傷害不同，傷勢癒合得很慢，血倒是止住了些，就是那些遍布的爆開傷口看起來很駭人。

「安因，這個……」因爲太痛了，我連說個話和掏個東西都變得很艱辛，手指發抖了很久才把天使們的聖物和靈魂緩慢推出。「帶回去……」

「你……！」安因愣了下，雙手發顫著接過虛弱的靈魂碎片。

「我們趕快把小學弟送回去吧。」六羅的聲音適時介入。

「你們哪裡也別想走！」

憤怒的咆哮從旁傳來，直接上演一場魔王出爾反爾的劇碼，想都不用想就知道他一定是在看見沙法和提洛卡的靈魂瞬間後悔的，也不知道爲什麼，黑火淵沒有告訴他靈魂和聖物還在的事情，他一臉沒把東西留下一個人都別想走的表情。

「別忘記你的契約。」這次不用等其他人有所反應，單眼烏鴉飛到我們前方，投現出的水妖魔身影直接讓魔王停下動作，強烈的恐嚇威壓全朝向對方釋放，毫不遮掩地危險警告著。

「少在這裡丟臉了路斯托，你曾經擁有的東西自己握不住，現在契約成立，就該老老實實放這些小孩們回去了，否則就別怪我們親自出手收拾你！」

我趴在哈維恩懷裡，外界的聲音一點一滴消失。

最後的記憶是魔王確實氣焰削減，估計是契約的的確確擺在那邊，所以直到最後他也不能幹些什麼，只能任由黑色的空間走道在我們身後打開，讓我們所有人從妖靈界全身而退。

進入走道那瞬間，我才完全放下心，直接腦袋斷電，陷入昏迷。

這次的事情在當下看起來像是結束了，不過魔王不會善罷干休的，我們算是很徹底地往他臉上打了兩巴掌，雖然他沒讓很多手下跟著，但未來某一天他還是會來找我們算這筆帳吧。到時候，還要想辦法再讓他踢一次鐵板才行……

「弱雞。」

我回過頭，猛地發現已經在意識空間當中。

魔龍、米納斯和老頭公站在黑色不遠處等著我。

把身體使用權借出去那刻起，魔龍就和米納斯一樣完全連結上我全部意識，隨時隨地可以溝通，這其實很危險，但我也只能這麼做了，否則大概連命都沒有。

「怎麼，突然後悔和本尊完全溝通了嗎。」魔龍用戲謔的眼神盯著我，看似很想從我臉上挖出後悔到胃痛的表情。

「那也是沒辦法的事情，畢竟我太弱了應付不了，今後可能要麻煩你多幫忙了。」我見魔龍一愣，應該是沒想到我會這麼老實承認。不過經過這次的事情，我完完全全明白了自己有多麼軟弱。原本以爲多少有進步能夠追上其他人，最終也是落得個被保護的下場。

今天如果不是因爲魔龍、水火妖魔與安因等人護著我，說不定早在魔王大殿時我就已經被肢解，更別說之後可以順利取得解藥。

只是……

如果這些解藥能在千年前就被取得，那該有多好？

這解藥還是來得太晚。

晚了千餘年。

「別想了，很多事情就如此，明明當時可以救下很多人，偏偏某些人一念之差以至於全都犧牲，歷史就是這麼現實。」魔龍沒有嘲笑我，像回應我的認眞般很正經地說：「你看本尊活到現在，身邊的傢伙也沒留下多少了，妖魔和人類都差不多的，只差在天生壽命長短而已。」

我看著魔龍，突然很眞切地感受到眼前妖魔魂體超級老的這件事。不只他，還有米納斯、老頭公，其實他們都年長許多，一直以來都配合、陪著我到處在胡鬧搞事，讓他們跟著並擔心我，太過於委屈。

因爲我的畏縮害怕，甚至都沒有去深探他們從千百年前帶來的所知所學。

「過去麻煩幾位了，從今往後，也希望你們能夠不計前嫌，未來不吝指導了。」我低下頭，在三人面前躬下身。「請幫助我變得更強、更強。」

帶著水氣纖細冰涼的手指摸上我的臉頰，抬眼是米納斯帶著包容溫和的淡然笑意，就像往常一般，她輕輕地開口：「你一定能夠做到的，在那之前，我會一直陪著你。」

看著他們，我深深覺得，我眞的是世界上最幸運的人。

「謝謝你們。」

第九話　戰後寧靜

從妖靈界回來到我醒來之間的事情我並不太清楚，因爲這中間我整整睡了大半個月，很多事情都是後來從別人那邊聽來的。

我醒來時，是在學院中的黑館宿舍、我的房間裡睜開眼的。

「終於醒了。」原本背對著我的醫療班同時回過身，一股淡淡藥香一起傳來。讓我稍微愣了半晌沒立即說話的原因是，這名穿著藍袍的鳳凰族身上有著一縷淡淡的黑色光點，像是小小的星屑般輕飄飄地漫遊在他周邊。陌生的醫療班似乎注意到我的視線，毫不介意地勾起微笑：「謹愼起見，學院這邊要求我這黑色種族混血的醫療班替你診治，我主修黑暗相關的醫療術，希望沒爲你帶來困擾。」

「呃……不會……」我停頓了下，覺得身體雖然有點虛弱，但並沒有昏迷前的疼痛，喉嚨也沒因爲久睡乾澀，似乎在我沉睡時有人將我照顧得很好，看來就是眼前醫療班的幫助了。

「請問你……」

「喊我利爾就好。」帶著爽朗笑容的醫療班走過來，摸摸我的額頭，「你昨夜才退燒，我們估算著差不多也該醒了，幸好黑火淵並沒有留下永久性的傷害，只要好好休息一陣子便能康復。這段時間你一直反覆發燒和體溫過低，可能這兩天身體還會有些無力，所以，請你別想逃跑。」

……我總覺得這句「別想逃跑」講得好咬牙切齒啊！

「麻、麻煩你了。」還沒完全搞清楚身邊發生什麼事情，我就先全身冷汗了，與魔王對峙時都還沒這種驚悚感，面對醫療班直接戰意全消了。

「稍後我會將你的療養方式交給你的朋友，近期別亂吃東西，過於光明養身的食物也稍微忌口，待整體穩定下來之後再去大吃大喝。」醫療班邊說著，邊在手上紙張快速寫下一連串文字，寫完大半張後才放下筆，轉過來看著我。「這次黑暗同盟大舉進攻時我在醫療班留守，見到很多遭受污染的人……我聽安因先生說是你將解藥從妖靈界帶回來的？」

「其實是其他人帶回來的，我沒能做到太多。請問解藥眞的有用嗎？大家現在狀況怎樣了？」猛然想起昏迷前的事，我連忙掙扎想起身，才爬到一半就因爲脫力像條死魚又啪嗒摔回去，「我有沒有……」

我有沒有救到人？

或是又像之前一樣無能爲力？

醫療班立即伸手把我按回床上躺好，用剛剛開始就一直很輕緩柔和的語氣低低地說：「你別緊張，解藥確實有用。醫療班與各大勢力代表的藥師們徹底檢驗與實驗過後，已經發放到所有遭到污染的人手上，症狀輕微者在第一時間完全緩解，不會留下後遺症，也免除扭曲成鬼族的風險，你可以安心。」

「……有症狀重的嗎？」雖然聽見不會留下後遺症很讓人開心，不過我還是很怕有沒有效果的人。

「是有幾位狀況比較嚴重，不過這次解藥來得及時，在戰場時也很快發現是黑火淵毒素，所以馬上做了相應處置，同樣不會有扭曲的危險，只要多調理一段時間同樣能恢復如初。」說到這裡，醫療班露出淺淺微笑，沒有任何用心，就是那種很乾淨、發自內心的愉快笑容。「身爲醫者，我很感謝你，雖然公會也派出部隊搜索解藥，但時間必定要很久，肯定會讓不少人留下創傷，你送回的時機眞的非常、非常地重要。雖然我聽許多人說你的做法很危險，且不告知讓其他人幫助有些有勇無謀，不過我發自內心感謝你的舉動。」

雖然得到感謝，但我其實一點也開心不起來。

說到底，會需要解藥還是因爲我的關係居多，如果不是妖師的力量，黑暗同盟也不會針對我身邊的人下毒手。這次是運氣好能夠拿到解藥，但難免未來他們又找了新的「黑火淵」，到時候還能有機會再找到另外一種解藥嗎？

醫療班幫我重新整理好被子，再次摸了摸我的頭。「別想太多，你們這些傷患、病患現在該做的事情就是好好休息。」

淡淡的香氣從旁邊傳來，也不知道是什麼的香味，是很好聞、像森林一樣清新芳香的綠草氣味，掃去我有些憂慮的心情，重歸於平靜，我也就慢慢地打起瞌睡，意識逐漸模糊。

再次醒來，醫療班已經不見了，只看見背對我的哈維恩正在將蹲在窗戶邊的小幻獸趕走，並把窗戶關小點。

「感覺如何？」察覺我醒來的夜妖精回過身，依然是沒什麼表情的臉，幫我半坐起身遞了茶水之後，靜靜地站在旁邊等了一會兒，確認我完全清醒後才開口：「公會那邊傳來消息，大約是我們從魔王城出來的第三天後，前往搜尋黑暗同盟的隊伍在某處據點找到被遺留的『解藥』；應該是刻意要讓我們看見，留在那邊的藥物全數被污染破壞，之後就再也找不到任何東西了。」

「……就算撤退還是要噁心人，眞夠垃圾。」我把杯子遞回給哈維恩，很認眞地盯著他看了看，還眞的什麼表情都沒有，看不出來他現在的心情了。

不過我猜他估計就是很不爽，因爲跳下黑火淵之前我把他們都給隔開，還以爲會先被靠杯一輪。

意外地，哈維恩什麼抱怨的話都沒說，只是神色很平靜地接續我的話：「確實，他們在收攏所有勢力後還刻意耀武揚威，表示他們有解藥，但他們應該沒想到我們會找到新的解藥，所以算是狠狠賞了他們幾巴掌。」

哈維恩花了一點時間回答我後面問的一些疑問，包括公會取得解藥後的動作，第一時間當然是將藥物應用在這次受創的人們身上，並迅速平息了巨人島上傳出的惡劣謠言，接著清除各地黑暗同盟的勢力與殘留鬼族。

可能是殊那律恩和黑山君帶來的打擊夠嗆，黑暗同盟幾乎一夜之間銷聲匿跡，彷彿回到他們先前完全透明的狀態，一絲蹤跡都找不到了。

不過這場戰爭還是有不少收穫。

公會捕捉到許多黑術士，強硬地維持他們的生命，現在正在解析這些黑術士的記憶，準備從裡面搜查有用的線索，以備黑暗同盟重新歸來時可以一舉消滅。

至於我躺在學院宿舍裡的原因，是當時我傷勢太嚴重，他們原本打算送到醫療班，但是顧忌外面還有其他勢力與各地死傷者太多，醫療班總部與各分部接應不暇，所以才送回學院加以保護並治療。

傳訊給妖師一族後，妖師那邊表示沒有異議，就讓我這樣安靜地在宿舍裡，接受公會外派的醫療班協助養身體，直到清醒。

「對了，當時你收集到的解藥都交出去了嗎？」我想了一下，問道。

「是的，回到守世界後我們把所有解藥集中，那名天使就全都上交公會去處理，有什麼問題？」哈維恩微微皺起眉，似乎在思考自己哪裡做錯。

「沒，不要想太多。不過我這邊還有一些，你等等幫我轉交給鬼王。」我咳了下，偷偷摸摸地往哈維恩手上塞了一整把解藥，然後豎起手指比了噤聲的動作。「米納斯收集來的那一份她當時塞到我的倉庫小空間了，雖然公會應該也會給獄界一份，不過我總覺得二王子那邊能夠做更大的發揮，所以別給其他人知道。」

哈維恩立刻明白我的意思，秒收起解藥。「我會確保獄界全數收到，一個不少。」

其實在魔王城當時我還沒想到這些，米納斯也只是習慣性把收集的東西往我身上放，後來有了跳黑火淵等等連串事情都來不及交給其他人，意外保留了下來。

解藥的數量其實很多，我估計至少有上千多份，公會佔有極大數量應該很足夠了，剩下我手上的這些就給殊那律恩吧，他們研究黑火淵的毒更久，我都覺得很可能最後第一個研發出解藥的就是他們。

只希望完全破解黑火淵之毒後，未來不要再有其他人因此受苦了。

千年前的憾事，留在千年前就夠了。

※

我清醒後又過了幾天，身體才終於可以自由活動。

醫療班囑咐我短時間內不可以踏出宿舍，要等到他們確認沒問題後才可以出去，所以我只能在黑館內走來走去。

不過下床之後，我第一件事就是讓哈維恩在房間裡等我，然後我穿好拖鞋，披好夜妖精因爲擔心而塞上來的薄外套，踏出門外，用力地深呼吸，扭頭往隔壁房間走。

聽說學長昨天也回來了，不知道人在不在。

反正他在也無所謂。

準備敲門之際，房門突然打開，而且開門的不是我想像中的史前巨鱷，而是小亭。這就有點意外了，我們四目相對，小亭抱著一個大水壺，眼睛眨巴眨巴地看了我幾秒才咧出一笑：

「要小聲喔，不可以吵。」

「……？喔好。」我側過身讓小亭蹦蹦跳跳地離開，覺得有點奇怪，進房後不意外地在學長房裡看見夏碎學長。

已經完全恢復的夏碎學長坐在學長床邊，拿著一本書正在翻閱，然後屋主本人的學長躺在床上睡大覺，竟然連我進來都沒發現，整個睡死一樣沉，和平常馬上跳起來的情況完全不同。

什麼狀況？

夏碎學長看見我進來就把手上的書放下，勾起淡淡的笑容。「不用擔心，我只是讓他睡熟一點。」說著他抬起手上的符紙，我一眼就認出來這東西是當初拿來貼重柳族和黑術師的……

看來現在被拿來對付學長了。

像要爲我解答，夏碎學長推了一下學長的腦袋，我果然看見隱約有符紙的一小角從他一大片頭髮後露出來，應該是整個被壓在腦袋後面。

——學長在準備要對付裂川王一黨時，估計沒想到夏碎學長會混水摸魚地把對付他的殭屍貼紙都順手做了。

我莫名地對夏碎學長生出某種敬佩，而且我打賭學長就算清醒後也不敢對夏碎學長怎樣，可惡，太讓人羨慕了！

夏碎學長帶著略微有點惡作劇的微笑收起符紙，示意我在旁邊的空椅子坐下。「我將他對外界的感應全都封住了，他什麼都聽不見也感覺不了，你不用擔心。」

我是比較擔心你啊大哥。

突然想到阿斯利安也放倒過他哥一次，這年頭的紫袍有夠可怕的，興趣都是單幹黑袍，根本比黑袍還像危險生物。

坐了一會兒，太安靜有點尷尬，我只好先開口：「其實我想問夏碎學長，那時候……」

「爲什麼我那麼生氣，甚至動手對吧。」夏碎學長溫和地接下我的詢問，一絲尷尬與不快都沒有，似乎只是在聊聊平常生活瑣事一樣輕快。他停頓了兩秒才繼續說道：「我沒有立場責怪他，但我確實非常火大，揍他一拳也好。」

我想來想去還是想不出來爲何學長會被揍，他走進紫袍據點時也就說了他去看千冬歲……千冬歲怎麼了嗎？

就算被黑火淵的水珠影響，那時候千冬歲應該沒有受到其他致命傷害，夏碎學長當下也好好地沒有被替身能力轉移創傷，所以到底爲什麼夏碎學長聽到學長去看他弟後會氣到揍他？

「我氣他的原因是，即使他已經得救，還是下意識把別人的傷置於自己之前。」夏碎學長苦笑地搖搖頭，與我同時看了眼熟睡後完全沒有任何威脅的學長。「你可能見過幾次，他在別人遭受毀滅性的打擊或創傷時，會把某些傷害轉移到自己身上，大多是毒素，因爲他認爲自己扛得住且精靈體質能夠慢慢代謝掉那些毒物，所以承受那些對他而言沒什麼影響……」

我確實看過很多次，包括我這個最大受益者在內，學長甚至轉移過不少人的傷或毒，才讓好幾個人沒有死在當下。

難道那時候——！

「學長轉移了千冬歲身上的黑火淵毒害？」我猛地內心一沉，收緊手指。

「不只千冬歲，醫療班發現時，他已經轉走許多人的傷害，雖然只是部分，但很謹慎地把那些影響都壓制在一個範圍內……我不清楚他在獄界時學過什麼，但他很可能知道不至於扭曲的某個基準線，以至於所有黑火淵的影響者中，他變成是最嚴重的一個。不過不用擔心，解藥是有用的，只是他必須靜養一段時間。」夏碎學長大概是看我差點跳起來，才補上後面那兩句。然後他接著說：「當時打電話的是你吧，如果不是電話打斷，我可能會再揍他第二次。」

原來那時候很大的吵架聲是這麼回事。

「他是M嗎？」沒看過這麼被虐的人，我一想到當時的擋刀轉移，都想現在把他頭髮綁在床角邊，讓他起床時痛到爆炸。

夏碎學長愣了下，大概沒想到我會用這種形容，無奈地失笑。「我沒資格說他，因爲其實我們兩個做的事情大同小異，沒立場，但我想我和他都不是。」

他這麼說，我就知道他指的是替身這回事。

眼前的人也是心甘情願承受弟弟的創傷，嚇得千冬歲現在一聽到他哥哪裡有毛病就會神經兮兮。

「你們不會痛嗎？」看著眼前的人，我想著他們就只大我一歲，一個個都不吭不響地扛著那些讓人毛骨悚然的傷，也不流淚也不喊痛，到底爲什麼要忍受這些？「夏碎學長你在……將自己當作替身時，沒害怕過嗎？如果那時候就死了，你甚至連二十歲都不到。」

「剛開始選擇那一年是會害怕的，畢竟我沒有你想像的那麼強大。」夏碎學長偏過頭，看見小亭無聲無息地走進來，小女孩手上端著兩杯已經泡好的茶水，笑吟吟地放到我們手上。他微笑了下，摸摸小亭的頭，讓詛咒體開開心心地離開房間。「只不過會學著讓自己習慣，直到接受後會麻木，之後就會習以爲常，靜靜地等著那天到來；畢竟我知道雪野家的死敵非常多，很可能隨時隨地與這世界道別。」

他語氣很平淡，情緒也沒有過多起伏，就像他說的一樣，已經習慣到麻木，不認爲這些算什麼。

「冰炎會看上我當搭檔，有很大原因是在這點上，我們兩人非常相似，而且不用掛念對方，因為當時一切都還未解，我們知道不論是哪一個，隨時都會離世，到時候只要好好地幫對方收拾後事就可以了。」

大概是我的表情太過無言而且八成還有點看智障的情緒外露，所以夏碎學長也是笑了笑，繼續說：「你可能想像不到，不過早幾年前其實他的身體狀況更差，每次失衡都幾乎差點送命，那些詛咒發作時，有時候傷口爆裂太痛，我們不得不弄暈他，讓他一次次撐下來。還好他脾氣也很爛，就是不肯乖乖死，才有辦法拚著這口氣活到現在。」

我是真的想像不了每次在外都像哥吉拉在毀天滅地的人在我們看不見的地方，到底是怎麼撐過那些我沒看過的脆弱疼痛。

我每回受傷送醫時都痛到快靈魂出竅，學長的痛大概就是好幾百次的靈魂出竅了吧。

「所以他大概是覺得遲早會死，才養成了轉移這個壞習慣，就他本人而言，因為身上有些禁制讓他的醫療術法效果大打折扣，還不如第一時間轉移可以救更多性命，他還能代謝毒素很方便，且他並不在意那些傷痕……但我看上去，也就是他下意識認為自己傷口多到麻木，再多幾道也不算什麼，他受得了的他都自認是能承受的小傷。」說到這裡，夏碎學長嘆了口氣。「我無法制止，而且作為替身，我也沒太多立場否定他的作為，有時候會感到身為搭檔，精神壓力真大。」

其實你們兩位不論哪一位，當你們搭檔的人精神壓力都會很大呢。

我微笑地在內心中幹譙了他們兩個幾句，只覺得這兩人不管哪個哪方面都有夠可怕，還好他們有自知之明自組一隊沒出去禍害別人，不然換作是正常人當他們搭檔不是被嚇死就是嚇得拆組。

啊，不過我大概知道為什麼我之前隱約覺得夏碎學長雖然很溫和，卻有點莫名生疏客氣的原因了。

因為隨時會死，所以其實很多人事物都沒放在心上嗎？

然後學長是因為隨時會死，所以才根本不管會得罪誰，日日從東邊碾到西邊，再從南邊碾到北邊，完全肆意暴衝嗎？

這兩人對自己死亡陰影的表現方式也太過相反！

看看床上的睡美男，我就拳頭癢，多麼想搥他。

那時候問他不會痛嗎，他回我不知道。

他連自己會不會痛都不知道了嗎？

馬的智障。

「他已經不會再因為詛咒和失衡隨時掛掉，該把這些動作改掉了。」我低聲罵了句，然後抬頭看著夏碎學長：「請夏碎學長也好好保重自己，作爲朋友，我不想看見千冬歲因爲你崩潰，不然到時候揍你的人會是我，我是說眞的。」

夏碎學長愣了一下，笑了出來。

「千冬歲正在想盡辦法解除替身，我想很可能未來某一天還眞的會被他強硬處理。」

這時候夏碎學長的笑不像往常那種有禮的溫和客氣，而是一種眞正放鬆、從內心發出來的無奈笑容。「我沒想過他會對替身投入感情……原本這種情感是非必須的，身爲未來的家主他其實應該得習慣這一切，檯面下的鬥爭也會用死士們的血鋪路，他應該更理智看待才是。」

「欸不，正常人是不會用理智去看待的。」我很想吐槽他們到底所謂的正常是哪種邏輯，拿兄弟姊妹去死還可以看很淡，估計只有這種大家族才會做了，我們這些普通小老百姓還眞的幹不出來，至少我是不行。「不過夏碎學長爲什麼到現在還不肯解除替身？你不是已經接受千冬歲的心情了嗎？」

畢竟千冬歲都做到這個份上了，連我這種旁人都可以看出他的不願意，還有，話說回來，雖然先前是有點當作笑話來看，但千冬歲對他哥的緊張程度也很不一般，根本不像是對一名紫袍該有的著急，仔細想想兩人的反應，我突然想到還有另外一種可能性。「學院戰的是意外，千冬歲還會死？而且你們都知道確實的時間點？」

夏碎學長眼中明顯閃過一絲意外，我立刻知道我猜對了。

「雪野家的地位雖然很高，但伴隨的危險也相當高，幾乎每位族長在繼承家族地位的那天都會經歷慘烈的致命襲擊，某些不希望他們存在的勢力會在家主交接之際傾盡全力滅殺，無一例外，因爲那正是舊家主與新家主整體實力最弱之時，我們也是爲了那個時刻來臨而做的準備。」夏碎學長嘆了口氣，思考片刻後才繼續說下去：「我明白你的意思，這段時間當然也知道千冬歲的心情，所以我會盡最大努力去幫助千冬歲預防、抵擋這些致命襲擊，而不是讓他本身承受。」

「那就好。」我點點頭，既然不是千冬歲本身承受，那夏碎學長就不一定會有生命危險，我想他們兩個如果都同意用這個方式合作了，那就不用擔心夏碎學長身爲替身會危及生命的問題。「夏碎學長……有一天當我強大到可以保護所有人的時候，你可以卸掉替身的身分嗎？」

「……兩年前我們看著你的時候，你身上完全沒有一絲可用的力量。」夏碎學長沒有立刻回答我突如其來的問題，反而淡淡地開口：「雖然有很多保護術法，血脈力量也很強，但和普通人沒有太多分別。」

「但是我現在有分別了。」我看著眼前其實也只有大我一歲的人，想著千冬歲那時候也和我一樣無能爲力，而現在我們又能夠做些什麼？

「那麼現在換你看我了。」說著，夏碎學長微笑著撤掉他身上的所有術法，就連他受重傷時都還有的守護性保護在這瞬間全被暫時消除。

雖然稍微知道千冬歲他們家裡的事情，不過當眼前的人完全讓自己毫無防備時，我還是很震驚所看見的。「夏碎學長你……」

與學長他們那些會閃閃發亮或是有著各種紋路的美麗光彩不同，夏碎學長的力量呈現幾乎黯淡到看不見的色澤，沒有那些厲害的璀璨光芒，也沒有特殊血緣紋路，就與普通人一樣，毫不特別。

然而這樣的人卻是紫袍，而且還是非常年輕的紫袍。

夏碎學長一笑，重新打開那些保護，這讓他看起來又像平常一樣充滿了強者的氣息。「這就是我不被雪野家族選擇的原因。所以既然你已經與當時有所分別，那我相信不論是你或是千冬歲，未來都是無可限量的。」

我知道夏碎學長沒有說出來的話——連他平庸的人類資質都能走到這種地步，我們這些有血緣力量的人一定能做得比他更好。

「我很期待你們成長到足以守護一切的那天。」夏碎學長笑著這麼說。

等到那一天，應該很多人都不用犧牲自己，就可以開開心心活下去了吧。

轉過頭，我看著學長沉睡的模樣，這人睡著時和醒著完全是兩回事，安安靜靜的看起來很祥和又很美，根本猜不出來醒著的時候脾氣有多差；接著想起了本家裡的老媽、然和冥玥，思考著現在的我是否已經做到了踏出第一步，開始追逐他們的背影？

多久以後，我能超越他們？

猛地聽到身邊傳來細小聲響，抬起頭看見夏碎學長很貼心地正要起身離開房間，讓我有更多空間可以思考，我連忙阻止他。「夏碎學長你不用離開，我不是來懺悔冥想的！」

「？」

「我是來偷內褲的！」好險！差點就忘記眞正的目的！

夏碎學長這次眞的愣住了。

※

幾天之後，學長也清醒了。

不過就算他醒來，還是沒辦法阻止他的內褲在他昏睡這段時間從右商店街黑市拍出了一個天價的事實。

這整個過程是這樣的：我那天在夏碎學長的幫助下偷了三條內褲之後，本來打算直接往教室公告欄貼上三條一百的廣告拍照寄給學長，結果剛好被回來晃蕩的班長撞個正著，接著班長就說這種事情怎麼可以偷偷摸摸地做呢！

畢竟冰炎殿下的身分擺在那邊！還是個黑袍！

事情不知道怎麼傳出去的，總之我們班的同學在停課期間跑回來的很多，展現了前所未有的團結，合力製作一個超強的防盜結界，讓那些用奇奇怪怪辦法潛入的瘋狂粉絲搶不到，後來還因爲要抵禦強敵爭奪發生了不少衝突打鬥，這些莫名其妙的搞笑鬧劇多少洗刷掉一些黑暗同盟入侵帶來的傷害陰影。

後來班長不知道怎麼和右商店街的黑市商人搭上線，就這樣開起了拍賣會，每一條都賣出超恐怖的價錢，以至於後來在分贓時班上其他男同學還很感慨說爲什麼別人的內褲都是鑲金的，他們的就是破抹布。

等到學長能夠活動後，買內褲和賣內褲的人早就全體逃之夭夭。

於是，唯一剩下的就是偷內褲的我，在一大清早打開房門後，正好和學長撞個正著。

「……」

「……」

喔靠！尷尬！

「……那個是精神賠償！」搶在學長眉頭一皺正要開口前，我搶先說道：「而且我拿的是新的你還沒用過的！」

其實那天要找內褲還眞的不知道該怎麼選，結果夏碎學長建議拿邊上新的，這樣比較不容易出事。

我就不知道所謂的「出事」會是啥事，不過想想拿人家原味內褲去賣還是有點過分，就挑那些看起來全新還沒動過的了。

而且不是我要說，學長沒動過的衣物眞的有夠多，衣櫃裡一大半都還有開封摺痕，有些不像他平常會穿的風格，大概是家人或其他人幫忙添購的吧。

「……算了，下不爲例。」罕見地竟然沒有當場把我打死在門口的學長深呼吸了一口，好像在忍住不把我掐死。「你要出去？」

「對，我要回家一趟，老姊說老媽回家了，我想勸一下老媽最近回本家住……反正家裡都沒人。」雖然是偶，不過清醒之後第一件事還是說要回家，所以冥玥他們只好先將老媽安置回家中，並把四周空間與外界切割開，重新加固了各式各樣的保護結界。幸好經過上次的大戰，各方都損失慘重，暫時還沒心力跑來挖掘新位置。

雖然這麼說，但是我家也已經不安全了，老媽沒有本家的記憶，想勸她先去本家住，得好好想個藉口才行。

本來也是可以繼續讓老媽昏迷，只是也不能這樣一直昏迷下去……

「我有事也要去原世界，順便送你回去。」學長頓了幾秒，解釋：「雖然大陣已經完全回收，不過還是要親自再看一下比較放心。」

看學長也是一身準備好外出的打扮，我就直接拿出移送符，打開陣法。這次回來之後明顯感覺到變得可以輕易使用術法，就連這種傳送陣都可以瞬間啓動，應該再過一段時間就可以在魔龍他們的教學下自己弄條空間走道試試了。

學長看了我一眼，也沒說什麼，只是延續剛剛的聊天：「你之後怎麼打算？學院這裡我是希望你繼續，畢竟學習的資源依舊是校內最多，不過你應該是想去『那邊』吧。」

我想去獄界是很確定的，也不意外學長看得出來，畢竟殊那律恩的教導方式和那邊的環境更適合我的力量發展，而且我還要把采巨人安置過去，也得花一些時間。

不過我有點訝異的是學長是用詢問的，不是直接要我去哪裡，反而讓我有點選擇壓力了。

短短的一、兩句話間，我家的大門重新出現在我面前。

周圍鄰里依舊，能看見早起準備結伴去市場的婆婆媽媽們在轉角邊聊天的身影，以及討論著誰家子女這次在學校進步多少，或是誰家的誰工作又被上司刁難了，話家常的聲音逐漸遠去，完全不知道這裡曾經發生過怎樣的事情，也不曉得他們曾經都和死亡擦身而過。

當時雖然轉移了戰場，不過顯然仍留下了部分還沒完全清理乾淨的影響，空氣中有著沉重的混雜力量與遺留的不善氣息，隱隱讓人有些煩躁。

從那裡面，我似乎還可以讀取到一些惡念訊息。

「這一帶有設下公會結界，再過幾天就會清除乾淨了不用擔心，對一般人不會有影響。」學長站在我家門口看了一會兒，張開手，幾串帶著冰寒力量的術法從他指縫掉落，水一般融進地面，細微的光迅速繞著我家轉了幾圈，最終消失在土地下。

我向學長道了謝，就踏進家門。

這次回家沒有香氣，打開門時飄過來的是淡淡的清潔劑味道，我有點疑惑，不過很快就聽見屋子裡面傳來聲音。

「是小玥回來了嗎？」

我連忙把鞋子踢到一邊，「是我。」回過頭，突然發現學長不見了，沒跟著回我家，大概是去處理他自己的事了。

「你怎麼又跑回來了啊，蹺課嗎！」老媽的頭從客廳探出來，眼睛一瞇，手上的玻璃清潔劑看起來就像要往我臉上噴。

「沒啦，學校今天放假，妳可以打電話去問啊。」我走進客廳，發現已經有不少家具都蓋上防塵套了，而且桌椅電視那些也都被擦得很乾淨。「老媽妳要去哪？很久嗎？爲什麼家裡要清？」

雖然本來就是想回來勸老媽去本家住一段時間，但是沒想到老媽已經在做準備，讓我眼皮跳了一下，反射性覺得是不是又要發生什麼事。

「喔……本來想等忙完，今天晚上跟你和小玥說一下的。」老媽笑了笑，繼續手邊的清潔工作：「你和小玥現在不是都比較常待在學校嗎，小玥最近也不太在家裡了，我就想說你們兩姊弟有自己的生活空間，打工什麼的也忙，剛好你爸前幾天打電話回來問問家裡狀況，我就想不如去找你老爸住一段時間吧，反正他租屋本來就可以帶家屬，都不知道他在外面有沒有好好吃飯，去給他煮個飯吃也好。」

這答案有點出乎我的意料之外，雖然覺得怪怪的但好像又沒什麼問題，老媽獨自待在家裡的時間確實很多，她會想去找老爸也沒不對勁，只是老爸那邊不如本家安全……算了，重柳族應該暫時不會找他們麻煩，等等我算算這段時間帳戶有多少進帳，看看能不能請學長在公會幫忙找個委託注意老媽他們的安全好了，而且然應該也會留意才對。

想想我算是稍微安心點，反正只要老媽先遠離這些危險就好。

「我來幫忙掃地！」

之後……

醫療班總部

「月見！又送來一個！」

巨人島一戰過後，世界各地都陷入了不同程度的修復忙碌狀態。

當時黑暗同盟與鬼族傾巢而出，幾乎每個城鎮都遭到大小不一的襲擊，一些重點城市則是迎來了黑術師和食魂死靈的攻擊，如蝶城那樣具規模的城市還有妖魔軍團包夾，多少都有死傷損失，這讓散布在各地的醫療班分部直到現在都還夜夜燈火通明，連休息都得輪班替換。

醫療班本部就更不用說了，來自各地的嚴重傷病患者不斷送入，其中還有不少在巨人島中遭到黑火淵水珠影響的前線人們，因爲數量已經高過駐紮本部的醫療班可負擔，於是鳳凰族迅速調派大批人手前來支援，一時之間許多平日難以見到的長老與傳說中的醫師、藥師們的身影遊走各處，提振鼓舞了醫療班們的士氣。

暫時停下手上飛速的解毒工作，月見回過頭，正好看著兩名公會人員抬進一名已失去意識的白袍。這名袍級受傷當下應該有醫療班的人在身邊，所以做過了妥善處置，須要他接手的是後續的毒素影響與調養。與其他被送過來的人一樣，都是依照著每名醫療班所長而分配過來的病患。

「哥，你要休息一下嗎？」同時走進來的越見皺起眉，邊看著被送進內室的傷患，邊放下手上帶來的藥物。戰後各地陸續擁進的傷患太多，而且因爲不同地方的衝突仍在持續，所以傷者絲毫沒變少，還變多了，讓某些治療黑暗毒素使用的藥物開始不足；於是他跑一趟親自幫他哥帶回最好的藥草，沒想到一回來就看見他哥的治療室裡裡外外擠滿傷患，雖然知道每位醫療班都是同樣狀況，他還是忍不住皺了下眉。「我接手，你去睡一會兒。」

原本反射性想推拒，不過一想到還有許多人須要調養，月見便點點頭，畢竟自我管理也很重要，總不能在傷患面前累垮，那也只會給現在已經缺乏人手的本部增加不必要的壓力而已。巨人島上不少學生藍袍被黑火淵水珠影響，現在都還躺在療養床上，尚需一段復元時間。

幸好的是已經找到了解藥，但卻是以天使的性命換來，如此令人難過的消息……

「你不想睡嗎？」越見猛地拉開暫時休息用的隔簾，往裡頭還在發呆的兄長瞪一眼。眞不是他想抱怨，這治療室的人甚至多到連他哥把自己歇息的小房間讓出來裝病人，只能隨便拉個簾子在角落休息。

「……我只是在想藥物配方，想要更好地搭配黑火淵的解藥。」月見停頓了半晌，兩張椅子加木板果然躺起來不太舒服，他調整了下姿勢，枕著手臂側躺看著胞弟忙碌的身影。「畢竟是犧牲了兩位天使才能得到，我希望能夠發揮最大的效果，才不負這些殞去的生命。」

「唉，那也沒辦法，不過今天如果換成是我們也會下去的，我覺得可以交換更多生命還是很划算。」越見頓了頓，瞥了眼放置在一邊的小水晶瓶子，上頭有著醫療班強大的咒印，醫療班本部內能處理黑色毒素的治療師們手上都有一份，剩下的正在分析部門，與情報班一起合力加快研究，希望能夠早日複製出解藥，防止黑火淵再度被應用於戰爭中。「不管如何，想挽救生命的心都是一樣的，只能盡各自所能不要浪費這些珍貴的藥物。」

「呃……你們對於妖師有什麼看法？」聽他們兩個一來一往地聊，正在接受治療的白袍小心翼翼地開口，接著看見四周其他人的眼睛轉了過來，他連忙咳了聲，覺得好像不該這時候提起這白目問題。

「你是第一批到達前線的學生群嗎？」坐在一邊的紫袍笑著開口問了句。他覺得白袍有點年輕，看起來像學生袍級，大約是高中年紀，醫療班正在幫他解毒。

「我比較晚到……不算是第一批的。」確實是學生的白袍停頓了下。「因爲我們學院有人和冰炎殿下認識，當時看到支援請求，他們就去了，我朋友也在其中，讓人不太放心，所以我一起跟上，毒素的影響並沒那麼嚴重。」只是出乎意料之外，他原本以爲是去協助冰炎殿下，沒想到幫的竟然是妖師，那些黑暗同盟的妖魔鬼怪根本是衝著妖師一族去的，才會搞出那麼大動靜。

「那你覺得呢？」越見沒有回答，反而回問：「爲了不認識的人前去支援，結果沒想到是幫妖師一族，你有什麼感想？」

「一開始是害怕，畢竟家族那邊有傳來時間種族的警告，還有妖師前陣子出世，的確對各地影響很大。」白袍學生抓抓後腦，看著他的人有點多，不少同是公會袍級，他也不由得對自己的發言謹慎了起來：「但是這次事情過後，我覺得很可能不是他們說的那樣，如果妖師註定帶來毀滅，那他又何必去跳黑火淵呢。」

雖然年輕，不過他們在進入公會取得袍級後都經過訓練，「很多事情不能看表面或聽信輿論」是他們最基礎的訓練之一，所以白袍對於時間種族的誅殺令抱持著懷疑。

事件過後，外界或許不太清楚，但公會立即與獄界勢力合作，深入黑暗同盟那些被搗毀的據點，力求在最短時間內取得解藥，然而沒人料到，在資深袍級幾乎傾巢而出的同時，取回解藥的竟然是以妖師族人爲首，天使與燄之谷等幾人臨時湊出的小隊伍，雖然折損了好不容易才找到的失落天使，卻也帶回大量黑火淵解藥。

更甚，他們還帶回千餘年前消失的雙生天使殘魂與聖物。

普通人或許不懂，但這舉動已經震撼了天使們。畢竟天使落在妖魔鬼怪手中是絕無可能生還的，更別說留下殘魂；帶回殘魂的意義非常重要，這表示死去的天使們可以得到回到主神身邊溫養魂魄和安息的機會，未來很有可能能夠重回世界的。

如果妖師是邪惡的，他根本不須要做這些。

那當下白袍其實有點迷惑。各界都流傳妖師會毀滅世界，是邪惡的黑色種族，也已經追殺數千年之久，好不容易才把他們從歷史中摘除，沒想到會在現今重出於世，而且還幫忙取得解藥與解救天使。

很可能眞的有壞的妖師，不過也不能排除現今的妖師其實是好的吧？

就像白色種族也有正與邪。

這麼一來，時間種族發出誅殺令的理由就有點讓人深思了。

他不認爲爲了解藥跳下黑火淵的人會是殘忍殺害生命的凶手，時間種族那邊也沒對事件多做解釋，只說了妖師殺害重柳族人，所以許多白色種族便先入爲主認爲黑色種族又開始作惡，甚至不去了解背後眞相與緣由。

年輕白袍想了一下，還是把自己的這些想法說了出來，然後戰戰兢兢地看著滿室受傷的袍級前輩們。

「你是水妖精吧？」先前那名紫袍開口：「難得你沒有先站在白色種族立場偏頗思考，你是爲了朋友去的，那朋友是誰？」

「呃、一位叫濮路的同族兄弟，似乎是他認識的人也參與了支援陣營，所以他聽到消息立刻趕往協助。」白袍有些不好意思地笑笑，他們這行爲就跟葡萄串一樣，一摘一整串。「濮路也常說不能只看表面，很多被傳聞邪惡的其實比誰都還要善良，要自己親眼看過才知道。」

「好！你們這些小孩不錯！」邊上有個高大的男人拍了一下手，他的白袍已經破破爛爛的綁在腰上，赤裸的上半身很整齊地被包紮起來，臉上還有正在緩速癒合的傷疤。

一旁的越見跟著看過去，這人身上傳出的藥味也是緩解黑火淵影響的藥物氣味，看來同樣是前面幾波被影響的支援者之一。

「前輩呢？」年輕白袍下意識回問對方。

男人咧開爽朗的笑容，「公會弟兄就是我兄弟，兄弟有難同當！發出那麼緊急的求援，能幫忙當然馬上去！」他才沒那麼多理由。當時他是在小村莊附近處理完那些來襲的鬼族，一看到白色請求發出，確認村莊安全之後馬上自發趕去了，管他是不是協助妖師……而且根本有個妖師還是他們公會的人啊！這幫忙理所當然！「說起來這褚冥玥平常凶歸凶，眞的需要幫忙也該講一聲，好歹她是個紫袍，我們公會的人怎麼可以被外面的渾蛋欺負。」

「你上次被扣分不是才說要和巡司不共戴天嗎。」旁邊幾個人陸續笑出來。

「那是兩回事！」男人漲紅臉罵回去。

「不過沒錯，欺負公會的人就是和我們作對，我們的人只有我們可以欺負。」

「沒錯沒錯，管她是不是妖師，公會的尊嚴怎麼可以被外來人踐踏，還時間種族呢！平常出個任務跟他們交接還一臉高傲，眞想給他們一拳。」

「偏偏他們和公會有契約存在，不然眞想蓋他們布袋。」

「對啊對啊。」

聽著逐漸熱絡的交談，越見勾起唇，轉頭看見他哥已經熟睡了，便隨手把隔簾拉上，順便放下消音的結界。

至於這次的事件嘛……

※

「啊啊啊啊啊啊——！」

莉莉亞摀著耳朵，非常無言地看著清醒後就發出悲鳴的臨床同伴，「別喊了，不是說要靜養嗎。」

「嗚嗚嗚嗚可是喵喵沒有善盡醫療班的職責，直接在那麼多需要幫助的人面前倒下了啦！」喵喵抱著枕頭，淚眼汪汪地看著門縫外穿梭著的藍袍同伴們，覺得躺在這裡休養的自己有點沒用。當時如果有多注意一點，說不定就能避免黑火淵毒素的影響了，她這現場的醫療班其實失職，還要讓人救助。「好丟臉啦——」

「那也不能怪妳吧，其他人說了世界脈絡的水滴影響和正常毒素不一樣，本來就很難察覺，而且也不是只有妳一個醫療班倒下啊。」莉莉亞看著懊悔不已的少女，覺得她有點莫名其妙，明明就是無法防的東西，爲什麼要這樣怪罪自己啊。

可憐兮兮地眨著眼睛，喵喵將腦袋埋進枕頭裡，聲音模模糊糊地傳出來：「現場沒有注意到異狀就是失職啦……」就算再怎麼微小，身爲醫療班的他們理應要注意到，所以她才深感愧疚。尤其是事後聽說冰炎殿下爲了防止他們這些倒下的人被毒害過重產生扭曲，替他們吸收掉不少黑火淵的毒素，這就讓她覺得更加抱歉了。

再後來，聽說漾漾爲了他們去跳黑火淵，雖然有驚無險，不過也受到不小傷害……她明明決定過要支持身邊的人，不想讓大家一再受傷的，可是大家須要治療時，她卻無法陪在身邊，一想到這件事情她就很難過。

看著喵喵整個人在被窩裡蜷成一團球，莉莉亞想了半天也不曉得該怎麼安慰，她覺得這種事情就是沒辦法的，當時醫療班的翹楚九瀾也在，可是他都沒發現了，那才高中的喵喵怎麼可能發現，更別提千年前那堆受害精靈，大家都沒注意到呀，所以根本不能算在醫療班身上。

「錯的是拿來用的人吧，妳哭也沒用，又不是妳的錯，還不如快點休息才可以恢復身體去醫治別人。」

「喵喵知道……」蜷在被子裡的少女當然明白眼下最重要的事情就是讓身體恢復，才可以盡快重回工作崗位協助大家。

聽著被團裡嗚咽的聲音慢慢變小，直到呼吸聲開始平緩，莉莉亞才無聲輕巧地翻下床，走了兩步，動作小心地把疲累的好友扶好位置，幫她把睡覺姿勢和棉被整理好，確認她有好好睡著再爬回自己的病床上。

因爲是女孩子，所以醫療班貼心地給她們獨立的房間，不用和其他人一樣在治療室裡面人擠人，另外就是受黑火淵影響嚴重的患者也被區隔開，所以相較外頭的擁擠，她們這邊難得清幽舒適很多。

「喵喵睡了嗎？」

半掩的門被推開，平常不太有存在感的人晃進來，還順手把門關上，隔去外面的聲響。

「你不是也要休養好一段時間嗎，跑下床幹嘛！」莉莉亞罵了句，走進來的白袍和她們一樣在第一時間被黑火淵給毒了，同樣倒下，聽說今天早上才醒，沒想到這麼快就溜出來。

萊恩歪著腦袋看著突然發火的少女一眼，滿腦袋問號，不知道爲什麼她會有點生氣，不過還是很老實地拉張椅子坐到床邊，然後把帶來的東西在小桌子上排開：「吃飯，肚子餓。」

莉莉亞看見好幾個飯糰便當被排成一列，花花綠綠的樣式全出現時，簡直都快氣笑了。很好，這傢伙不但沒有好好休養，還乾脆直接隱形出去排他的限量便當了！

「你是白痴嗎！找死啊！想死就說一聲啊！」

正面直接被暴吼的萊恩愣了一下，馬上回過頭給喵喵設個隔音結界，一臉呆滯，完全不解爲什麼自己要被罵，但是莉莉亞看起來好像從有點生氣變成超生氣，他思考了半晌，很快地找出答案：「餓了要好好吃飯，這是妳的。」

本來想繼續吼人的莉莉亞直接被塞了個方形便當盒，裡面的飯糰比一般的小很多，約莫十四、五顆左右，比乒乓球小一點，被做成一口的形狀，每個顏色花樣都不一樣，看起來圓滾滾的非常討喜，還散發著相當誘人的米飯香氣，完全可以看得出來製作者的用心。

「最後一盒了，妳要好好吃它。」本來想買兩盒，不過因爲醒來已經太晚，萊恩只來得及買到一盒，這一盒還是因爲跟店家很熟，對方偷偷幫他留下來的。

「豬頭，我不喜歡吃藍色這個啦。」知道在飯糰面前不管說什麼都會被無視，莉莉亞本來一肚子的火氣也不知道該往哪裡噴了，只能氣氣地戳出方盒子裡一小團粉藍色的飯糰丸子朝對方面前塞。

本來是想扔回那傢伙手上的盒子，沒想到還沒甩過去，萊恩突然很自然地嘴巴一張，直接把那個小糰子咬走。

然後莉莉亞整個石化了。

「雨青草雖然會有一點點苦味，不過對身體很好，而且老闆有調味過，其實吃不出來那個味道。」萊恩幫飯糰伸了下冤，然後從旁邊另一個方形盒裡挑了幾個同樣大小的三角小飯糰放到莉莉亞手上的盒子。「這種是妳比較喜歡的，有點酸甜味。」

「我我我我……我剛剛……我不是……」

「嗯？」抬起頭，萊恩不解地看著瞬間漲紅臉結巴的少女。

「我……我沒有餵你……！」莉莉亞連忙吼了句，然後低下頭戳起另一個飯糰，正想吃掉時，旁邊的腦袋突然湊過來，一口又把那個小飯糰給吞了，這次她是眞的整個直接愣住，因爲靠太近了，所以兩人身上都帶著的藥味反而聞得很清楚。

「這個也有雨青草，妳吃這個吧。」嚼了兩口吞掉小飯糰，萊恩挾起小三角飯糰遞到女孩嘴邊。

因爲怔住了，莉莉亞很本能地開口咬下東西，三秒過後整張臉轟地一下炸紅，差點沒被嘴裡的東西嗆死，正想吼句什麼時就聽見萊恩幽幽地傳來聲音。

「等休養結束，我和千冬歲要去進行長時間任務鍛鍊。」萊恩又撥了幾個飯糰給少女，然後繼續說道：「我們還太弱了，這次幾乎幫不上什麼。」這次巨人島上他們都很清楚明白知道自己的實力有多弱小，如果不是後來公會接手戰場，他們應該在那天就死了，什麼都做不了。

妖師的事情其實只是一個導火線，黑暗同盟僅僅是個開始。

但是透過這次襲擊已經讓他們見識到藏在暗處的邪惡有多強大，有一個黑暗同盟出手，未來必定會有第二個、第三個……所以他們不能再這樣弱下去了。

聽到這些，莉莉亞也沉默了下來。

喵喵剛剛其實心有不甘的也是這件事情，他們實在是太弱了。

「那……你們要去哪裡訓練？」莉莉亞看著對方吃飯糰的動作，問道：「會很危險嗎？」

「危險一定會的吧，不然怎麼訓練。」萊恩反射性回應。他和千冬歲討論過了，要主接紅白袍範圍內最高等的任務，力求最短時間內提升兩人各方面的能力。

「喔，那要小心一點喔。」也不知道該講什麼，莉莉亞只點了下頭，默默地吃起小飯糰。

對於這次巨人島事件，每個人心中都有各自的想法，或是好、或是壞，不過最多的就是像他們這樣覺得無能爲力的居多吧。

他們在裂川王與黑術師面前沒太大的反抗能力，這次能夠全身而退完全是因爲公會高層與時間之流的人壓制住一切。

未來如果沒了這些人呢？

一頓飯吃飽之後，萊恩就像來時般無聲無息又跑走了。

莉莉亞想了一會兒，還是通報了醫療班，讓他們去抓那名顯然不會乖乖回病房去好好休養的白袍。

變強嗎？

爲了身邊的人……

她抬起手，轉出了通訊術法。

「奴勒麗嗎？是我……」

紫荊館

「你出去幹什麼？」

站在紫館大廳中，拎著一袋物品前來的休狄皺起眉，看著在他後面踏進紫館、原本應該好好在房間裡休息的紫袍。「醫療班不是說你原本身體裡就有鬼族的毒素，所以要多休養一陣子嗎？就是這麼弱才會每次搞得亂七八糟！」

「你帶什麼東西？」半習慣了那些凶惡的罵語，甫從外面回來的阿斯利安好奇地盯著對方手上的物品，有點意外他這幾次還真有禮貌會帶探病禮。

「什麼味道？」休狄皺起眉，對方踏進來時他就很明顯嗅到一股異常濃重的藥味。

「啊，我剛剛去醫療班時遇到靈芝草學弟，他正協助醫療班製丹，巨人島事件發生後他從他們聖地中帶來許多藥材，似乎還有位族人跟著他過來煉藥，就是味道有點重。」阿斯利安抬起手聞了聞袖子，勾起唇。「不過也展現了效果，應該會隨著醫療班研製的藥物一起發配到各處受到攻擊的地方。」

阿斯利安領著好像還想抱怨什麼的黑袍王子往自己居住的地方走，見對方大概又是礙於他身體狀況還是其他因素忍下罵句，整個人像隻氣撲撲的刺蝟但是不敢發作，他就有點好笑地搖搖頭。

事實上他剛剛去一趟醫療班也是被白眼，治療士直接跟在他身後唸了十多分鐘要他好好靜養，畢竟雖然輕微，然而他也多多少少有被黑火淵影響到，才使用完解藥不久，雖然行動上似乎已經完全恢復，但某些受損他們自己沒感覺……之類等等的話語。

本來是想要去探訪其他同學，也只好硬生生地被唸到乖乖回來宿舍休息——幸好不是直接被壓去關小黑屋，要知道醫療班那些關人的房間現在已經大爆滿，而且先前有「破牆逃獄」記錄後，那些牆壁又重新被加固好幾倍，可能現在敢敲牆的會直接被電死，然後醫療班再去把他們弄活。

「……你眼睛有沒有其他影響？」愍了很久，休狄才開口，挑了句比較不像在罵人的話。

「沒有，請安心。」阿斯利安打開房門，看著門邊好像又多了一些別人送來的慰問禮。從四日戰爭回來之後，不少熱心友人紛紛送來保養身體的食物藥材，都快把他房間堆了大半，前兩天才請醫療班來運走可用的藥物，過多的食物則拜託紫袍友人的詛咒體消耗，才終於重新整理出空間。「你帶了什麼？吃的嗎？」

休狄黑著一張臉，直接把手上的東西往紫袍手中一塞，語氣有點煩躁地說：「去泡茶。」

「你先坐一下吧。」走去準備茶水，阿斯利安打開了那包東西，雖然經過可能是王子屬下的友善包裝，不過精緻華美的食盒打開之後，裡面裝著的是有點樸素的煎餅菓子，大小稍微不太一樣，看起來並不像御用廚師那種高超的手藝，反而有點像是一般小攤販的自製品。這就讓他有點疑惑了，王子怎麼看都不是會去攤販隨便買東西的人，他的手下肯定也不會去攤販買東西當作探病禮物……除非他們想被王子掐死。不過這不解只持續了幾秒，反正送禮的人開心、食物不要有毒就好。

挑了個小的叼在嘴裡，嚐到淡雅的甜味後他就著手挑選茶款，翻找出適合這款點心的茶水，嚥下甜食後才說道：「你平常吃這東西的嗎？下次可以跟我說在哪買的，改天可以去買點回來啊。」

「好吃？」外頭飄進回問。

「不會太甜，還不錯。」就是賣相不太好看，感覺製作的人可能還不熟練，大小形狀沒拿捏得很完美；但是味道是真的不錯，裡面的豆沙餡不過甜也不膩，入口還帶有很優雅的花蜜香氣。阿斯利安把點心裝好盤，連著茶水一起端出去，「原世界帶回來的嗎？」

才剛問完，就看見休狄皺了下眉，然後不友善地回一句：「煩死了，吃你的，閉嘴。」

搞不懂爲什麼問個點心來源都會被臭臉，阿斯利安聳聳肩，猜大概是王子去買東西時遇到什麼不想被知道的事情吧，不然就是他覺得一位尊貴的王子去攤販買東西不是啥高貴的事情，於是也很體貼地轉移話題：「這次眞的謝謝你了。」

「……」休狄挑起眉。

「我沒想到你會同意幫助妖師一族。」阿斯利安淺淺地笑了笑，發自內心地抱持謝意。

「也沒有阻止我的行動，還帶了你個人的軍隊協助。」

如果放在以前，休狄應該比較可能會阻止他，而且拒絕與黑暗種族有牽連，更可能會幫獵殺隊去傷害那個男孩與其身後所代表的黑暗家族。

就像對方也曾經在他面前傷害過……

所以這次眞的令他很意外。

阿斯利安本身是知道冰炎想幹什麼的，應該說他在第一時間就收到對方的請求，想請他協助製作那個大術法。大概是因爲他上次坑了他哥的事情傳遍了公會，所以最近還滿多人對他很禮遇的，不過這是題外話了；總之因爲這個原因，他鑽研術法的事情也算是普遍流傳在公會中了，現在偶爾還會有人遞拜帖想要學術交流。

接到請求後他立刻答應，與他那些坑兄弟的夥伴們避開外界的視線，潛入檯面下幫忙研究大陣，當中也接觸了好幾次七陵術師與各地應邀而來的協助者們，畢竟這些陣法涵蓋整個計畫每處環節，從原世界轉移到巨人島、召集陣到最後一連串捕捉黑術師、打開通道強制捕捉裂川王等等……必須用上各式各樣大型繪陣，還有不少古代陣法交織其中，又得短時間內完成，中間他們這些偷偷摸摸聚集的人眞的是無時無刻做得想死。

好不容易才在外界不知情的狀況下打造出整個大術，交由比較不會被注目的羅耶伊亞兄弟帶出，也幸好殺手使用的空間走道和一般人不同，沒引起任何注意，這才驚險地開始設置全部計畫。

黑暗同盟席捲整個守世界城鎮後，公會一度陷入人手不足的情況，畢竟公會本部也被攻擊得很嚴重，且還要兼顧外來的求救，幾乎每位袍級都要拆成兩、三個人用。

穩定好負責的小鎮後，阿斯利安出發去巨人島時其實有些晚了，意外的是聽見這傳聞、且執行相同任務的休狄不像平常一樣阻攔他，反而調動自己奇歐妖精的軍隊來接手保護小鎮的工作，然後帶上一隊精銳，二話不說和他直接回應白色請求趕至巨人島。

如果不是兩個人一直在一起執行公會任務，他還眞覺得這王子可能被湖水女神換過，不然就是失憶了！

「我只是不爽那些獵殺隊敢用命令的語句要我們奇歐妖精配合獵殺。」休狄冷哼了聲：「算什麼東西，本王子要做什麼，輪不到外人指揮，他們以爲他們是誰，手也伸太長了吧。

而且本王子和學校合作也不是一、兩天的事情，外面不知道哪來的怪東西要打狗至少也看主人。」

有點想吐槽對方其實你也不是狗主人，不過阿斯利安還是忍笑憋住，趕緊喝了一口茶掩飾笑意。「不管如何，就是謝謝你了。」

他其實一直覺得要讓眼前的王子殿下改變某些冷血想法和行為很難……但是，或許其實並非那麼難呢？

如果對方終將撫平內心的傷口，那麼應該也可以緩緩地與那些痛苦和解，用另外一種目光去對世界生命友善。

到那時，身為狩人的他，能夠更好地指引前路嗎？

又或者，說不定到那時候，王子殿下已經自己找到了那條道路，並不需要他的幫助了。如果真有那麼一天，他必定會欣然樂見對方坦然行走。

「少在那邊自以為是，我沒有想要你道謝的意思，你太弱了只會冒冒失失跑去送死，我對戴洛無法交代。」休狄頓了下，下意識抬頭看了眼對方的表情，莫名其妙地發現青年居然沒像平常一樣沉下臉，反而似乎心情不錯，他有點搞不懂，不過看起來沒生氣也就算了。「你沒那個能力就少往危險的地方跑，只是個紫袍，少越界。」

「不過如果時間倒流，我想我還是會去的。」阿斯利安笑吟吟地看著僵了一下的黑袍，忍不住加深笑意，然後有些半故意地回問：「你也是，對吧？」

「……囉嗦！」休狄轉過頭，惡狠狠地罵了句。

阿斯利安笑著咬下煎餅，答案其實不用說出口，他們兩個心知肚明就夠了。

過了一會兒，休狄想了想，決定換個話題打斷房間裡面那抹似有若無、好像在看他笑話的氣氛。正好這個也是他想很久的謎，雖然說是在戴洛沒防備時下的手，但戴洛畢竟也是個黑袍，照理來說不可能這麼快就被得手，所以那陷阱裡還有其他必定能夠補捉到戴洛的因素。

「你那時候對戴洛用的是什麼術法？我是指多加的部分，不要用給外界的解釋糊弄我。」

聽見對方的詢問，紫袍有點狡猾地眨眨眼睛，似乎有點無辜地開口：「也沒什麼，其實就是多加了點血進去……我的血。」

這麼一說休狄立刻明白了，難怪戴洛會栽，換句話說其實阿斯利安這手段是真的對他哥很陰險，血緣的術法是最難以抵禦和消除的，而且還是至親血脈。

「下次別再用這種作弊的手段。」休狄搖搖頭，不知道該怎麼定論這對兄弟，總之如果這是他弟弟，他很可能會先把對方打一頓再說，也就只有戴洛那種好脾氣才忍得下去。

阿斯利安敷衍地應了兩聲，連忙繼續吃小點心。

那次之後戴洛的戒心提高了不少，短期內大概很難再設類似的陷阱抓他，恐怕還得重新想新的才行。

正在思考下回該用多久時間準備，外頭就傳來敲門聲，三下之後門扉自動開啓。能這樣開他們的人不多，正好就是剛剛被談論到的黑袍兄長。

「嗯？休狄也在？」逕自踏進房間，戴洛有點意外地看著和平地正在吃吃喝喝的兩人，沒想到今天不是看見三言兩語就緊繃的爆炸氣氛，某王子看起來甚至還有點放鬆的姿態，可見他進來之前兩人的談話氣氛很正常。

阿斯利安站起身，先去幫他哥拿新的杯子與點心盤。

「你來幹嘛？」休狄皺起眉。

「……我來我弟的房間沒問題吧？」戴洛一臉莫名地在旁邊坐下。來自己弟弟的宿舍還被一樣不是本地居民的人問來幹嘛，好像哪裡怪怪的。

「有事情嗎？」端著茶水出來，阿斯利安順便把桌上的茶壺拿去重新沖過。「你不是這兩天回狩人族內嗎？家裡應該還好吧？」

與外界一樣，狩人一族當時也發生了遭到鬼族襲擊的事故，不過狩人一族散布在廣大的荒野當中，如果不是熟悉他們的足跡，通常很難找到他們的族群，所以能夠在第一時間躲避鬼族的攻擊，算是比較少傷損、還有餘裕幫助他人的種族之一。

「沒什麼事，你就放心養傷。」雖然這麼說，戴洛還是仔細端詳自家兄弟，覺得對方氣色算不錯，應該過兩天就會到處活蹦亂跳了。

這次黑火淵的解藥來得眞的很及時，得知黑色脈絡的水珠被應用在戰爭中時，他一度很擔心阿斯利安的舊傷與壓抑的毒素會二度爆發；雖然這麼說不太好，但冰炎適時地移走阿斯利安身上小部分毒素，替他控制在短時間可承受的範圍內，他還是非常慶幸且感謝。

他眞的很不想看見阿斯利安再因爲那些毒害受苦。

外人不清楚，但他知道自己的弟弟吞下多少痛苦，爲了讓他們安心，甚至身體有其他狀況也都忍耐著偷偷找醫療班，他這個當哥哥的也被瞞了許多事情，至今還不能百分之百清楚他弟到底藏了多少。

一想到這些，戴洛就覺得心臟很疼痛，很多事情也不想特別去追究，覺得人好好地活在他面前就很足夠了。

「我眞的沒事，你們不用想太多。」看著戴洛的表情，阿斯利安多少知道對方的心情，只能在心中暗暗嘆息，然後開口：「你回來時去過公會嗎？對妖師一族有什麼進一步消息？」

「啊，雖然還沒有明確公布，不過黑袍這邊已經有共識嚴禁對妖師一族主動出手，資深黑袍們出面維護妖師一族的權益，這點我想紫袍方面也一樣。」過來之前確實有特地走一趟公會總部，一方面是回報手邊任務，另一方面就是確認公會與現役袍級們的反應。但是戴洛認為，這件事其實不用確認也已經有結果，畢竟當時在沒人委託下，公會總部直接發出命令要求已經解除危機的袍級們前往協助，並與鳳凰族聯手到巨人島接手這場沒有頭領的戰爭，那時就已經徹底表態公會所屬立場。

不畏懼古老白色種族的獵殺令，只為了友善的世界種族、不論黑或白的生命權益而戰。

更何況比起某些人，參戰的人都更能明白當下對付黑暗同盟的急迫與意義。

畢竟讓鬼族和妖魔佔領巨人島，並從那裡製作根源、打開邪惡通道徹底進攻自由世界，怎麼說都比目前友善的妖師一族現世嚴重更多。

更別說妖師一族本已自願沉寂數百年，想要反攻世界其實早就可以反攻了，不用大費周章地銷聲匿跡只求生存，近期多次出手直至曝光也不是他們的本意，戴洛不認為公會要站在敵對的立場去壓迫他們。

「紫袍目前也都是同樣意見。」阿斯利安雖然暫時在休養，不過紫袍的訊息管道依舊暢通，巨人島戰事雖然停歇，然而各地的討論並未停止，那些被刻意散播的謠言、意圖掀起的對立，如同第二把火，已在整片大地點燃。「之後會有好長一段時間，公會要倍受質疑了。」

對於他們這些戰鬥袍級而言，雖然當時在巨人島打得很爽，但事後各界的質疑聲浪必定會鋪天蓋地湧來，首當其衝的就是帶領他們的公會總部。

重柳族是古代大族，奉獻生命站在前線，如最銳利的刀刃刺穿邪惡保護世界，自然得到非常多白色種族的敬重與支持；在這狀況下公會還與獵殺隊意見分歧，事後被各白色種族追究質問已不可免，如果再嚴重一點，很可能還會動搖公會千年來好不容易樹立的威信。

戴洛笑了下，伸出手摸摸自家兄弟的腦袋。「這就不用你擔心了，總部也不是放置好看的，公會能有今天的成就、袍級們得以出入世界各處，也是經過很多角力周旋，能做到這樣就表示公會有力量處理、也不會輕易被動搖，你只要好好養身體，相信我們選擇效力的組織就行了。」

「沒錯，少在那邊動歪腦筋。」休狄覺得其實這傢伙根本沒在反省對他哥伸出爪子的事，說不定還打算用這段靜養時間去思考要怎麼改善下次捕捉他哥的計畫。

「總之，趁這短暫平靜的時間好好休養，接續而來的事情還有很多。」

拿起茶杯，戴洛不由得將視線轉向窗外，想起了今天在公會總部聽見的另一件不能往下公布的內部情報。

未來嗎……

他只求阿斯利安，還有年輕的孩子們都能好好的。

無論如何，都希望他們能好好地、活下去。

未命名小餐館

「這是什麼怪名字。」

盯著上頭懸掛著要掉不掉的小木招牌，西瑞呸了聲，盯著手上發給他的怪模怪樣邀請函。這是巨人島事件過後，原本他被逮住關在醫療班治療，後來被轉送回羅耶伊亞本家，費了點工夫逃出來後莫名其妙送到他手上的東西。

來路不明、用意不明，精緻的淡金色邀請函上只蓋著一個黑色楓葉的印記與一個傳送陣，鬼都不知道是誰發給他的。

「唉呦，充滿好像可以找到屍體的氣味啊。」

聽著熟悉的聲音，西瑞轉過頭，並朝身後滿腦袋都是頭髮的男人翻了一記白眼。如果早知道這個傢伙會來，他才不管這個神經病邀請函。

九瀾兩指夾著同樣的邀請函，由遠走近，很有意思地對那塊破招牌嘖嘖了兩聲，「未命名小餐館？西瑞小弟，你要來這麼有意思的地方可以找我一起來啊。」

「滾，大爺才不想理你。」

「臭小子，想想你都把身體抵押給我了，我當然要確保一下屍體的完好啊。」九瀾陰森森地笑了起來。

巨人島之戰前夕，先來請求幫助的可是眼前的小弟喔。

妖師一族重返世界的消息過於震撼，先前已經讓很多種族惶恐不安，一些比較避世古老的種族更是祭出極為不歡迎的態度，他們還沉浸在過往妖師掀起歷史戰爭與摧毀生命的恐懼、迫害中，難以從中拔離。

特別是真正經歷過千年前戰爭的老者，至今都還記得妖師與鬼族聯手的恐怖，甚至西丘精靈們悲劇般的死亡都還印在他們腦海裡，要讓他們改變觀念，敞開雙手去歡迎黑色種族，大概比捏碎他們心臟還要可怕。

然而他們這些原本就是在黑暗世界走跳的殺手族群根本不鳥那些白色規則，也不管他們到底要怕啥。雖然血液混的是光明種族，但被厭惡這點倒和妖師不相上下。於是他們遇事的思考模式絕對不是去找白色種族求援，而是找「自己信任的人」來幫忙。

這就是一、兩個月前，西瑞為什麼會出現在九瀾面前，破天荒請他幫助的原因。

那個妖師朋友這麼重要嗎？

當時九瀾在心中有點疑惑，確實他以前也沒看過自家小弟喜歡抓著哪個外人去搗亂，幾乎都是自己玩居多，不然就是看奇怪的電視和亂打人；上高中後才出現個褚冥漾會讓他時不時稱兄道弟，這讓他有點意外了。

說那小孩很強嗎？

不，他一點也不強，雖然帶著的血脈力量不弱，但本人完全不懂發揮，簡直像個揹著凶器的嬰兒一樣亂七八糟……其實這種人不在少數，因爲有許多古老種族擁有傳承的血脈力量，通常混血混到原世界去的話，有些會在千百年後歷經種種原因而變得不知曉身負怎樣的血脈，卻在許久後突然甦醒，這種案例不算罕見。

醫療班中就有一門是專門幫這種人調整身體狀況，以免覺醒過於突然力量太強自爆……這眞的出現過，而且還不是單一案例，平均來說差不多一、兩年就會發生一次，有時候自爆就算了，最糟糕的兩種狀況就是扭曲變形和捲入眾多其他生命，而且溢出的力量還會被邪惡盯上，危急狀況不搶快處理都可能變成個大妖怪還是鬼王啥的，超級棘手。

所以他覺得那妖師小孩的狀況並不算特別，只是因爲西瑞比較在意他，於是九瀾也多少留意起這個平凡無奇的小孩。

沒想到有一天，那個暴衝不回頭的西瑞小弟會有爲了別人低聲下氣來求他的時候。

——因為你比較強。

可以徒手打敗紫袍的西瑞終究還是承認了雙袍級的兄長更強，且他也只放心尋求他的幫助，而不是其他兄弟姊妹。

殺手家族在這件事上基本沒有表態，更多時候是族長不想去蹚白色種族的渾水，他們父親認為殺手一族只要踏足在黑暗中就好，不用去和世界種族攪在一起絆手絆腳，老早就下了禁止接觸的命令。

不過九瀾本身很無視家族命令，正確來說如果想要按著他腦袋讓他遵守家規，他就會先把按他頭的人抽光全身骨頭，所以家族包括父親根本沒人敢隨便管他，西瑞會來懇求他也有這個因素。

為了說服他，自家小弟還很彆腳地說啥六羅的事總是要還人家恩情，囉哩吧唆了一堆後，可能是怕他不願意，最後連死後屍體都當作酬勞要讓他出手。

其實不用屍體，九瀾當時還是會幫忙的，畢竟大戰打起來，那滿坑滿谷各路妖魔鬼怪的屍體就夠他興奮上好幾天，不用求他他都會跑去啊！但人家都把自己死後的屍體送上門了，他當然也是樂於收下，多一具總比沒有得好，況且還是他垂涎很久的小弟屍體，絕對是要拿的！

於是先行原世界的九瀾和西瑞走著殺手的通道，沒被任何人發現，一個去了褚冥漾的家，一個潛行在整個社區中設下大陣的隱藏術法，等待交手那日到來。

之所以必須是九瀾，和設置這些術法有關係，做這些工作的確眞的是要有相當程度和力量的人才行，他的雙袍級就是最好的保證，就算其他人平常再怎麼覺得他詭異，他的能力都擺在那邊。

「臭老三，你在發什麼呆！」

回過神，九瀾看著臭著臉的西瑞一手搭在破餐館的門口把手上，推開了有些老舊的木門正打算要踏進去。

未命名小餐館門後發出了怪異的喀喀聲，好像有什麼在後頭磨牙齒，接著喵的聲，豎著一身雜毛的老黑貓跳起，不友善地往客人咆哮了兩聲，甩身扭著有點圓潤的屁股走開了。

西瑞罵了句什麼鬼東西，抬頭看到這間小餐館是眞的不大，裡面只有六張桌子，大多是四人座，最末兩張是六人桌，所有桌子彼此間隔有些距離，像是要留給客人們更多空間似的，可惜餐館裡很陰暗，看不出多久沒擦的窗戶透不進多少光線，壁面上充當照明的幾根蠟燭光也相當微弱，坐下來搞不好連餐盤裡的菜有沒有蟲在扭都看不出來。

又黯淡又不怎麼乾淨，所以理所當然沒什麼客人，只有最裡頭的那張六人座坐著三個人，全都披著斗篷帽，點了一桌飯菜，木造的大啤酒杯有五個，其中兩個就擺在空位上。

西瑞和九瀾對看了眼，一前一後筆直走向那張桌子。

從進來開始他們就發現了，這餐館裡不但沒有其他客人，就連老闆都沒有，廚房方向一片安靜。

九瀾大剌剌地坐下，彈出他那張邀請函，啪的聲掉在那三人之間的桌面上。

「那麼，請問鬼楓崖的血靈對殺手家族發邀請函有什麼用意？」

西瑞看了眼兄長。

他沒聽過這個地方，不過血靈他倒是聽過，也是個黑暗種族，幾千年前曾是妖師一族麾下的黑暗騎士之一。如果說當時夜妖精為妖師一族導讀黑暗，那麼血靈一族就是服從於黑暗首領的血妖精戰士。

傳說他們最開始的起源是戰爭——久遠時期的一場場戰爭中，不論邪惡或光明皆血流成河，那些悲慘逝去的生命和殘留的力量碰撞，終於形成意識，產生出生命，自誕生就帶著悲哀的黑色血淚種族；雖然數量不多，但在全盛時期他們的攻擊力並不比某些大種族弱，甚至還強過頭，據說一名血戰士就能徒手應付一整支小軍隊，加上天生帶有死亡和血腥氣息，讓很多白色種族避之不及，唯恐被死氣攀附。

不過在妖師一族殞落時，血靈早就消失很久了。

西瑞也是從家族的書庫翻到這個傳說種族的相關介紹，還想過可惜對方已經消失許久，不然可以打一場看看到底有多強。現在看起來，他家老三貌似早就知道血靈還存在的事情，而且很可惡地沒有告訴他。

「喔，我跟他們批發過屍體。」九瀾看出自家小弟臉上大概掛了幾百個問號，語氣輕鬆悠閒地解釋：「經常有白目冒險者想找傳說的血靈，所以先前透過管道，批了幾具冒險者的屍體回來，雖然沒有正面接觸過，倒是『貨物』上看過這個印記。」

「……」西瑞這瞬間沒興趣知道他們怎麼認識的，直接在另一個空位坐下來，掃了一眼桌面，準備好的菜色倒是不差，大塊大塊的烤肉小山般堆滿了三個大木盤，熱騰騰的肉汁填滿木盤隙縫，飄著打從一進門就嗅到的濃郁香氣。烤肉旁邊也是好幾盤佐著菜的肉類料理，然後一盆堆疊的新鮮水果，相當投其所好地都是獸王族喜歡的食物。反正看來就是爲他們準備的，西瑞也不客氣直接叉了大塊肉爽快地吃起來。

三名拉低斗篷帽看不清面目的血靈互看了一眼，才由中間的人開口，蒼老的聲音從帽子底下傳來：「血靈族已經沒落，我們是最後的血靈，戰爭開始淨化怨氣與血河後就不再有新的血靈誕生。巨人島戰爭我們曾在遠處觀望過，也追蹤了妖師一族的消息，只是我們不再具備能夠輔佐妖師的強大力量，無法走到眾人面前。」

說著，血靈揭開了自己的帽子，在兩名年輕殺手面前露出面目——那是張極其衰老的面孔，布滿皺紋的蒼白臉上半張臉有血色刺青，大概是因為歲月的侵蝕，原本應該要如同鮮血的色彩已經黯淡，如同老者好像隨時會消失的生命一樣敗弱。

「……我聽說血靈的力量會在血河中輪迴重生，你們多久沒接觸戰爭了？」九瀾挑起眉，醫療班的訓練讓他立刻可以看出眼前的血靈基本上已經快要走到生命盡頭，這就像人類沒吃飯一樣，這些血靈估計很久沒有碰戰爭，得不到力量泉源，即將餓死。

「妖師一族當年為了讓我們避禍，送我們至隱居地後希望我們不要再被追捕、也不要牽扯進戰事，從那日至今我們謹守妖師一族的祈願。」老者巍巍顫顫地說著。

「哇靠，你們腦殘嗎？所以你們幾百年沒泡過血河？」西瑞有點目瞪口呆地看著老血靈，覺得自己剛剛好像聽到什麼白痴發言。「不想打的話等他們打完再去泡血也可以吧。」

「我們不會違背妖師的命令。」老者複述自己的想法。

西瑞翻了個白眼，覺得這種老人不會變通，難怪會餓到現在。

要知道現在吸血鬼就算不咬人，也都已經可以找到血庫還是獻血者了啊，根本光明正大在吃東西。

「西瑞小弟，他們也是有苦衷的。因爲血靈出生自戰爭，所以對他們來說最好的生存方式就是血雨腥風，最新鮮的悲憤血液才可以補充他們的力量，換句話說他們的確就是戰爭種族。不過呢，現今大小戰爭都會淨化戰場，不管是亡靈還是怨氣，多數都會盡快處理以免異變，他們不參與戰爭也不表示身分的話，確實很難第一時間站在血流成河的戰場裡面。」九瀾從水果盆裡挑出個血色的小果實，在指尖把玩。「不然他們就得投奔邪惡，對那些妖魔來說，每天沐浴在血裡面就是家常便飯了。」

但是看來他們也沒投靠妖魔，眞的隱居在鬼楓崖不出世。這就讓人想起前陣子的夜妖精，難道妖師手下的幾個黑色種族腦袋都特別僵化的嗎？

「是的，我們目前僅剩較年輕的幾位，倚靠的是外來冒險團隊襲擊我們所流下的血，因爲珍貴，所以只能供給少數人。」老者低下頭，一點也看不出曾經馳騁戰場的樣子。

「這和你們找我們有什麼關係？要幫你們聯絡妖師嗎？」西瑞嚼著烤肉，想著如果這樣其實也不難啦，打個電話叫人出來就好了。

「不不，我們如今力量微薄只會扯後腿，會找兩位是巨人島事件時，我們得知兩位是先行保護妖師一族的人，另外就是這位的幻武兵器……」老者看了看九瀾，繼續說：「和我們血靈先前無意間得到的一件物品很相似，如果兩位不介意的話，是否要移駕鬼楓崖一趟？」

「不去。」西瑞嘖了聲，咬碎嘴裡的骨頭。「找老三就算了，干本大爺屁事。」

「西瑞小弟都說不去了，那我也……」九瀾聳聳肩，還是友好地舉了一下水杯。「不過賣屍體一樣歡迎啦。」

三名血靈對看了一眼，老者咳了聲：「其實我們自巨人島離開之後，路上碰見有個小村莊正在被食魂死靈襲擊，於是我們出手捕捉了那頭死靈野獸，目前食魂死靈完好無損地被我們囚於鬼楓崖中，但我們不具備分解的知識，如果兩位願意去協助處理是最好不過了。」

一聽見食魂死靈，九瀾眼神秒變：「我去！」

「靠！不要動搖啊！」西瑞看著一秒被屍體收買的白痴，很無言。

「那就請兩位盡情地用餐之後，移駕鬼楓崖吧。」

老者鬆了口氣，那張滿布皺紋的面孔像是終於放下心，緩緩地有了些微舒展：「必定不會讓兩位失望的。」

九瀾盯著老者，同樣露出了意味深長的笑容。

「我也很期待。」

藥師寺本家

「眞的很抱歉，夏碎少爺確實已經離開本家，並未告知去向。」

看著面前有些氣急敗壞的雪野家少主，負責接待的中年女性相當有禮地告知對方。

巨人島事件開始時，他們所屬的藥師寺本家多多少少也遭遇到一些襲擊，不過替身家族的目標比較小且地理位置隱蔽，不像外界那些力量強大的種族如靶子般明確，所以損傷相當小，並沒有太過嚴重的傷亡。

然而還是有幾位同族回歸了安息之地……原因無他，同族們的犧牲是因爲替身之主遭到了攻擊，死亡轉嫁過後，保全了更重要的人。

大老遠跑來堵自家兄長的千冬歲看了眼廳外掛起的白幡，也只能先嚥下焦急，緩聲地說道：「那如果我哥回來，請妳一定要立刻通知我。」

實際上，眼前這位雪野家的少主和他們沒有太多關係，並沒有必須向對方報告自己侍奉少主去處的責任。女性總管在心中思考了下，微斂精明的眼眸掃過少年臉上極力遮掩的擔憂，才回應：「好的，若是少爺返回，我會請少爺盡快聯繫您。」

千冬歲點點頭，內心也知道這些交代沒用，夏碎如果有心開溜，就算總管好意通知他，他很可能還是抓不太到人的，只能說因爲要解除黑火淵毒素折騰掉他好一段時間，讓他哥有充裕的時間準備跑路。

再逮不到人的話，最後也只能等學校重新開課時去找了。

匆匆自藥師寺本家離開後，千冬歲有點無奈，想著不如往紫袍總部走一趟看看，沒想到卻在轉移後碰上意外的人。

同樣要進入紫袍本部，在附近轉移點出現的是讓人聞風喪膽的紫袍巡司。

「欸？你不是漾漾的同學嗎。」單手扠著腰，穿著便服的褚冥玥站在原地挑起眉，看著同樣一身便服的少年。擔任巡司讓她幾乎記得負責範圍的袍級們的資料，更別說是出現在她弟身邊的幾名好友之一了，老早把他們查了個底朝天，很多該知道的不該知道的都挖了。「你從醫療班跑路的嗎？我記得被影響的第一批人員扣除掉在特定地點靜養的，其他的應該都還不能出醫療班吧。」也就是因爲這樣，他們才會都穿便服，表示還未眞正執行任務。

褚冥玥本身是家族因素還在休假中，她面前的紅袍原本應該是還沒被醫療班解禁，所以處於傷假不能接任務。

注意到對方時，千冬歲心中默默地浮現「麻煩了」這三個大字。

比起妖師，他更不喜歡對方巡司的身分，公會裡肯定很多袍級和他一樣。

要知道對方如果單純只是妖師，他們是可以揍的；但是當對方是個凶暴的巡司時，誰揍誰倒楣，還會被重點「關注」，未來有好長一段時間出任務都不能任意爽快碾，超級綁手綁腳。

監督公會的巡司很多，偏偏他同學的姊姊是最麻煩的那個。

硬著頭皮，千冬歲行了個禮：「妳好，漾漾最近好嗎？」

「喔，就那樣，好像靜養幾天就開始亂跑了，大概和你現在一樣。」褚冥玥停頓了下，上下打量著全身皮繃緊緊的少年，似笑非笑地開口：「不用緊張，我還在假中，但是如果我現在披著袍服，你大概會直接被我踹回醫療班，從醫療班逃獄、增加治療師工作量的傢伙得記上一筆扣分。」

「沒增加吧……」千冬歲心虛地低下腦袋。

「抓你們不算增加嗎？加厚牆壁不算增加嗎？我正打算提議巡司部，未來逃出醫療班的傢伙們都該加倍扣點，才不會莫名其妙增添醫療班額外開銷和人力浪費。」瞥了眼好像想找個洞把自己埋住躲起來的紅袍，褚冥玥勾起了讓人驚艷卻又抖到骨子裡的美麗冷笑。「算了，我還在放假呢。所以你到這裡來幹嘛？找誰？」

聽到這邊，千冬歲才悄悄鬆了口氣，這表示麻煩的巡司暫時不找他碴了。

另一邊的褚冥玥則是感覺有些好笑，因爲眼前的紅袍平常也是個小麻煩，在校時常和師長們對槓，不過來到這邊也就像個被拔了爪子獠牙的小老虎，乖乖地縮在一旁。

「你是來找夏碎的吧。」收起戲弄對方的語氣，褚冥玥雖然和這小子不特別熟，但是他們兄弟的事情多少還知道一點。「他不在這裡。」

「妳怎麼知道？」千冬歲皺起眉，想著又得換個地方找人了。

「我剛從你們學校來，去幫我弟辦一些手續，出來時在校門口遇到你哥。」因爲褚冥漾的狀況特別，所以褚冥玥還是親自走一趟替那個笨蛋弟弟去學校做了些善後工作。幸好先前願意幫他背書的袍級不少，所以流程很快就辦完了。

千冬歲沉默了幾秒，他是從學校出來的然後轉向藥師寺家，就這麼剛好錯身而過。「謝謝妳。」說完，直接扭頭打開陣法，準備在最短時間內趕回學校，以防兄長又到處跑了。

「欸……」

還來不及喊住人，褚冥玥看著已經空無一人的位置：「你哥也是要離開學校啊。」

算了，反正他回去找不到人就會發現了。

※

「請問是褚小姐嗎？」

聽見聲響同時，褚冥玥回過頭，正好與朝她走來的白袍水妖精對上視線。這些人她記得，先前在巨人島上他們也是回應了支援的人們之一，不過在那之前他們就已經和那個笨老弟私交不錯了，有陣子那笨蛋還和其中兩人經常去找水精之石。

但更早之前，他們在大競技會上捨命救了那笨蛋，這份恩情其實還沒償還。不論如何，褚冥玥對他們的印象非常好，原本就有打算找個機會與他們接觸。

「三位葛蘭多先生。」她勾起微笑，姿態優雅地向先行禮的三人回禮，同時感覺到今天來紫袍本部的貌似都不是紫袍們啊。「先前的事情還未正式前往道謝，多虧你們經常照顧我家那個笨老弟。」

走到對方面前，伊多回以柔和的笑容，並行了一禮。「應該說我們受到他許多幫助。不過我想或許不用特別說哪些幫助爲大，或者誰虧欠了誰，今後繼續相互扶持，也是相當好的選擇。」

褚冥玥知道這是對方體貼地不讓她再多說什麼歉意或是欠人情的話，也就收下了這份友善好意。「過陣子穩定後，有榮幸邀請幾位來妖師本家作客一定是最好不過了。」

「我們也相當期待。」

寒暄了幾句之後，伊多等三人送走還有事待辦的褚冥玥。

「巡司其實本人的確比傳聞中友善很多。」雷多環著手，咧了笑。雖然對巡司還是很忌憚，不過那也是對方執行任務認真的表現，私下就顯得很溫和好相處，而且就他的審美眼光來看，這位巡司還是眞眞切切的大美人，不僅外表，她的力量也強大優雅，讓人想讚歎幾句。

「我也滿想去妖師一族看看的，大概沒幾個人可以收到傳說種族的邀請，肯定很有趣。」

雅多看了眼雙生兄弟，並不想和他一樣在那邊歡樂，只是略有憂心地看著兄長：「你確定眞的沒有危險性嗎？」

「嗯，預見指向的位置是這裡，而這是紫袍本部，我想再怎麼會出問題，也不會出在公會的地盤，放心吧。」伊多伸出手，張開掌心，幾滴水珠在空中轉動著，散出淡淡銀色的光芒。水鏡修復後雖然還要好一陣子才能完全恢復力量，不過一些比較小的預見倒是已能窺見，就是不太清晰。

巨人島事件後，水鏡不斷出現同一個預兆，沒有古謠也沒有吟唱，只是一個小小的畫面。

伊多小心地取出被術法包裹住的水精之石，這和雅多他們去尋找的那些不同，是褚冥漾先前遇見疑似水族的人贈予的那批其中之一，在水鏡開始閃爍預兆後，跟著指引，他們才發現當時的水精之石裡有一顆不太一樣。

力量被抽出運用在修復水鏡後，其實大部分水石便無用崩解了，少部分留下的幾顆也因爲失去力量而黯淡下來，僅能作爲一般的裝飾。

雷多拿了剩下沒力量的幾顆石頭嵌進他的藝術牆壁，他們把石頭從石板牆上摳下來時才看見異狀——其中一顆的背面隱約浮現出前所未見的圖騰，那是個近似魚的圖案，但看起來又有些像某種奇異的野獸。

伊多和雅多翻遍所知記錄都查找不到關於這圖騰的資料，問過幾個水系種族同樣毫無結果，就在這時候水鏡又有了新的指引，若隱若現的預見當中，出現的卻是公會紫袍本部大門，這也就是他們這三名白袍站在這裡的緣故。

正想著接下來是不是要進紫袍本部問看看時，一名身著袍服的紫袍揹著手從裡頭走出，看見他們時也微愣了下，接著目光停留在伊多手上的水石。

紫袍很陌生，至少在各種任務及公會年度集合時，伊多三人完全沒見過這名袍級，外表看起來似乎是很年輕的棕髮男性，但透出的力量氣息可以得知對方的年齡絕對在他們三人之上，可能還年長許多，身材略微壯碩，高了他們一個腦袋，五官相當深邃好看，帶了一絲奇異的迷惑氣息。

伊多見對方目光沒離開，便有禮地迎了上去：「您好，我是白袍的伊多．葛蘭多，請問您知道這塊水精之石的來歷嗎？我們正打算詢問紫袍本部。」

約莫二十出頭外表的紫袍這才大夢初醒般回過神，咳了兩聲開口：「失禮了，我是新任紫袍羅貝斯特，幻水魔一族，今天正式報到並接取任務。」

「黑色種族？」雷多訝異地上下打量青年，這人把自己的黑色種族氣味收拾得很好，如果不是主動開口，可能不會猜想到他是魔族，更別說他剛剛還表現得滿有禮貌。

「其實是混血，我的母親是海族，與三位還有點同系淵源。」紫袍看著水妖精們，不由自主地湧上點同樣水系的親近感，語氣也客氣很多。「我是意外水妖精們手上的水石……雖然已經失去力量了，不過這塊水石上的刻印的確是我們幻水魔曾經用過的種族古印。」

伊多與雙生手足對看了眼，然後在對方禮貌請求下將水石遞過去。

紫袍看了好一會兒之後，就將石頭交回。「沒錯，這是我們的古印，不過好幾千年前已廢棄不用了，現今的幻水魔族印是另外一種，幾位手上怎麼會有呢？」

「先前我們水妖精的聖物被破壞，這是友人代為尋回的水精之石，我們也不清楚為什麼會有這個刻印，因為得到指引才想來紫袍本部詢問看看。」伊多並沒有從對方身上感受到不善的意念，而水鏡也相當安靜，看來指引就是指眼前這名混血魔族了。然後也大略知道為何他們先前會查不到相關資料，因爲他們查的全都是白色種族，並沒有往妖魔鬼怪這些族群尋找。「族印應該是代表整個種族的驕傲，爲何幻水魔會在數千年前拋棄族印，改用別的呢？」

「我也不太清楚，畢竟是數千年的事，我再怎麼比三位年長，也只是個百歲混血魔物。」紫袍微笑了下，示意伊多等人一起往旁邊的綠林走道散步，以免在紫袍本部門口太過顯眼。「如果你們有興趣倒也是能說個一二，不過我知道得很少，畢竟回白色世界時我比較常在海族生活，不介意這點的話。」

「那就麻煩您了。」伊多微笑著回應：「作爲報酬，請您提出想從我這邊得到的物品。」一般妖魔不會那麼好心地表達友善，會這麼主動多半是有所求，這點他們很清楚。

雅多皺起眉，立刻拉住兄長的手臂：「代價我來支付。」

「我付就好！」雷多馬上搶道。

「等等，你們別緊張，我的要求不多，畢竟大家都是公會的人。」紫袍看著那兩名雙生白袍都快變得像發飆的河豚了，失笑地往那名從一開始就和他交談、明顯是三人之首的白袍肩上拍了拍。「你的身上還殘留某種黑色毒素，我想取個樣。」

「這不是問題，如果僅是這樣，那便請您述說關於族印的事吧。」伊多微笑了下。他身上的殘留毒素還眞沒什麼，醫療班那邊爲了治療也取過很多次，對此有興趣的人並不少，幻水魔如果想研究也很合理。

紫袍收回手，假裝沒看見雙生子好像想要撕他皮的不友善目光，與白袍悠哉地在林道中散步慢行。「我聽長老們說過，數千年前幻水魔一族是比較親近白色種族的魔物，我們與水族起源相同，當時生活在自由世界的黑色海洋，不過經歷過許多戰爭後，幻水魔數量驟減，才遷移至妖靈界休養生息。遷移之前使用的都是你手上那個古老族印，到了妖靈界便改爲現在使用的族印。」

「會讓幻水魔刻意避回妖靈界是什麼原因？」伊多聽出對方話語的弦外之音，他的意思是幻水魔經歷過某些巨大打擊的戰鬥，慘烈到幻水魔的數量幾乎快滅絕，所以才躲進了黑色世界，這麼推算起來，估計當時打得他們差點滅族的應該是白色種族了。

「據說當時幻水魔救了一名擁有自我意識的高階鬼族，但是不知道爲什麼立刻就被白色種族襲擊了，結果差點整族全滅，直到白色種族殺了那名鬼族後才退兵，後來族印就改了。」紫袍聳聳肩。「那個鬼族好像被殺得屍骨無存，長老他們老是說白色種族對我們黑色種族有什麼血海深仇一樣，當時被殺害的族人也全都灰飛煙滅，至今找不到我們必須被消滅的原因。」

「這就是您來到公會的目的？」伊多看著表情認眞的幻水魔，問道。

「是的，雖然是從小聽到大的傳聞，不過我確實很想知道爲什麼我們幻水魔會差點被滅族，還不得不改族徽。」被滅、改族徽這種事情其實相當恥辱，這表示他們屈服於死亡與凶手的惡意之下，想要躲避敵人的追殺才改變了他們的驕傲印記。「不過當然也是對公會嚮往，畢竟在海族中，許多族人也以進公會爲榮。」

「那名鬼族有名字嗎？」伊多在心中思考著，雖然與黑色種族不合，但白色種族不會無緣無故去滅殺和白色種族親近的黑色種族，更何況他們也是這個自由世界所生。

「這個我就不太確定了……當時他好像自稱是……千種？還是千眾？得回去問問長老他們，你們有興趣的話，可以來我們幻水魔一族作客。」紫袍伸出手，摸了下伊多的臉側，在上面點出一個小小的妖魔記號，接著加深了魅惑般的笑容：「放心，既然是我的客人，我就不會讓族人吃掉你們。」

「你們敢來嗎？」

夏碎看著眼前的古老大宅，關閉了身後的空間走道，順帶隨手清除了些屋外不太乾淨的雜質。

四日大戰前，因爲褚冥漾遠避到獄界，他那不知道皮肉痛的搭檔和妖師們建立起合作關係，所以得到了能夠進入妖師一族的座標與許可，後來由於要製作大陣法和連繫，妖師首領也允許他能夠自行前來，算是給了他們極高的認可與禮遇。

——要知道妖師本家就是妖師一族的核心命脈，也是能更掌握世界兵器的存在，很可能連他們旁支分系的族人都不一定知道本家正確的位置。

所以夏碎其實有些疑惑妖師首領爲什麼會連他都允許進入，他的實力不強，比起自家的搭檔差距過大，他本人都沒把握如果遇到可怕的強悍對手時，有沒有辦法能夠不讓對方取得記憶或洗腦，這讓他對於這種要命的認同有些糾結，甚至受寵若驚。

然而他搭檔現在不時在此處出入，他也只能硬著頭皮跟上來找人。

敲開大宅的門，踏入後氣氛一改，令人沉澱平和的安穩空氣迎面而來，綠意盎然的綠色庭院散發著芬芳的氣味，小幻獸在矮樹叢中嬉戲竄動，頗有種歲月靜好的恬淡悠閒。

「遠道而來辛苦了，快進來吧。」迎出來接人的辛西亞親切地走上前，接過對方遞來的伴手禮，聽說是相當有名的茶點，她便笑著說：「正好，然說你們今天都會來，所以讓我找出雪妖精每十年才能摘採一次的冰露茶葉，我想肯定會很適合的。」

跟著美麗精靈的步伐，兩人邊閒談幾句，很快就到達了主屋。

拉門輕巧推開時，夏碎果然看見他那「還須多加靜養」的搭檔就坐在主屋桌邊，正在和妖師首領不知道談論什麼，兩人的姿態都很放鬆，應該還沒進入正題。

想想其實夏碎對這搭檔還是有些怨氣的，雖然那天揍了他，某個根本挑戰別人理智線的混血精靈也不敢抱怨，但現在看著那張多少還是缺了點血色的臉，他又想一拳打上去，手真癢，嘖。

雖然那日與褚冥漾對談他透露了些話語，不過其實他們還是對那少年瞞了些事，幸好當時他也被轉移注意力和有著偷內褲的目標，並沒有想起要追問某人短時間內突然變強的因由，不然夏碎覺得自己可能在解釋時，會往那時昏睡的某人腦殼上多搥兩下。

他們在黑暗同盟正式走上檯面後都發現了自身的不足，在黑術師壓倒性的攻擊下，他們就連自己都很難做到無傷周全，更遑論要去保護其他人。

夏碎當時有著身體傷害的限制，只能把力量寄託在符咒上尋求突破，而他那個搭檔則是在取得妖師首領信任後，直接與他們往時間交會處去。

據說妖師的某代族長曾付出過巨大代價，在時間之流找到一處能夠隱蔽修練的流離地，那裡的時間與時間之流相反，比自由世界時間的流速還要慢很多。詳細的狀況夏碎不太清楚，只知道那應該算是妖師一族的禁地，而且其實很少啓用，當時聽他搭檔說只是借個地方，要他不用太擔心。

之後夏碎來接人時，接到的是個血淋淋的人，雖然大多是皮肉傷很快就能治癒，但他不認爲短時間內增強這麼多會不用付出任何代價。

不過這傢伙大概完全沒打算告訴他們在時間之流隱蔽地裡發生了什麼事情。

邊想著應該要找個方法逼他說出來，夏碎邊在一旁空位坐下，很快地，辛西亞便端來了點心茶水，放在每個人手邊，最後精靈在妖師首領旁側安靜落坐。

「這次眞的非常謝謝你們對於妖師一族的幫助。」白陵然淡淡地微笑著，完全看不出是一族首領的年輕面孔帶著的是平易近人的溫柔氣息，與巨人島上和強敵對峙的凶狠模樣幾乎判若兩人。「黑暗同盟這次遭到打擊，短期內應該很難捲土重來，我已經讓族人們進入各個都市的產業當中，會儘可能留意百塵等叛徒的行跡。」

「該做的。就算和你們沒關係，那些人也該殺。」混血精靈冷冷地嘖了聲：「黑火淵的事情是我大意了，我沒想到魔王城提供了足以運用到兩場戰爭上的數量，差點讓事情一發不可收拾，今後要更小心他們還有其他的黑火淵水珠。」

「我想，待各地平息後，要找魔王城算這筆帳的人不在少數。」妖師首領微微瞇起眼睛。雖然邪惡種族運用手上的世界脈絡來襲擊敵對種族是理所當然，不過既然他們膽敢這麼做了，那在眞相揭發後當然也必須承擔後果，相信不久之後，就會聽見魔王城遭到重大打擊的消息了吧……他自然很樂意幫上一把，千年前推波助瀾，那就等著後人來清算。

畢竟他們也不是什麼光明正義的白色種族，心胸沒有那麼寬廣。

白陵然笑了笑，不再多說魔王城的話題，而是取出信箋遞給兩人。「黑山君來的訊息，他們正協助時族梳理當初被破壞的支流，特別發給我們最初裂川王會叛變的因由，兩位的族長、家主也應該都會收到，可以先在這裡看看，當然我也會發給冥漾一份。」

夏碎接過搭檔傳給他的信，上面有著記憶術法，能夠輕易讀取寄送者給予的訊息。指尖劃過術法圖騰時，影像訊息隨之導入腦中。

有些模糊的畫面緩緩展開。

夏碎原本以為自己可能看見的是黑山君視角的影像，然而那悠久又有些褪色的狹小影像裡出現的是一黑一白的身影，視角不像人類所有，反而像是小動物，讓人想到或許是黑山君周圍的那些小幻獸、也可能是小飛蟲。

站在黑色青年面前的，並不是他們現今所認識的白川主，而是一個更高大些的男人，五官看起來相當立體深邃，如同那些西方雕刻塑像般完美漂亮，與現在白川主的類型差異很大，光是站在那裡就有種山般高聳強悍的威嚴氣勢。

記錄著這些畫面的某種小動物可能也是因為這樣，並不敢離兩人很近，而是有段距離，縮在樹叢中看著那兩人針鋒相對。

「你甘心永遠埋在這種地方嗎？我們的能力比任何人都強，只要連結那些無主時間，所有的一切就能為我們所用。愚蠢的白色、黑色種族根本不配擁有世界，他們只會覺得所有都是理所當然，誰替他們撫平時間長河的波動？誰替他們清掃累積在歷史上那些顛簸？」白袍男人語帶憤慨：「我們能穿越歷史輪迴，跳脫世界規則之外，這是我們應有的，六界力量和世界脈絡應該由我們掌握，外來的異界侵略在我們面前不值得一提。」

「……你是迷失本心了吧。」黑衣青年淡淡開口，這個話題似乎已不是第一次爭吵了，露出有點疲憊的神情。「雖然你來自於光族旁系，但你們的部族早在上一世紀被毀滅，世界意識令你甦醒時賦予你的是全新生命，和過去無關。你見證過異界入侵，也看過歷史顛覆，應該比我更了解世界運行輪轉，身為時間之流交會處的主人，我們必須做的是輔佐時間順利運行，調節……」

「調節逆流分岔嗎？」白袍男人森冷地笑出聲，帶著不滿與輕視，張開雙手環顧著周圍。「我們所在的世界被異界衝撞時，這些高貴的世界意識做過什麼？看著白色種族衰敗、看著邪惡遍布世界，又看著黑色種族摧毀最後一處光明，使整個世界墮毀，說得好聽是歷史輪迴，世界重啓……但是你從來沒想過嗎，如果世界意識為善，它為什麼要任憑邪惡和黑暗吞噬一切，說到底也只是仗著世界力量在看所有生命演出一場戲，看著所有生命歡笑、看著生命痛苦，讓『它』在物種之上觀看我們用生命殘火表演娛樂『它』而已。如果世界仁慈，它根本應該賦予六界永恆，沒有悲歡離合，只有永遠的『樂園』。」

「歷史輪迴是必然，如果生命不能往前推動、永遠停滯的話，這世界就會立即毀滅。」黑衣青年冰冷地駁斥了對方。「有新生必然會迎來毀滅，而有毀滅也將帶來新生。」

「我不需要這種輪迴交替的屁話，這全都是『它』灌輸的謊言，你已經被這種東西洗腦了！只要我們的力量高過於它，世界運作由我們決定，生死什麼的根本不須要存在，這世界需要的是永恆！」白袍男人伸出手，扯住對方的黑髮。「你的家族也被邪惡摧毀，你親人的血液在殺戮中流盡，你明明擁有力量卻不去拯救相同處境的生命，甘願成爲『它』的走狗屠刀……總有一天我會讓你明白，使生命永恆不朽根本不需要世界意識的同意，只需要我們『願不願意』！」

「我不會讓你對時間長流爲所欲爲，如果你敢違背歷史意識，我這把屠刀就會刺穿你的心臟。」抬起手，黑衣青年直接切斷了被抓住的那些髮絲，紫色眼眸寒冰得幾乎能凍結周圍。「到時候，別怪我不顧當年你幫助我的恩情。」

「哼，我們走著瞧！」

小動物的視線一晃，還來不及離開所在位置，就看見血色直接在影像中炸開，伴隨著柔弱的哀鳴，影像至此中斷。

夏碎闔起信箋，遞回給妖師首領。

「黑暗同盟的確是喊著要建立新世界，所以裂川王最終的目標其實是用妖師和陰影摧毀六界，然後控制所有世界力量，將整個六界做成一個『不滅的迴圈』嗎？」雖然這段訊息很短，但夏碎想想，覺得這應該就是裂川王一黨的目標。

能夠偷取時間、覆蓋時間，利用妖師一族夷平整個世界，到時就沒有守護者，六界的世界力量落入黑暗同盟手中，他們確實眞的有可能建立起不朽的黑色帝國。

之後六界無新生，所有生死由一個人支配，沉睡在安息之地或是歷史長河、眾神身邊的生命很可能永遠無法輪迴，整個六界就會進入一種「死迴圈」的麻木狀態。

某方面而言，這確實不死不滅。

「瘋了吧。」混血精靈不以爲然地嗤笑一聲：「死迴圈的世界只會開始吸取整個世界的生命，因爲沒有新生可以提供能量，最後等脈絡力量全被吸乾，六界就會變成廢土，連神都挽救不了。」所以很可能在演變成這一切之前，六界外的「眾神」就會打破平衡之牆，直接摧毀六界，乾脆讓新世界在塵土中重新生長。

想要跳脫輪迴，終究還是會再進入輪迴，不然就是永恆死去。

「連我們都想得到的事情，曾經的白川主怎可能想不到，我覺得他很可能也是試圖想要逼出那些神的存在……更可能是想抽取眾神力量，替代他們。」白陵然停頓了半晌，覺得大約能知道爲什麼黑山君要將這些訊息傳遞給他們。「然後就會成爲我們口中的『異界』，去襲擊不屬於這個時空的其他世界存在。」

「魔神……」夏碎皺起眉：「百塵一族最終所得利益是這樣嗎？他們會全部成爲我們這個世界的魔神？」

這樣一來，黑暗同盟現在撤退的用意就不同了。

與其說是被黑山君等人逼退，他們更像暫時放棄了妖師這條線，直接斷尾重新進入黑暗，讓所有人無法找到，再次隱藏全部實力。

如果他們最終目標是成為魔神……

「白色與黑色種族確實不能再敵對了，很可能我們未來的敵人是相同的，這就是黑山君將這份記憶傳遞給各大種族的用意。」白陵然看著手中的信箋，接著輕鬆地勾起唇：「畢竟世界要先存在，獵殺隊才能繼續追殺我們，不是嗎。」

「我們都還須要變得更強。」夏碎說著，看向了妖師首領，「如果您願意……」

「別想了，你只是普通人類的身體，現在去那裡負擔太大了。」完全知道搭檔在想什麼，混血精靈立刻反對。他去過妖師一族的禁地，知道那裡雖然可以快速增強，但如果沒有相應的實力和身體能力，很可能進去沒多久就撐不下去，更糟的狀況就是直接死亡。

「你怎麼知道我撐不下去？」夏碎以最親切無害的表情看向自己搭檔，彎起友善的笑容。

「畢竟您當年和現在拖著半死不活的爛命和身體，還是做得到很多事情，特別是每次都不告知其他人的那幾件，不、是、嗎？」

「……」某混血精靈突然覺得背脊一冷，感到如果繼續說下去，好像會發生什麼可怕的事情，於是生物的自我保護本能讓他閉上嘴巴。

「現在時間並沒有四日戰爭那麼緊促，若是想繼續借用我們妖師一族的禁地也不是不行，但不能像先前那麼亂來，你們必須在我的視線中循序漸進，否則就別想。」白陵然拿起茶杯，搖晃著茶水，嗅著裡頭飄散出的清香氣息。「以不亂來為前提，我很歡迎我們的盟友每隔一段時間來拜訪、切磋。」

「那麼就先謝謝白陵族長了。」夏碎站起身，深深朝對方致謝。「藥師寺家族將欠您一份情，來日酬恩。」

兩人對看一眼，露出了相似的笑意。

他們都須要為了未來做準備，黑暗同盟必定捲土重來，下一次，他們絕對要將這些妄想成為異界之神的傢伙們連根拔起。

在那之前，他們必須要更強、更強。

最終

「原來是這樣嗎。」

我坐在家裡通往二樓的半層樓梯上，看著手上的信箋在讀取後自行銷毀成爲粉塵，然後思考著剛剛然他們傳給我的訊息。

那些王八蛋最終目標是成爲神？

「哼。」

笑死人了。

在他們幹盡這些垃圾事情之後，怎麼會覺得我會乖乖看他們成神？

「消息不好嗎？」

哈維恩的聲音從樓上傳來，我回過頭，看見夜妖精抱著一些我的衣物走下樓，他還是很喜歡找那些暗色系的衣服，而且看起來都很不像我平常喜歡穿的那些，都不知道那是哪來的。

將老媽送上高鐵後的第二天，我獨自一人待在家裡，哈維恩無聲無息來到，沒有說任何話，很安靜地幫忙把那些垃圾打理掉……我還眞第一次看見夜妖精拎著一包垃圾去蹲等垃圾車的畫面，這年頭居家型的夜妖精還知道要蹲點等垃圾車真讓人吃驚啊！應該沒幾個人可以看到這畫面吧！

總之，我在家裡多住了兩天。

老媽臨走前信了我的話，以為我也是馬上要回學校宿舍，所以她把一些容易腐壞的生鮮蔬果都清理乾淨，幾乎沒剩東西的冰箱和其他電器一樣拔掉了插頭，比較容易堆積灰塵的家具蓋上防塵布，這表示老媽確實要去老爸那裡待上一段時間。

說起來，該覺得幸好老爸長期被派在外面駐點工作嗎？這次獵殺隊和黑暗同盟似乎沒有找上他，也有可能他是個普通人類，不知道守世界那邊的爛事，所以直接被排除在外了。

我把我全部的存款都付給公會，希望他們儘可能保護我父母的安全，當然我知道冥玥和然一定會有所動作，但是我更希望我可以用自己的力量也幫上點忙。

「消息超爛的，裂川王和百塵想要當神，之後還要再和他們對咬好幾次。」我從樓梯上站起身，拍拍屁股，順著階梯下樓。

這兩天因為懶得開伙，外加客廳已經蓋了防塵布，我們三餐都是哈維恩從附近買回來的，很隨便地在樓梯間塡飽肚子，然後累了就回房睡覺，我現在呈現一種心靈也算平穩的狀態，有些事情在這兩天好好想過了，覺得自己應該準備好要差不多再次離家。

「我們走吧。」我看著哈維恩，這夜妖精真的很死心踏地地一直跟著，大概是當年我很希望有個像尼羅的管家的願望眞的被自己能力實現了，引來個超可怕的實習管家之類的。

他竟然還把衣服整齊疊好收進自己的小空間裡！

我跳下最後一階樓梯，走到玄關時轉過頭，看見牆邊有著一條一條的線，和許多家庭一樣，這是我們的身高線。

我現在的身高比最後一次在上面刻線時又高了一點。

「我覺得滿十八時一定會比學長高很多。」比劃了下，現在應該已經比學長高一點點了吧！最好之後變高到他搧不到我的頭！

「如果你想比現在更高，山妖精那裡倒是有藥物。」哈維恩很認眞地建議，然後遞了個東西給我。

吃了會變得跟大樹一樣高嗎？

想到突破天際的我，突然有點抖一下，還是慢慢長成正常人身高好了！

接過夜妖精給的物品，仔細一看，我才發現這是好久以前被我遺忘的東西，過了這麼久它竟然還是原本的樣子。

「沒想到你手上會有卷之獸的蛋，這樣放著是不會孵化的，它只會一直沉睡。」哈維恩想了想，說道：「我們能夠找一個最適合它的地方，讓蛋甦醒。」

我看著這顆倒楣的蛋，放這麼久都沒發臭也眞是難爲它了。

「好啊，那就先找地方把它孵出來吧。」

邊說著，邊打開門，這瞬間，我與站在大門口的低階鬼族正好對上眼。

這東西力量薄弱，看起來好像是剛剛成形的，大概是附近哪來的幽靈鬼魂扭曲然後在附近閒晃，不偏不倚撞到我們門前。

鬼族灰黃色的眼睛看著我，嘴裡發出混濁的聲音。

我瞬間捕捉到它殘弱的思考，帶著充滿血腥的惡意，這東西生前大概殺了不少小動物和人，扭曲成鬼族後還想繼續殺人。

「轉過身。」

鬼族緩慢地轉過身，呆呆地看著對面的房子。

抬起手，我直接朝它後腦開了一槍，鬼族連個聲音都沒發出，直接在空氣中崩散成灰。

「下輩子好好做人。」

啊，可能它也沒有下輩子了。

踏出步伐，我離開我最熟悉的家。

空蕩蕩的屋子在我身後關上門，我知道我會有很長一段時間不再回來這裡，我們將行走在黑暗中，時不時會有神經病的白色種族或邪惡像條瘋狗一樣追著咬我。

但沒關係。

我所愛的人是白色種族與黑色種族，他們生存於白色的歷史世界中，現在是白色的時間，他們會在這裡生活著，開心歡笑。

縱然我們所處不同，但我願意為了珍惜的一切，盡我所能，以黑色種族的身分為他們抵禦邪惡，雖然這世界夠亂，還有很多讓人厭惡噁心的事情，不過我願意為了老媽老爸、冥玥、學長……還有很多很多人去守護他們。

我是妖師。

我希望黑夜永遠不要到來，陰影不必重組，世界不需被顛覆。

光明長久。

——恆遠之晝。

《特殊傳說Ⅱ恆遠之晝篇・卷十》完

番外．其十、黑王

他緩緩睜開眼睛。

充滿血腥與毒素的混亂空氣中飄浮著各式各樣殺戮氣息與連綿不絕的恨、怒……等等，翻騰漫天的負面情緒。

獄界始終化不開的血色黑雲如同沾黏在天空上厚重又濃稠的致命糖漿，時不時還會凝結滴落萬千種毒素，讓整片大地更加沉淪。

幾道黑色身影眨眼出現在他們身邊，全都是前去追蹤撤走的黑暗同盟的先行隊伍。

「已經成功找到裂川王眞正藏身地點。」領首的小隊長微微低下頭報告著。「爲了爭取更多時間標記眞正定位，讓裂川王一黨襲擊我們的家園這麼久也値了，這次一定能將他從巢穴內狠狠拔出。」

殊那律恩記得對方，曾經是千年戰爭中，亞那瑟恩從冰牙族帶出的戰士之一，後來遭到嚴重污染，成爲首批扭曲成鬼族者，後爲避免傷害白色種族，將自己埋藏於無盡深淵等待死亡，最後經過冰牙族的請託，他親自將這位戰士帶回獄界。

……不，應該是說他記得所有來到這裡的人，不論正或邪。

「折損多少人？」鬼王回過頭，看著跟隨在自己身後的無聲黑暗們，或有連結、或無連結，從開始與黑暗同盟正面衝突後，許多人斷了音訊，前鋒隊伍或是深入黑暗同盟巢穴的同伴們失去了聯繫至今未歸。

「請不要去想這些，您只要繼續站在前方引領眾人就可以了。」黑色的戰士如此回答：「我們很多人的生命在那天已經終止，如果能用多出來的這些時光清除邪惡，那必定樂於向前，不會後悔。」

高高在上的鬼王凝視著跟隨者們。

「出發。」

他已經爲裂川王準備好終點，現在正是要步向起點處，將該灰飛煙滅的東西送至他的棺木當中。

他想起那作爲決戰點的巨人島。

與深一起追蹤食魂死靈到達該處是幾百年前的事情。

當時已在獄界建立了勢力範圍，很多大小事務差不多也抵定完成了，所以他和陰影每隔一段時間仍會例行性地到各界旅行追蹤邪惡，並將尚保有自我意識的扭曲者帶回獄界加以協助。而巨人島就是在這種狀況下發現的。

順著追查趕到時，采巨人的島嶼已被黑暗覆蓋，因海上籠罩巨大的空間結界，讓外界完全沒發現島上發生的慘案，來探尋的人只以爲巨人島上的生命一夕之間消失無影，而藏匿在其中的黑術師則帶著玩樂般的心態看著幾頭食魂死靈追咬著避無可避的巨人靈魂。

爲了能順利餵養這些邪惡異獸，黑術師除了會讓它們啃食活人，另外一種做法是詛咒亡靈，讓這些屈死的靈魂無法得到安息，更去不了安息之地；亡靈們只會徘徊在被封鎖的死亡處，惶恐不安地掙扎至扭曲、絕望，直到變形成爲另外一種東西後，就會被當作最好的飼料，遭到食魂死靈撕咬。

這種慘死的惡靈有些也會成爲食魂死靈，然後再吃下同樣悲哀的同伴，直到最後成了巨大的凶器，讓白色種族光聽見嚎叫聲便退避三舍。

殊那律恩與深例行巡走世界主要的原因就是要拆毀食魂死靈，儘可能破壞黑暗同盟的餵養地，解放這些悲哀的墮落靈魂，盡量讓還能得救的亡魂回到安息之地。

當他還是精靈時，他能夠用自己的靈魂力量塡補修復那些悲哀的死者；然而成爲鬼王後，他已無法汲取白色力量照料受傷的靈魂，只能用黑暗力量去引導還未扭曲的亡者心靈，讓變形的魂靈儘可能保持意識，踉蹌地前往安息之地，在那邊以時間與沉睡來安撫痛苦。

這麼做，得以獲救的靈魂變得稀少，大部分才剛啓程就無法控制扭曲而成鬼族，也有變成更凶厲惡鬼的，就算再怎麼不願意，他們還是得當場滅掉失去全部理智的惡靈。

一開始，他極爲痛苦，到最後，殊那律恩覺得自己已經能慢慢調適內心疼痛的部分，儘可能用最冷靜的神情來送走能離去的殘缺靈魂，然後將決定效忠他的鬼族帶回獄界，最後將無法得救的邪惡化散成灰，回到天地當中。

巨人島上就如同他每次處理的食魂死靈巢穴，黑術師、術士横行，食魂死靈遍地發出刺耳吼叫，亡靈不斷悲鳴。

殊那律恩記得他當時抬起手，身邊的陰影眨眼出現在那些黑術師身邊，在他們還沒來得及反應過來之前已掐碎他們的腦袋，然後用上血色封印，把某些無法死亡的黑術師扭成球，硬是封印在獄界深淵，能殺死的則是打散得連灰都不剩。

整座島的食魂死靈與鬼族就看著出現在高空的鬼王，新的大結界驅離了黑暗同盟的詛咒，食魂死靈被打散成許多殘破的靈魂，他們和那些鬼族面面相覷，無法抵抗針對他們的精神控制，強大的壓力讓他們瞬間屈服。

——采巨人曾經是自由世界中最令人聞風喪膽、卻又前仆後繼前來挑戰的種族。

他們巨大，動作卻極爲靈敏，聰明且凶殘，爲了自己的族人，巨人們聯手合作擊滅敢侵入他們海域的入侵者，他們能抵抗大部分術法，是黑色種族中罕見擁有能對抗眾多白色術法的體質，而且皮肉堅硬，難以用兵器打擊。

但是他們是巨大的財寶。

每個采巨人死後血肉都會化作無盡珍寶，大部分是鑽石、水晶，這種結構幾乎就是他們能抗術法和打擊的原因，卻也成爲滅族的原罪。

即使會被殺死，不分種族的貪婪依然帶著一波波襲擊侵入巨人島，越來越多描述巨人凶殘與血腥的歌謠傳出，越來越多「勇者」們打著旗幟前來消滅邪惡，每當一個采巨人化爲珍寶，那些讚歎與崇拜勇者們的歌謠就會替他們抹上正義行爲的完美鍍金。

打敗巨人得到寶藏的勇者滿載而歸，多美好。

縱使巨人被滅族了，整個世界也不會爲他們平復、可惜。

※

「我會儘可能將你們送回榮耀大地。」

殊那律恩看著一個個殘留下來的亡靈，有些是好不容易才重新定形，勉強維持著能夠辨識原本樣子的輪廓。

「復仇……我們要復仇……」

巨人們的亡靈跪在他面前，黑色面孔流下血色眼淚，黯淡的靈魂眼淚在空氣中蒸發，散出充滿恨意與不甘的遺憾。

「求求您……我們要報仇……」

采巨人的尊嚴不容踐踏，即使死亡，他們也不肯原諒凶手。

他們是剽悍的巨人族，能爲了族人而死，也可爲了家人亡，他們的力量是他們的驕傲，他們的島嶼和歷史也是他們的榮耀。

凡有外敵入侵，采巨人必定回擊，凡是生命殞落，他們就必須報復，將敵人的血抹在大地上才能讓亡者眞正地安息。

「采巨人的尊嚴不容許踐踏……我們必須要維護巨人的歷史……巨人的驕傲……」

「你們很多人的靈魂受損得很嚴重，扭曲者的狀況也很危急，如果不能在第一時間回到安息的榮耀大地，你們將很難再回到那個來生之所。」殊那律恩看著圍繞四周的亡靈們，聽著那一句句哭訴、一句句不甘心，連結的精神不斷被那些難以形容的苦痛給震動，他幾乎都快與悲哀的死靈們同樣感受到撕裂身體般的疼痛。

所以他知道他們有多恨、多怨，他們寧可放棄安息，也要對裂川王進行復仇。

爲了這些仇恨，他們願意連靈魂都化成灰燼。

殊那律恩緩緩地嘆口氣，知道自己無法勸說巨人們離去。

「裂川王太過狡詐，現在並不是復仇的時機。但如果有那麼一天，我會讓他來到此地，讓你們可以手刃仇人，我將在這裡設下禁制，他在此地將最大限度被縛住力量。」他們追蹤裂川王很久了，但邪惡之王過於陰險，大肆在各個時空中穿梭，且還有奇異手段，竟能讓時間種族沒有發現異狀。

「殊那律恩。」站在一邊的陰影微微皺起眉。

「沒事的。」鬼王勾起唇角，拍拍陰影的手臂，重新回過頭看著巨人們，或是空洞、或是赤色的眼睛彷彿渴水般的瀕死者冀望地看著他、哀求他。「我會重新布置整個巨人島，使她能成爲牢籠，而你們將在此處沉睡，總有一天當我們能抓住你們的仇敵時，這裡將會是決戰點，會有人回應你們的聲音，打開你們的封印，到時候你們就能夠親手對付裂川王。」

巨人們的靈魂在嬌小的鬼王面前跪下，聽從並感謝他的安排。

整理巨人島和布置各式各樣未來術法花了殊那律恩幾天的時間。等最後一個亡靈在地底沉睡後，這爲未來預備的黑色島嶼也終於完成。外界看不出哪裡不對勁，也找不到島上被預設的陷阱，這裡看起來只像個污染過後還未完全清整的無人地。

「回去之後和公會內部打個招呼，請他們把此處劃分成廢棄島嶼。」靠在陰影身邊休息，殊那律恩看著沉默的黑色土地，慢慢閉上眼睛小憩，嗅著環繞在周遭的黑暗氣味，過了半晌才幽幽開口：「不知道什麼時候可以不用再做這些事情。」

「我把世界毀滅那時候。」深很認眞地回答正確的答案。

「說得也是，按照現在的狀況來看，不論有沒有黑暗同盟都會不斷扭曲，畢竟邪惡本生自於心……那還眞只能等到世界毀滅了。」殊那律恩眨眨眼睛，努力思考了下那還需要多久，不過很快就放棄了。沒有人能知道什麼時候會世界毀滅，或許是今天，也或許是明天，不過如果最近都沒有毀滅，那他肯定還要忙碌許久。

「累了？」陰影調整了下姿勢，好讓支撐一切的鬼王可以更舒服放鬆休息。「後悔嗎？」

「我會累，但是我不會後悔。」殊那律恩再次閉上眼睛，多年如一日般地重複：「這是主神的指引，且只有我們能做到，我爲此感到欣喜，願意用盡一生完成主神的交付，不管有多麼累，只要讓我休息一會兒，我就能繼續了。」

深抬起手，摸著鬼王小小的頭頂。

——這些也已經是數百多年前的事情。

現在的他們，領著黑色軍隊站在黑暗同盟的巢穴前，這個他們尋找已久，最後終於以妖師和領土釣出了裂川王的意識靈體，並順著那絲控制意念來到他本體所隱藏之處。

他們走得越遠，力量便越強大，早在很久前殊那律恩就已抗衡了時間造成的傷害，擁有成人的軀體，在自由世界行走，有時爲了方便才短暫放鬆那些反逆，改用孩子的外表來遮掩鬼王的身分。

黑色的土地中傳來了獄界的心跳聲，純粹的黑暗力量中有著一絲不協調的雜質，如果不是靠得這麼近，幾乎難以察覺。

殊那律恩抬起手，身後所有鬼族同時噤聲，連力量都收得一點不剩。

「您的目標是裂川王，請兩位別回頭。」站在後方的萊斯利亞低下頭，說道：「我們的希望全在兩位身上。」

裂川王棲息於獄界深處的時間已非常久遠，久到他能靠著抽取黑暗力量混合時空，讓自己處於一個不死不滅的舒適環境，如果不將他從這個巢穴中拔出，如何對付他都只是空談。

寂靜中，遠距百里外之處爆出巨大聲響，來自景羅天鬼王手下的獸蟲大軍翻出乾裂的血黑色焦土，與固守在外、還未察覺到有入侵者的黑術師、食魂死靈部隊展開了猛烈的正面衝突。

耶呂惡鬼王的勢力其實早在他本人殞落時便已分崩離析了大半，一部分被比申惡鬼王強力扣住加以聯盟，才讓耶呂鬼王的名字還留在四大鬼王之中。

如今比申惡鬼王與裂川王聯盟，調動了各方邪惡投入陣營，而景羅天惡鬼王與殊那律恩惡鬼王則站在敵對的衝突陣線，互相牽制已久的四個勢力因爲一個黑暗同盟各自出手動作，不論結果如何，今天之後，獄界四大鬼王將會重新洗牌。

殊那律恩聽著大地的震動，抬起的手掌收攏五指，緊握成拳。

「殺！」

※

他們一直在推敲裂川王究竟是什麼東西。

還沒弄清楚之前，知道至少應該與時間種族脫不了關係，畢竟那種操作時空的能力與不被時族察覺的隱匿方式都不太正常。

透過那些年輕孩子與時間之流交會處建立起連繫之後，才終於得知了最隱祕的機密答案。

帶著水晶光澤的黑暗陣法在腳下散開，直接穿透整個深淵空間來到最深處的殊那律恩，緩緩與面前的空間之主對視。

「裂川王。」

「殊那律恩惡鬼王。」

渾身纏繞黑暗氣息與力量的兩人中間距離著數百尺的地谷裂縫，周圍是天然的巨型空心山脈。獄界充斥死亡的地域很多，其中不乏許多連續的山脈群，頂上空蕩無物，山體大多早被挖空，成爲各種鬼族或是妖魔的巢穴，不同勢力各自盤據在黑暗世界的一角，並不算罕見。

追蹤連繫最後定位到的也是這樣一個地方，獄界深處的黑暗山脈，對黑色居民們來說平凡無奇，誰也不知道裡面塞著什麼，只知道進入後就會粉身碎骨，別想活著走出來，如同每個邪惡劃分好的地盤。

山體外傳來各式術法、武力衝突產生的震盪餘波，透過層層封鎖結界，淡淡地在山脈深處激盪出不怎麼明顯的波動。

殊那律恩凝視著長相普通的男人，嗅著空氣中的臭味，能夠感覺到他們之間的裂縫深處有著成千上萬的食魂死靈不斷嚎叫，渴望著上方的戰爭、血液，墮落迷失的意志與殘缺的靈魂；隱藏在黑暗中的黑術師大軍喘著嗜血的氣息，急欲上來撕扯入侵者的慾念源源不斷。

「沒想到你們竟然找到這裡來，還突破了我所有防範。」看著不遠處的年輕鬼王，裂川王揹著雙手，有點讚許意味地勾動笑容。「不愧是昔日冰牙族第一術師，四大鬼王的勢力如果完全聚集起來，恐怕你依然還能保有首席黑術師之位。」

「太抬舉我了，如果我真是首席術師，我應該會將所有軍隊都轉移進來，而不是只能由他們替我開路，保護我站在這個地方。」殊那律恩話語停頓的同時，腳下與周圍掀出層層疊疊、大小不一的十多張法陣，原本四面八方朝他襲來的壓力瞬間被彈開，暗中出手的黑術師們往後摔出，噴出了好幾口黑血。

一名動作比較快的黑術師馬上翻起身，張開新的攻擊準備向鬼王投去，不過他也僅只能做到這裡了。無聲無息的影子來到他身後，穿透空氣伸出的手掐住他的後頸，黑術師連回頭都沒有，只能感覺到身上的黑暗力量瞬間被瓦解，幾百年來不曾感受到的本能恐懼從胃部炸開湧向喉嚨，最終形成的慘叫還來不及發出，整個人已被四分五裂。

「黑王的鐵壁，千年來我們始終沒有弄懂他是什麼，能解惑嗎。」裂川王冷眼看著一個個被瓦解的黑術師，並沒有立即出手。

「彼此彼此，我們一樣也沒搞清楚你是什麼東西，不是嗎，上任的白川主。」殊那律恩淡淡地回敬對方。「或者能說，上個時代的光族冤魂。」

「就我所了解，黑王的鐵壁實力恐怕比我們超出很多，但他身上有層層術法封印，看來你們對於他潛在的身分與力量處理得很用心，如果不是害怕他的身分外洩而將力量壓縮到最小，恐怕我這個地方現在已經被夷平了，沒錯吧。」裂川王抬起手，彈了下手指，裂谷中的食魂死靈開始吼叫躁動，某種東西自下方炸開血腥氣息，飄蕩出片片深黑色血霧。「特別是他能一手崩毀我們的黑術師……殊那律恩惡鬼王啊，你該不會是竊取了什麼攸關世界的毀滅種族吧？」

「你可以猜看看，這千年來已經有成千上萬的猜測，歡迎加入死不瞑目行列。」語畢，殊那律恩看著那些衝出的食魂死靈在裂谷邊緣狠狠一頓，瞬間被他奪取意識的扭曲亡靈迷茫地僵住巨大身軀，核心的死魂不太確定地與他意識接觸。

「都來到這裡了還想天真地拯救死靈嗎，省點力氣吧！」

食魂死靈群瞬間擺脫了操控，數十隻黑色狂獸張開腐敗的嘴，翻出盔甲般的鱗片，一張張肉瘤人臉轉出，吐出腐蝕性的毒物，並開始發出精神衝擊。

殊那律恩微微皺起眉，食魂死靈如果能開始主動精神反擊，那表示它們已經吞吃了太多怨靈，融合在裡面的亡靈數量異常多，且無法救贖，這種將近完成的邪惡武器才是白色種族最恐懼的存在。

不論如何，這些食魂死靈是不能讓它們離開此處了。

心念一動，原先守護在身邊的十多張術法陡然一轉，符文分散重新排列，隨著低聲吟唱的黑色咒語，大量法陣豎立於前方，銅牆鐵壁般直接擋下撞上來的第一批邪惡魂獸，伴隨著轟然巨響，食魂死靈的血瘤在法陣上炸開，一灘又一灘濃稠黑血試圖想侵蝕咒術，卻反被更深沉的黑暗吸收。

正打算先把這些死靈暫時封印，殊那律恩突然感覺到先前被陰影毀掉的黑術師群再度出現，再生速度非常快，有一部分已襲擊到他後方。

沒有轉頭，熟悉的氣息在那些邪惡即將接近之前出現在他身後，始終不被人看出來歷的高大男人抓住了首當其衝的黑術師頸項，再度將其分解並加以封印。

同一時間，鬼王閃身躍過了充滿亡靈的裂谷，投下大量封印術法，將過半食魂死靈重重釘回深淵，絕對的黑暗力量直接束縛它們，硬生生壓制封鎖在原地。

隨後打算跟上的陰影才踏出一步，面前突然張開大量禁術，自地面衝向上方的洞頂，如同隔絕世界的牆，硬是不讓他越線，同時幾名高階黑術師與妖魔竄出，帶著陰冷嘲諷的笑容，紛紛張開空間結界，瞬間就把兩處時空維度轉移傾斜。

殊那律恩一過界線，周遭景色立即變化，原本黑暗山體中心的岩面石壁上鋪滿層層疊疊、密密麻麻的連環術法，全部都在運轉著數千年累積下來的可怕咒術，從那裡面可以感覺到非常多根本不應該屬於這個地方的時間流動。

正常的時間是無法捕捉的，即使再怎樣處理，時間都必定會流逝。然而這裡有著無窮無盡的邪惡詛咒和禁制，強硬地把這些原本該消失的某段時間給截斷取出，自成一個圈環，反覆讀取著，不被消滅。

「果然是時間環。」殊那律恩環顧了整個山體中的巨型空間，全部都是被詛咒留下的「某種時間」，每個迴圈都有某種連繫，提供著外面那些黑暗同盟近乎不死的強大生命力。

「我們偏好叫『永生環』，很美對吧。」盯著闖入者，裂川王也不急著驅逐，反而是讓對方能夠好好看清楚這堪稱藝術般的所在。「只需要一個小小的替換，我們就可以脫離世界意識和歷史的掌控，何必去遵守那些可笑的世界規則，那些束縛只適用愚者，如你這麼聰明的王者，應該和我們攜手打造新世界，抽取六界力量毀滅可笑的一切，扼死不必要的世界意識，我們就會是新世界的至上存在，規則由我們說了算，不管是誰都不用再害怕死亡，我們的新世界不死不滅。你那些微不足道的煩惱、掙扎不想當鬼族的傢伙，全都能夠得到拯救，如此還想與我們為敵嗎？」

「想啊，畢竟在那之前，我們就已經是仇敵了。」甩出術法，殊那律恩打破一個時間環的同時突然意識到這些東西沒有他想像中容易毀壞，他的破壞術法可以瞬間砸碎一整頭成熟的食魂死靈，但打在那片時間環上時，竟然只撞毀了其中一個的一小部分。

「感受到『生命之重』了嗎。」裂川王嘲諷般地大笑著，一把抓住跳出裂谷趴伏在面前的食魂死靈。成熟的異獸嚎叫了聲，在他掌心下直接崩碎，帶毒的軀體灰飛煙滅，只留下一顆彈珠般大小的黑色珠子。

食魂死靈最初是由一個執念深重的亡靈開始吃食其他死者所形成的。非人為的狀況下也會出現食魂死靈，不過成長有限，通常會在真正完全成熟之前就被發現，進而被白色種族獵殺或淨化。

黑術師培育食魂死靈則是可以大量製造出完全的食魂死靈，也就是讓這些悲慘的亡靈不斷啃食死者，而且還必須是同樣恨念極重的死者，或是各種帶著恐懼、冤恨而死的亡魂，日復一日，那千千萬萬被吸食的死靈慢慢被同化為一體，不同的靈魂逐漸融合為一，直到最後整隻食魂死靈身上所有亡魂都合而為一時，就會真正「成熟」。

裂川王現在手上的就是成熟的食魂死靈最終融合完成的死靈珠，聚集了所有強烈怨恨、悲恐、不甘……徹徹底底的邪惡恐怖。

完成的食魂死靈對於白色種族是殺傷力巨大的兵器，但直接刨出這種融合過後的萃取魂珠加以吸收，就會讓邪惡更加壯大，先前比申惡鬼王襲擊燄之谷時「吃」了食魂死靈茁壯自己的力量，就是吸收這樣子的東西。

殊那律恩揮出長刀，捲動腥風的刀鋒擋下裂川王投擲過來的凶惡詛咒，時間劇烈震盪造成巨大爆炸，如果不是因爲自己事先做下重重防禦，大概在這瞬間已被炸成灰粉。

周遭被波及而毀敗掀起的粉塵還沒完全落地，上方突然下起了雨……而山體內的空間是不會下雨的。

鬼王看著黑色、紅色的血液像是雨滴般從正上方落下，那是自石縫中滲入的血，外界的戰場已激烈到血流成河、浸染整座山脈的地步，才讓這些血液多到灌入地面還不及被吸收，像雨一樣灑在他們頭上。

裂川王終於稍微改變了神色，「有意思，你們術師的程度超過我等預料。不過我們有永生環，你們只是徒勞無功。」

「所以大家才會將我送進這裡。」可以感覺到熟悉的力量一個個逐漸消失，殊那律恩沒有回過頭，不論是黑術師大軍或是食魂死靈，都會被擋在那道裂谷後面，黑暗同盟中的妖魔勢力竄出，被成爲最後一道鐵壁的陰影攔下，就算復活再多次也不讓他們通過一根手指頭。

他們的時間在流逝。

拖得越久，人員就會消耗得越多，而這些擁有時間環的邪惡只會消磨他們的力量，況且他還必須把握時間，因爲和他合作的「其他人」無法等太久，他們同樣在消耗生命，不管哪方都是，而整個戰事的起點就在這裡，只要他不將裂川王拔起，在另外一端等待的人們就做不了接續的事情。

這瞬間，殊那律恩知道自己該做什麼，也明白做什麼才會有用。

既然時間環是詛咒與生命扭曲交織的產物，那麼想要更有效地攻擊，就只能用相同的東西了吧。

「生命之重嗎……」他露出笑容，解開了自己壓制在身體內的力量。「恰巧，我也有一個『被詛咒的時間』，你的永生環和時間詛咒對撞，會發生什麼事情？」

「殊那律恩！」

※

「殊那律恩！」

深在發覺整個空氣塡滿奔流的時間扭曲時，只來得及打散手邊的妖魔，撞破術法衝過去已經來不及了，他只能在最後擋到鬼王面前，裂谷另端瞬間轟然爆炸，連他這個擁有無限時間的存在都沒能抵抗住這股恐怖力量，雖然身上早有殊那律恩和他自己做下的防護，但也被爆破威力掀飛出去，身體四分五裂，飛散撞進岩壁當中，遭大量土石掩埋。

獄界戰爭經常會有陷入混戰的狀況，所以殊那律恩很早就製作了一些守護術法，鑲嵌在手下部隊身上，能很有效地避免被自己人誤傷，化散己方的「流彈」。

縱使如此，被悍力衝擊差點暈過去的陰影過了好一會兒才能從碎石亂土中掙扎重組，視線再次恢復，看見的是已被夷爲平地的「山」……應該說只剩下一個隕石撞擊般的大坑，不管是不是己方，都被時間對撞的風暴颳出幾十、幾百里，更多的是來不及奔走的黑術師、妖魔直接給炸成碎屍，黑色血液四處蔓延，最後匯流進大坑裡，凹洞底部慢慢積出一小窪血池。

深看著血池中有個單薄身影奮力站起，但因爲受到嚴重創傷又跌了回去，而在他的對面也有個沒被炸死的混蛋東西飄浮出來。

就這麼眨眼一瞬，裂川王一記咒術打了上去，濺起大量血水。

接著十多道身影出現在邪惡首領的四面八方，隨著鬼王而來的鬼族、邪靈們同時甩出手上帶著血色流光的黑鞭，鎖鏈般死纏住裂川王的四肢，數道封印隨即打上去，在目標物上烙下幾枚淺淺術紋。

「滾開。」連看都懶得看那些黑色鬼族一眼，裂川王震動周圍空氣，封鎖住他的那十來人立時被炸開，如同體內遭到什麼恐怖的強大力量狠狠貫穿撕扯，幾乎粉身碎骨，大量黑色血肉噴散，灑在凶手的身上、衣袍上。

「別過來！」從血泊中站穩身體，殊那律恩喝住出現在附近想要幫忙的另一波手下，瞬也不瞬地盯著已被他與犧牲者們上了兩道封鎖的裂川王。

「小鬼王，拚死只想給我上兩道封鎖？你忘記我是不死的嗎。」裂川王冷冷笑了起來，「虧你想得到要炸掉永生環，不過你自己也損傷得很嚴重，更可笑的是，你沒能全部炸乾淨，只炸掉不到四成……看來你所謂的時間詛咒威力也不過如此。」

「兩道不是太對不起你了嗎。」殊那律恩抹去頭上滴下的血，早準備好的術法連串甩出，隨即到來的陰影出手壓制正想逃走的裂川王，讓那些封鎖一個不漏地全打在黑暗同盟首領上。

深確認封鎖全打上後直接回到鬼王身邊，擔憂地看著對方全身上下幾乎沒一處完好的嚴重傷勢。雖然殊那律恩掩蓋得很好，不過他畢竟是陰影，自然可以感覺到對方因為傷重而開始有點潰散的力量。

裂川王太強了，上萬年的歲月不是白活的，更別說他的前生是光族和白川主，想要同時對付他又炸掉整座時間環幾乎不太可能，就連深都必須要打開自身封鎖，動用陰影原本的力量才有可能擊潰他，然而代價就是陰影身分曝光，直接被打回永遠不得甦醒的封印當中。

顧慮到陰影的身分，殊那律恩是絕對不願意讓他曝光的，出發之前硬要他發誓絕對不用陰影力量，這讓深只能眼睜睜看著對方一個人硬扛裂川王，感受著自己就算強大也沒有用的無能爲力。

所以他只能支撐住鬼王不讓他倒下，然後連繫自己切開在守世界的小分身，通知他們時機成熟，該把這讓人倒胃口的噁心蛆蟲拔出他的巢穴，扣在白色世界處理掉。

裂川王被強硬抽出獄界後，黑術師和妖魔們可能是原本就有撤走的計畫，很快便消失不見，只剩下那個逐漸被黑血填滿成湖的大坑。

「深先生。」

一身狼狽的萊斯利亞最先出現在他們面前，擔憂地看著搖搖欲倒的鬼王。

「把這裡全部清乾淨，我先帶他回去。」脫下自己的寬大外衣，深覆蓋到還想繼續出手的鬼王身上，直接把早就虛弱不堪的小渾蛋扛起來。「剩下的交給你了。」

「請兩位放心……請您務必要守護鬼王的安危。」萊斯利亞慢慢地退開。如果可以，他們更想自己圍攻裂川王，但是他們力量不夠只會扯後腿，讓鬼王獨自和裂川王衝擊是他們最不想做的……他們這些親信知道鬼王和他們不同，他還擁有白色的靈魂，純粹邪惡和黑暗的衝擊會讓他極度痛苦。

即使如此，他還是帶領著所有人經歷大小戰爭，千百年來都站在最前面，沒有屈服過任何迫害，也沒有對他們喊過一聲苦。

「……請您保護我們的王，我們的黑王。」萊斯利亞忍下原本以爲已經麻木的悲痛，近乎懇求般地重覆說著：「拜託您了。」

深拍了拍對方的肩膀，正打算交付剩下的事務時，被扛著的某鬼王開始掙扎著往下跳，他翻了記白眼，把那傢伙丟回地上。

無視陰影強烈的不滿，殊那律恩喘了口氣，隱在寬大袍子下的手指微微發顫，還殘存著動用禁術輕微反噬的後果。他看著萊斯利亞，在還能保持清楚意識時快速開口交託：「時間環被毀去的不多，而且數量少得有些不對勁，應該與我們先前所想的一樣，還有其他存放時間環的地方，必須再追查下去，否則黑暗同盟不會死絕。另外，雖然黑山君會接替我出手，但裂川是不會死的，這場戰爭最後的結果會是裂川被黑山君重創敗走，所以要做好相應的準備……」

其實這些出戰之前他們都已經演練排布過，也知道裂川王最多是被重傷，畢竟能操控時間環的人必然有許多不會眞正滅絕的手段，所以只能把目標放在「將他重創到最大程度」，以牽制黑暗同盟的行動，爭取更多時間來準備應對。

黑暗同盟能夠結合百塵一族藏躲這麼多年肯定還有其他後手，他們想要斬草除根就必須更往下挖掘。

這座山一被炸燬、強硬抽出裂川王後，沒被波及到的暗軍立刻分別追上撤走的黑暗同盟，留在現場的主軍除了絞殺還在對峙的邪惡，同時也快速清除現場，並瓦解殘留在此處的各種詛咒與術法。

然而他們還是有不少來不及捕捉的東西，例如還未被破壞的時間環。殊那律恩強撞山內大陣時，雖然順利毀掉部分，但裂川王還是在整座山即將瓦解之前啓動了地下暗藏的術法，把剩餘的時間環切割空間全部轉移至安全處。

殊那律恩不得不說，裂川王自己都被禁制住了，還能想到把黑術師們的時間環送走，難怪那些黑術師前仆後繼，不畏懼死亡。

張開手掌，鬼王手上浮起幾顆壓縮過的術法球，遞交給萊斯利亞，「這是空間大陣與其餘的清理協助術法，就交給你了。」

他當然也評估過自己會和裂川王兩敗俱傷，能做的事情在來之前都儘可能準備了，戰後的處置術法也都壓縮好，就怕自己像現在一樣快要動彈不得。「還有……」

萊斯利亞終於有點忍不住了，接過壓縮術法之後馬上看向陰影，「麻煩您了，請盡快！」

他當然知道鬼王有哪些擔憂，也知道鬼王不是不信任他們，而是在眾人受到巨大打擊時，黑王的話反而會比平日多很多……很多。

深二話不說把還在碎碎唸個沒完的尊貴黑王拎起來，腳下陣法打開，直接轉移出戰場。

他知道用了時間詛咒對撞接下來會發生什麼事情，所以那個地方不能久留。

※

急轉進另一個空間時，本來當米袋扛著的軀體開始逐漸縮小，壓制的力量散去，逆流的詛咒重新回到這個身體上。

深把縮成少年的小小身體抱下來，看著靠在自己身上的蒼白面孔，被撕裂出無數傷口的身軀還在滴血，有點迷濛的紅眼睛半睜開地往陰影看了眼，低低地傳來了話語。

「二十六沒了……十七也沒了……」

那些與他有連繫的凶靈們在保護他們進入山體中心時，和外面的黑術師對衝，開始一個個失去聲音，如同追隨他的鬼族們，以及在臨危關頭替他爭取幾秒而粉身碎骨的每個人。

「還有很多人都沒了……」

緊緊抱住破碎的鬼王，深不發一語，只安靜地聽著對方細數著一個個從此在世界上灰飛煙滅的名字，有些是一開始就跟來的追隨者，有些是最初不甘不願被逮來的凶徒，千百年下來，被淨化者離開，已經沒有恨意的某些靈體卻還是留下來，葬身在這次與黑暗同盟的對戰當中。

陰影知道小鬼王雖然和其他鬼族都會說自己已經對很多事情麻木了，看淡了那些死亡悲痛，但他們還是會痛的，只是一直在強迫自己假裝不痛。

「你們的選擇沒有錯，大家都知道，所以他們才會跟著你，全然無悔。」踏入黑色河流時，深輕聲地說道：「因此你才會是黑王。」

殊那律恩緩緩地轉過頭，並沒有流下淚水，他的眼淚可能在很久以前就乾涸了，紅色清澈的眼裡只有鮮血淋漓的痛苦，這抹痛楚無法讓外人看見，也不能讓其他人看見，因爲他是黑暗中唯一的光，僅有的希望。

如果連這抹光都會痛到哭號，那麼其他絕望的人該怎麼支撐下去？

「你後悔嗎？」深將少年外表的鬼王輕輕放在水中，小心翼翼地讓他躺好並檢視著他的遍體鱗傷。

「我不後悔。」殊那律恩搖搖頭，看著上方無窮的黑暗。「我只是有點累……休息一會兒就會好了。」

「你放心睡吧，剩下的我會去處理。」深將對黑暗同盟產生的濃烈殺意全埋進心裡，不讓鬼王發現端倪，只是很淡地開口：「這段時間別想做任何事情，我會親自看守你，直到你的身體完全修復，你現在的樣子完全不能見人。」

「……裂川王不死，等他實力蓄積完備還是會捲土重來。」殊那律恩閉上眼睛，讓河水緩慢地覆蓋他碎裂的身體。

他想著、計算著，這次裂川王被黑山君重創後大概需要多久才能恢復實力，以及對方那些手下，特別是百塵一族今後會因此採取什麼行動，他們要加速這方面的結盟與應對……時間環的祕密被揭發，時間種族也不會放過對方，必定很快就會採取行動。還有，獄界經過黑暗同盟一事，以及他這原本不管事的鬼王出手，隨之而來整個局勢也會再起風波。

還有很多、很多事情須要處理。

萊斯利亞他們能夠安全應付嗎？

「那已經是很久以後的事情了，而且我如果被逼到爆發，會把他連世界一起都毀掉。」陰影冷冷地看著逐漸下沉的小鬼王，「所以，你最好不要再亂來了，安心休養。」

殊那律恩輕輕地勾動唇角，趁失去意識前安撫躁動還想假裝無事的陰影。「我會好的，不用擔心。」

「——因為，我是黑王。」

〈黑王〉完

——某個小島上——

男人站在等待區，看著那一天少數航班帶來的遊客。

從自己家得搭車、搭高鐵，搭上飛機，然後再轉機，接著又是一連串轉運，彷彿要行走到世界的盡頭，花了大量時間，經過日與月的交替線，走到人們都迷失了時間，他們才會到達這裡。

這是眞的在原本的世界嗎？

或許外界是這麼看待的，畢竟這座島接連好幾年上了世界性的雜誌，是地球上公認最乾淨的島嶼。

女人拉著大行李箱走出來時，他露出微笑，迎上前去。

「妳終於能回來了。」

《特殊傳說Ⅱ恆遠之晝篇》全文完

後記

感謝翻閱到此的各位。

不知不覺，第二部也已經停靠終點。

實際上，當年最初開始時也沒有想到自己會寫這麼久，前兩年因爲身體狀況比較不好與個人因素，中間經歷過幾次寫寫停停，所以交稿的速度變得很慢，讓很多人一起著急。

特別感謝蓋亞文化的編輯與所有出版社人員極具耐心幫助很多出版上的事務，以及包容我的各種拖稿，每次都讓你們在死線上奔騰眞的很不好意思也萬分感激，不過我想大概今後還是要請各位繼續一起衝刺死線了，各位眞的辛苦了！

接著要謝謝的是畫者紅麟老師，同樣經常陪我一起死到臨頭……欸不，其實我是想謝謝紅麟老師從第一本至今，繪製了無數精緻美麗的圖與各種設定，讓這個故事有更豐富的形象與色彩，未來我也會繼續坑您的，請多多指教。

《特殊傳說》出版至今已橫跨十餘年，這麼長的時間其實在現實上也有許多變化。偶爾遇到相隨很久的讀者們來聊聊天，說說近況和改變，說著當年還是學生，多年後有了家庭或是經歷了生死別離；有的也會聊聊孩子們的成長，每每說著說著都會突然驚覺時間真的過得很快。

雖然我只是相當小眾的作者，文筆也不是非常精緻厲害，然而還是非常榮幸所寫的故事能在某些時候陪某些人渡過某些時間；即使只起了一點點小小的作用，也高興能夠幫上點什麼。

十多年的時間彷彿眨眼就過了，《特殊傳說》也即將邁入最後的第三部曲。

非常感謝一路走來相伴的人們，或許有些人離開，或許有些人又回來，也或者剛剛才搭上這條小船，要開始一起漂流。無論如何，在此都對漫漫長路上支持與幫助的各位致上謝意，也謝謝大家對我這蝸牛速度無比包容。

在此敬祝大家天天都能開開心心、身體健康、平平安安。

那麼第二部就在這裡完全結束，接下來就會是第三部的開啓。

一如往常，我們的故事即將再次開始了……

護玄

於二〇二〇年五月

一百二條！
我去你的！
你們到底能不能好好珍惜自己的生命！
我回學校要去把你內褲全都拿去賣你的迷妹迷弟粉絲後援會，當精神賠償！
竟然暴怒啊……
還會吠人了……
嘖嘖
……
直接揍！
最近還是躲他們遠點吧……
這人不會又想做讓人擔心的事吧？
有點不被人待見……

by 紅麟
一百三條
超便宜！
心情突然有點複雜……
……

國家圖書館出版品預行編目資料

特殊傳說II.恆遠之書篇 / 護玄 著.
——初版.——台北市：蓋亞文化，2020.05
冊；公分.

ISBN 978-986-319-486-6（第十冊：平裝）

863.57　　108010293

悅讀館　RE390

特殊傳說II 恆遠之書篇 10 完

作　　者　護玄
插　　畫　紅麟
封面設計　莊謹銘
主　　編　黃致雲
總 編 輯　沈育如
發 行 人　陳常智
出 版 社　蓋亞文化有限公司
地址：台北市103承德路二段75巷35號1樓
電話：02-2558-5438　　傳真：02-2558-5439
電子信箱：gaea@gaeabooks.com.tw
投稿信箱：editor@gaeabooks.com.tw
郵撥帳號　19769541　戶名：蓋亞文化有限公司
法律顧問　宇達經貿法律事務所
總 經 銷　聯合發行股份有限公司
地址：新北市新店區寶橋路二三五巷六弄六號二樓
電話：02-2917-8022　　傳真：02-2915-6275
港澳地區　一代匯集
地址：九龍旺角塘尾道64號龍駒企業大廈10樓B&D室
電話：+852-2783-8102　　傳真：+852-2396-0050
初版四刷　2022年9月
定　　價　新台幣 280 元
Published and printed in Taiwan

ISBN 978-986-319-486-6

RE390
GAEA

特殊傳說Ⅱ 恆遠之書篇 10 完

蓋亞文化　讀者迴響

感謝您在茫茫書海中選擇了蓋亞，您的支持是我們最大的動力。
不要缺席喔，讓我們一起乘著夢想的羽翼，穿越時空遨遊天地！

姓名：　性別：□男□女　出生日期：　年　月　日
聯絡電話：　手機：
學歷：□小學□國中□高中□大學□研究所　職業：
E-mail：　（請正確填寫）
通訊地址：□□□
本書購自：　縣市　書店
何處得知本書消息：□逛書店□親友推薦□DM廣告□網路□雜誌報導
是否購買過蓋亞其他書籍：□是，書名：　□否，首次購買
購買本書的動機是：□封面很吸引人□書名取得很讚□喜歡作者□價格便宜□其他
是否參加過蓋亞所舉辦的活動： □有，參加過　場　□無，因爲
喜歡出版社製作什麼樣的贈品： □書卡□文具用品□衣服□作者簽名□海報□無所謂□其他：
您對本書的意見： ◎內容／□滿意□尚可□待改進　◎編輯／□滿意□尚可□待改進 ◎封面設計／□滿意□尚可□待改進　◎定價／□滿意□尚可□待改進
推薦好友，讓他們一起分享出版訊息，享有購書優惠 1.姓名：　e-mail： 2.姓名：　e-mail：
其他建議：

◎請沿虛線剪開、對摺、裝訂後寄出

◎請沿虛線剪開、對摺、裝訂後寄出

廣告回信 郵資免付
台北郵局登記證
台北廣字第00675號

TO：蓋亞文化有限公司　收

103 台北市承德路二段75巷35號1樓

GAEA

Gaea